Angeline Bauer

Wolfstraum

Angeline Bauer

Wolfstraum

rosenheimer

www.rosenheimer.com

Titelbild: Franz von Defregger
Lektorat: Iris Erber, Aistersheim
Satz: Satzpunkt Ursula Ewert GmbH, Bayreuth
Druck und Bindung: GGP Media GmbH, Pößneck
Printed in Germany

ISBN 978-3-475-54149-0

Ich trug meine eigene Asche zu Berge,
eine hellere Flamme erfand ich mir.

(Also sprach Zarathustra)

1. Kapitel

Es war ein seltsames Licht, das an diesem Aprilmorgen durch die Baumkronen fiel. Ein silbriges Flirren im Walddunst, geperlter Morgentau auf den jungen Halmen der Segge. An schattigen Stellen lag noch Schnee, doch gleich daneben, wo Sonnenstrahlen sich ihren Weg durch das Geäst der Bäume bis auf den Waldboden bahnten, sah man helles Gelb wie hingetupft auf moosgrünen Grund. Und hob man den Kopf und erblickte zwischen den Baumwipfeln ein Stück vom Himmel, erschien er einem eher silbrig als blau.

Doch Annelie, die Tochter des Sägmüllers-Gerstenrieder, schaute nicht in den Himmel. Die Augen fest vor sich auf den Boden gerichtet, um nicht über Äste und Steine zu straucheln, ging sie ihren Weg.

Droben am Setzberg war sie gewesen, bei den Holzfällern, die sich nach dem Winter dort neu eingerichtet hatten, um den Holzschlag vom letzten Jahr aufzupflanzen. Sie hatte ihnen Brot, Schmalz und Eier hinaufgebracht und vom Vater eine Flasche Enzian, als Einstand für ein langes, arbeitsreiches Jahr.

Der Weg auf den Setzberggipfel war beschwerlich. Trotzdem hatte sie ihn gerne auf sich genommen, denn zu Hause in der Holzmühle, im Wald hoch über den Ortschaften Trinis und Oberach, war ihr kein ruhiger Augenblick vergönnt. Nichts als Arbeit den ganzen Tag! Zwei Rösser, eine Kuh, zwei Schafe, ein Schwein, eine Schar Hühner und vier, manchmal auch fünf Männer musste sie versorgen. Und einer von ihnen, ihr jüngerer Bruder Lenz, war deppert dazu und brauchte den ganzen Tag über Aufsicht.

Unterwegs im Wald aber konnte sie ihren Gedanken nachhängen. Manchmal setzte sie sich irgendwo für ein paar Minuten nieder, schloss die Augen und stellte sich vor, jemand ganz anderer zu sein. Ihre Base Magdalena zum Beispiel, die in München lebte, schöne Kleider trug und zwar kunstvolle Bilder malen konnte, aber nicht kochen. Das musste man sich mal vorstellen! Oder sie träumte davon, die Frau von Martin Ebner zu werden. Er war der Sohn eines Schreiners aus Oberach, der hin und wieder zu ihnen in die Mühle heraufkam, um sich nach gutem Holz umzuschauen.

Martin Ebner gefiel ihr, und auch er mochte sie und machte ihr schöne Augen. Er war ein guter Mensch, rechtschaffen und ehrlich gegen jeden, und er war ihre einzige Hoffnung. Denn wenn nicht er sie heiraten und von der Mühle fortbringen würde, wer sollte es dann tun?

Annelie überquerte eine kleine Lichtung, trat auf einen Felsvorsprung hinaus und blickte zuerst hinüber auf den Hirschberg, dann hinunter ins Weissachtal. Von hier oben wirkten die Häuser in den Ortschaften wie Spielzeug, von Kinderhänden nach Lust und Laune hingesetzt. In der Mitte eine Kirche, rundherum ein paar Höfe, Stallungen und Kühe – was kleiner war, sah man nicht mehr.

Kreuth lag linker Hand, rechter Hand der Tegernsee und unter dem Fels, auf dem Annelie stand, noch eine halbe Wegstunde entfernt, die Holzmühle, in die sie vor zweiundzwanzig Jahren als drittes Kind von Lina und Xaver Gerstenrieder hineingeboren worden war.

Den Erstgeborenen, den Hans, hatte vor drei Jahren ein Baum erschlagen. Er war des Vaters Ein und Alles gewesen. Dass er den Franzosenkrieg überlebt, dann aber, kaum wieder zu Hause, im Wald den Tod gefunden hatte, konnte er nicht verwinden.

Vielleicht wäre es ihm leichter gefallen, wenn die Mutter noch gelebt hätte. Sie war die gute Seele im Haus gewesen, ein Vorbild für jeden. Mit Sanftmut und Liebe hatte sie alles zusammengehalten – davon hatte sie so viel in sich gehabt, dass es auch für den wortkargen, jähzornigen Vater noch gereicht hatte. Doch nach ihrem Tod war sein Herz ausgetrocknet wie ein verschrumpelter Apfel, der im Keller zwischen die Regale gerutscht und dort vergessen worden war. Für keinen hatte er mehr ein gutes Wort. Nicht für Annelie, die schon seit ihrem dreizehnten Lebensjahr Haus und Hof führen musste. Nicht für Max, der sich im Schatten des toten Bruders dem Hass verschrieben hatte. Erst recht nicht für Lenz, seinen Jüngsten, der mit siebzehn Jahren zwar groß und kräftig war wie ein ausgewachsenes Mannsbild, dabei aber nicht mehr im Kopf hatte als ein kleines Kind.

Annelie, eine Kraxe auf dem Rücken, den Rocksaum aufgeschlagen und in den Bund geschoppt, damit er sich nicht so leicht am Gestrüpp verfing, stand breitbeinig da und lauschte in die Stille – nicht das Krächzen eines Raben, nicht das hell klingende »bija-bija« eines Adlers, nicht das Knacken eines einzigen Zweiges war zu hören.

Bis plötzlich ein Glockengeläut den Berg heraufkroch und Annelie aus ihren Träumen riss. Die Kuh so nah? Das dumme Rindviech musste sich verlaufen haben! Doch dann hörte sie ein irres Lachen. Es war der depperte Bruder, der hirnrissige Lenz, der Käfer küsste und sich auf Eier setzte, um sie auszubrüten, und seltsame Wörter erfand, die niemand außer ihm selbst verstand.

Was hatte er wieder angestellt?

Annelie lief los, sprang über Stock und Stein, rutschte auf Laub dem Abgrund entgegen, fing sich, rannte weiter, sah ihn endlich: wie er den Bergstock gegen die Kuh schwang und lachte und sich freute, dass sie so rennen konnte und so lustig buckelte und sprang.

»Hör auf, Lenz!«, schrie sie. »Guter Gott, Lenz, was machst denn nur wieder!«

Er freute sich, sie zu sehen. »Annele, Annele, i hab dich lieb!« Breitete die Arme aus, fiel ihr um den Hals. »Annele, wo warst so lang? I stielebebele!«

»Bei den Holzknechten droben, das hab ich dir doch gesagt. Aber du darfst die Kuh nicht jagen! Wenn der Vater das sieht, der verprügelt uns wieder.« Sie nahm die Kraxe vom Rücken und gab sie ihm. »Jetzt bleibst hier, bis ich wiederkomm, und sammelst da Fichtenzapfen hinein.«

»Ja, Annele. Aber net zu lang. Tannezapfe einelugen.«

Sie ging der Kuh nach, die ein Stück weiter droben schnaubend stehen geblieben war und ihr entgegenglotzte. Als sie näher kam, duckte sie sich, um wieder loszurennen, doch Annelie lockte sie mit guten Worten, und da kam sie ihr entgegen und ließ sich am Lederriemen fassen, den sie um den Hals trug. Annelie klopfte ihr lobend den Leib, sprach weiter auf sie ein, damit sie ihr folgte. So kam sie wieder an die Stelle, an der Lenz vor der Kraxe hockte, ein Lied sang und Fichtenzapfen hineinfallen ließ.

»Bist brav«, sagte sie ihm. »Jetzt nimmst die Kraxe auf den Buckel und gehst schön mit. Und daheim trocknen wir die Fichtenzapfen fürs Ofenfeuer.«

Der Vater lief ihnen vom Sägewerk entgegen. Der Zorn hatte ihm das Blut in die Schläfenadern getrieben, dass sie blau hervorstanden.

Er schwang die Faust gegen seinen Jüngsten. »Saukopf, verreckter! Dummbartl, elendiger! Was hast denn wieder angestellt? Da wird uns ja die Milch in den Eutern sauer, du Depp!«

Er griff sich einen Stock, der auf dem Weg lag, um den Lenz zu schlagen, aber Annelie sprang dazwischen. »Wenn du ihn schlägst, Vater, dann kommt er doch nimmer her, wenn man ihn ruft, und versteckt sich wieder im Wald, und wir müssen ihn suchen. Ich bitt recht schön, Vater, schlag ihn nicht!«

Die Schläge prasselten statt auf den Lenz nun auf Annelie nieder. Sie hob die Arme über den Kopf, um sich zu schützen.

»Dann pass in Zukunft besser auf den Schwachkopf auf, dummes Luder!«

Der Stock brach und fiel zu Boden, und endlich ließ der Vater ab von ihr, warf auch das andere Ende des Stocks hin und ging davon.

Annelie fuhr sich über die Stirn, die nass war vom Angstschweiß. Tränen hatte sie nicht. Sie weinte schon lange nicht mehr, wenn sie geschlagen wurde. Nur nachts manchmal, alleine in ihrer Kammer unterm Plumeau.

Sie wandte sich nach ihrem Bruder um, dabei brannten ihr Haut und Knochen von den Schlägen. Zitternd kauerte er unter einem Baum, den Kopf zwischen den Armen verborgen, leise wimmernd: »'s Annele net schlagen, 's Annele net schlagen … i böser Bub! I Sakrapotzi, sakrapotzi …«

Sie ging zu ihm hin. »Du bist nicht bös und auch kein Sakrapotzi.« Sie nahm ihn in die Arme und wiegte ihn. »Bloß a bisserl deppert bist.«

»I deppert«, plapperte er ihr nach, und da musste sie lachen und küsste ihn und hätte doch beinahe noch zu weinen angefangen.

»Vom Wolf mir erzählst?«, bat Lenz.

»Vom Wolf mit den Tränen?«

Er nickte heftig, und Annelie erzählte ihm, was sie selbst als Kind von ihrer Mutter gehört hatte: »Wenn du einen Wolf siehst, der weint, dann ist der Tod nah. Dort wo seine Tränen hinfallen, wächst kein Hälmchen mehr, da ist die Erde verbrannt. Der Wolf ist ein Seelenwächter. Du musst dich in Acht nehmen vor ihm, aber bös ist er trotzdem nicht. Er ist eben, wie er ist. Wir alle sind, wie wir sind; Gottes Geschöpfe, auch der Wolf. – So, und jetzt bringst die Fichtenzapfen in den Schuppen, dann kommst in die Kuchl«, trug sie ihm auf, trieb selbst die Kuh ins untere eingezäunte Waldstück zurück, suchte Eier im Hühnerstall und ging in die Küche, um einen Käseschmarren zuzubereiten.

Es war ein länglicher, dunkler Raum. Die Fenster klein, die Wände schwarz vom Ruß. Ein Regal stand an der einen Wand, ein kleiner Tisch und zwei Stühle in der Ecke hinter der Tür. Allerhand Schöpfer, Pfannen und Töpfe hingen über dem Herd, und auf einem Brett über dem Fenster standen Krüge und Schüsseln.

Annelie stellte zwei Holzschalen auf den Tisch, trennte die Eier und verrührte das Eigelb mit Milch aus einer irdenen Kanne.

»Grüß dich Gott, Annelie«, kam es plötzlich von der Tür her.

Erschrocken fuhr sie herum, doch gleich erhellten sich ihre Züge und ein Lächeln lag auf ihrem Gesicht. »Ach, du bist es, Martin!«

Sie fragte sich, wie sie aussehen mochte. So zerrupft von den Schlägen, so vergrämt und wohl auch schmutzig. Sie griff sich eilig ins Haar, zuckte dabei zurück vom Schmerz, der ihr in den malträtierten Arm fuhr, und lächelte dennoch weiter.

»Ja, ich bin's, oder hast jemand anderen erwartet?«

Annelie schüttelte den Kopf. »Hab niemanden erwartet; wer kommt hier schon herauf, außer du manchmal« –

viel zu selten, fügte sie in Gedanken an und rückte ihm einen Stuhl zurecht.

»Geh, setz dich, Martin, trink einen Enzian.«

»Lieber eine Milch, wennst hast«, bat er.

Sie goss Milch in ein Haferl. Martin trank durstig, wischte sich mit dem Handrücken den Schaum vom Mund, deutete dann mit einer Kopfbewegung auf die Schüssel, in der sie die Eier verrührt hatte. »Machst einen Retzl?«

Sie nickte. »Magst mitessen?«

»Ja, gern.«

Er sah sie aufmerksam an. »Er hat dich wieder geschlagen, gell?«

Annelie antwortete nicht.

»Ich war gerade drunten auf der Hauslerlichtung, da hab ich ihn fluchen und schreien gehört. Hab gleich die Füß unter die Arme genommen, aber bis ich heroben ankam, war der Spuk schon vorbei.«

Annelie wandte sich ab. »Du kennst ihn ja«, sagte sie, »da kann man nichts machen.«

»Du musst hier weg, Annelie.«

»Aber wo sollte ich denn hin?«

»Ich ...«, begann er, brach jedoch ab und seufzte. Da fuhr plötzlich seine Faust auf den Tisch nieder. »Ach, wenn doch unsere Väter nicht solche Sturköpf' wären!«

Annelie raspelte den harten Käse in eine Holzschale. Verbissen starrte sie dabei auf ihre Hände. Ja, wenn das nicht solche Sturköpfe wären! Dann würde Martin sie wohl mit nach Oberach nehmen. Aber sie waren nun mal so verbohrt, ihre Väter.

Bald schon 30 Jahre lag es zurück, die beiden waren noch Junggesellen gewesen, da hatte Annelies Vater den Ebner beleidigt, hatte ihn einen »zerrissenen Haderlump« genannt, weil er ihm beim Tanzen ein Madl ausgespannt hatte. Darauf hatte der Ebner ihren Vater einen Neidhammel und liederlichen Maulhelden geschimpft. Und so gab ein Wort das andere, bis es mit einer Rauferei endete, bei der sich der Ebner die Nase brach. Und die ist ihm dann schief zusammengewachsen, und so trug er für immer ein Mal im Gesicht, das ihn an den verhassten Gerstenrieder erinnerte. Aber was konnten schließlich sie und Martin für den Zwist ihrer Väter? Und wären denn eines Schreiners Sohn und eines Sägmüllers Tochter nicht ein gutes Gespann?

»Du weißt, dass ich dich gern sehe.« Martin hob mit einem Finger ihr Kinn an, um ihr in die Augen zu schauen. »Ich könnt mir schon vorstellen, mit dir vor den Traualtar zu treten. Die Mutter liegt mir eh seit langem in den Ohren, dass ich endlich eine Braut heimführen soll.«

Annelie sah auf und lächelte ihn verliebt an. »Ja«, sagte sie, »und ich würde mich gern von dir heimführen lassen!« Doch dann wurde ihr Blick plötzlich wieder traurig. »Aber du sagst es ja selbst, dass unsere Väter Sturköpf' sind. Und außerdem ist da noch der Lenz; ohne ihn kann ich nicht gehen.«

Martin seufzte. Ja, das wusste er. Ohne den Lenz hätte sie drunten in Oberach keine Ruhe vor lauter Angst, dass sie ihn heroben im Zorn erschlagen. Dabei war er doch ein lieber Kerl, führte nichts Böses im Schilde. Trotzdem, den Lenz konnte er seinen Eltern nicht zumuten. Und das sagte er Annelie auch. »Da müsstest du dich schon zwischen mir und deinem Bruder entscheiden. Nicht meinetwegen, ich tät ihn schon nehmen. Aber meine Eltern …« Seufzend brach er ab.

Annelie legte den Käse und die Raspel zur Seite und holte Mehl, das sie mit dem Käse vermischte und unter das Eigelb rührte.

»Ohne den Lenz kann ich nicht gehen, das hab ich der Mutter am Sterbebett versprechen müssen.«

Martin griff nach ihrer Hand und zog sie zu sich. »Ich will es ja versuchen. Aber so, wie du nicht auskannst, kann ich es auch nicht. Meine Brüder sind im Krieg geblieben, mein Vater hat nur mich. Ich muss und will die Schreinerei übernehmen.« Er legte seine Arme um sie. »Trotzdem … ich werd alles versuchen, darauf geb ich dir jetzt ein Busserl als Pfand.« Annelie blickte auf, und er berührte sanft ihre Lippen mit seinen.

Es war ihr erster Kuss. Sie fühlte sich geborgen und getröstet in Martins Umarmung, und sie dachte, wie schön es wäre, die Schläge vom Vater gegen die Küsse vom Martin einzutauschen.

»Auf immer«, flüsterte er.

»Auf immer«, antwortete sie.

Als sie vor der Tür die harten Tritte der Männer hörten, gingen sie schnell auseinander. Martin setzte sich wieder, Annelie griff nach einem Schneebesen, um den Eischnee zu schlagen.

Im nächsten Moment wurde die Tür aufgerissen, und Max sah herein. Seine blonden Haare waren vom Hut zerdrückt, den er im Fletz ans Nagelbrett gehängt hatte, seine blauen Augen, die so schön waren, aber so voller Hass, sahen von Martin zu ihr.

»Hast das Essen fertig?«, fragte er barsch.

»Es gibt Käseschmarren«, antwortete Annelie. »Den kann ich erst aufsetzen, wenn ihr da seid. »Wascht euch, bis dahin bin ich auch so weit.«

Martin ging in die Stube hinüber.

Xaver Gerstenrieder trocknete sich gerade mit einem Leintuch das nasse Gesicht ab. »Brauchst etwa Holz?«, fragte er den Schreinerssohn.

»Ich glaub eher, der kommt wegen der Annelie zu uns herauf«, murrte Max. »Gekauft hat er ja schon lange nichts mehr.«

»So?« Der alte Gerstenrieder sah an Martin rauf und runter, als ob er ein Gaul wäre, den er kaufen wollte. »Meinetwegen kannst die Annelie schon haben – wenn dein Vater und deine Mutter einverstanden sind!« Aus seinen Augen blitzte die Ironie. »Und den Lenz bekommst als Dreingabe dazu.«

Die Tür wurde geöffnet, Johannes Dörfner trat ein. Der alte Gerstenrieder sah seinen Gesellen an, dann wieder zu Martin und sagte. »Allerdings, das würde dem Johannes wahrscheinlich nicht gefallen, denn der hat auch ein Auge auf die Annelie geworfen.«

Johannes und Martin maßen sich mit Blicken. Die kalten, dunklen Augen, der krause, ungepflegte Bart, der harte Zug um den Mund des Holzmüllergesellen standen im krassen Gegensatz zu der hellen Gestalt des Schreiners, der so jungenhaft wirkte, dass ihm mancher sein Alter von 26 Jahren nicht glauben wollte.

Johannes nahm das Leintuch, das der Alte an ihn weitergab, trocknete Gesicht und Hände ab, hängte es dann auf die Stange über dem Kachelofen. »So ein Krischperl ist mir keine Konkurrenz«, maulte er und setzte sich zum Tisch, »das blas ich doch mit einer einzigen Faust weg!«

Martin gab keine Antwort. Stattdessen wandte er sich an den Alten. »Hast ein paar Bretter Zirbelholz für mich? Ich hätte einen Auftrag, wofür ich es brauchen könnte.«

Der alte Gerstenrieder tat, als dächte er nach. Er hatte ein kleines Lager mit wertvollen Hölzern unterm Dach. Es war Tradition – seit 300 Jahren, seit sie die Mühle auf dem Setzberg hatten – bei jedem Kind, das geboren wurde, einen wertvollen Baum zu fällen und an seiner Stelle drei neue zu pflanzen. Das Holz wurde eingelagert und zur

Hochzeit verkauft. Bei Lenz hatte er eine Zirbelkiefer gefällt, aber was sollte der Kretin damit, heiraten würde der eh nicht. Also stand auch nichts dagegen, das Holz zu veräußern.

»Kommt drauf an, was du bezahlst.«

Die Tür ging auf, Annelie brachte den Lenz herein und drückte ihn auf die Bank am Fenster. Dann holte sie die Pfanne mit dem Käseschmarren, stellte sie auf den Tisch, brachte einen Laib Brot, wartete bis alle saßen und sprach das Tischgebet.

»Amen«, sagten am Ende alle.

Der Vater schnitt das Brot ab, gab jedem einen Kanten. Erst als er den ersten Löffel vom Retzl genommen hatte, langten auch die anderen zu.

»Ich bezahl dir, was es wert ist«, nahm Martin den Faden wieder auf. »Nicht mehr und nicht weniger.«

»So, nicht mehr und nicht weniger. Und was, wenn es mir mehr wert ist als dir?«

Martin zuckte die Schultern. »Es geht hier ja nicht um mich, sondern um die Kundschaft.« Er sah den Alten mit festem Blick an. »Der Schwaiger könnte mir Zirbelholz besorgen, aber ich dachte, ich frag dich. Vielleicht freust dich ja über ein gutes Geschäft.«

»Über ein gutes schon!« Der Alte lachte.

»Ich hätte auch ein Geschäft zu machen«, mischte sich jetzt Annelie ins Gespräch. »Ich will die Strümpfe verkaufen, die ich über den Winter gestrickt habe. Und dann müsste der Mutter ihr Grab gerichtet werden. Darum möchte ich morgen nach Rottach gehen.«

Der Vater sah sie mit gerunzelter Stirn an. »Schon wieder?«

»Ich geh doch immer im Oktober und im April, um das Grab zu richten. Das letzte Mal war ich kurz vor Allerheiligen.«

»Und was ist mit dem da?« Der Sägmüller deutete mit einer Kopfbewegung auf Lenz.

»Dann muss halt mal der Max einen Tag auf ihn aufpassen. Ihr wollt doch nicht, dass die Leut sagen, wir lassen das Grab der Mutter verkommen. Ich brauch außerdem ein paar Sachen vom Kramer. Macht sich ja kein Hausierer den weiten Weg zu uns herauf.«

»Hm«, brummte der Vater. »Meinetwegen.«

Im Stillen seufzte Annelie auf, äußerlich ließ sie sich jedoch ihre Freude nicht anmerken. »Danke, Vater«, sagte sie nur und legte den Löffel weg, um Lenz mit einem Sacktuch den Mund abzuwischen.

Nach dem Essen wusch Annelie Pfannen und Schüsseln aus, ging dann mit Lenz das Schwein heimholen, das sich im Wald herumtrieb, um Eicheln vom Vorjahr und junges Gras zu suchen. Lenz hatte sich einen Leinensack umgehängt, in den er Zapfen sammelte. Über jeden, den er fand, freute er sich wie ein kleines Kind. Man brauchte Geduld mit Lenz, es dauerte lange, mit ihm voranzukommen.

Das Schwein weidete auf der Hauslerlichtung. Es war eine einjährige Sau. Annelie hatte sie über den Winter gebracht und vor zwei Wochen zur Walli getrieben, die einen Eber besaß. Gut eine Wegstunde Richtung Trinis, danach eineinhalb wieder zurück. Das war jetzt drei Wochen her, und wenn die Sau aufgenommen hatte, dann würde sie in etwa einem Vierteljahr ferkeln, und das würde gutes Geld einbringen. Vielleicht konnte Annelie etwas davon abzweigen für eine Aussteuer. Und wenn nicht, dann hatte sich wenigstens das Träumen gelohnt.

Sie wollte weg von der Mühle. Weg vom Jähzorn des Vaters. Weg von Max, dem verhassten Bruder. Weg von Johannes, der ihr nachstellte und vor dem sie Angst hatte, wenn sie alleine mit ihm war. Seine Hände, die ihr an den

Rock gingen, sein Blick, der sie beschämte, seine Worte, die manchmal so hart sein konnten wie Peitschenhiebe.

Die Sau war anhänglich und folgte Annelie aufs Wort. Sie kam gleich her zu ihr, schob ihr wie zur Begrüßung den Rüssel in die Kniekehle, hob dann den Kopf und sah sie aus ihren kleinen, schwarzen Augen an. Annelie kraulte sie, und Lenz warf ihr einen Fichtenzapfen hin, den sie grunzend in den Waldboden stampfte.

So standen Annelie, Lenz und das Schwein auf der Lichtung, als Martin den Weg herunterkam.

»Zum Glück, da bist du ja. Hab dich gesucht.« Er fasste nach ihrer Hand. »Ich muss jetzt wieder nach Hause. Dein Vater hat mir das Holz verkauft, ich werde nächste Woche mit dem Wagen raufkommen, um es abzuholen.«

»Es war nicht recht von ihm, dir das Holz zu verkaufen«, sagte Annelie. »Hätte die Mutter noch gelebt, sie hätte es niemals erlaubt. Es ist für den Lenz. Auch wenn er nicht heiratet, vielleicht braucht er das Geld einmal.«

Martin sah von Annelie zu Lenz. »Das hab ich nicht gewusst. Aber wenn ich es nicht bekomme, dann eben ein anderer. Und so kann ich dich beim Abholen wenigstens wiedersehen. Vielleicht auch morgen schon, wenn du nach Rottach gehst? Ich könnte dich ins Gasthaus auf einen Becher Most oder eine Brotzeit einladen.«

Annelie schüttelte den Kopf und sah ihren Bruder an. »Lenz, schau dort droben auf dem Weg liegen noch viel mehr Fichtenzapfen. Geh schon mal voraus, ich komm gleich nach.«

»Annele nachkommt!« Lenz drückte sich zärtlich an die Schwester.

»Ja, Annele nachkommt«, versprach sie ihm.

Als Lenz sich davontrollte, wandte sich Annelie wieder an Martin: »Du sagst nichts dem Vater davon, gell? Ich will mich mit Magdalena treffen. Sie ist meine Base, wohnt in München. Im April kommt sie immer für ein paar Wochen nach Rottach und erwartet mich. Nicht bös sein, ich freu mich doch schon so lange, sie wiederzusehen.«

»Ach so.« Er war enttäuscht. Doch dann legte er seine Hand an Annelies Wange und lachte. »Hast dir einen schönen Tag mit deiner Base verdient. Und bestimmt sag ich dem Gerstenrieder nichts davon.« Er gab ihr einen Kuss und ging.

An der Wegkrümmung sah er sich noch einmal nach ihr um, und sie winkten sich zu.

2. Kapitel

Um den Weg abzukürzen, verließ Annelie den Pfad. Sie überquerte eine kleine Lichtung, setzte über einen seichten Bergbach und stieg im Gehölz ein Stück wieder aufwärts. Kreuth lag jetzt links von ihr, drunten im Tal konnte man Trinis sehen.

Sie war so in Gedanken um Magdalena versunken, dass sie das Knacken der Äste, das Rascheln im Laub gar nicht hörte, und erschrak bis auf die Knochen, als genau vor ihr plötzlich einer aus dem Dickicht trat.

Neugierig musterte er sie. Ihre dunklen Augen. Ihr langes, braunes Haar, das sie am Hinterkopf aufgesteckt hatte. Ihr schmales Gesicht mit den beiden Grübchen in den Wangen. Das abgeschabte Mieder unter einem dunkelgrauen Wolltuch, das sie sich um die Schultern geschlungen hatte.

»Schau an, so früh schon unterwegs, und ganz alleine dazu? Wie heißt du denn?«

»Und du?«, antwortete Annelie mit einer Gegenfrage.

»Ich bin der Girgl.«

»Girgl gibt's viele zwischen Miesbach und Tölz.«

Sie ging weiter, tat selbstsicherer, als ihr zumute war. Wenn sie auch Jahr und Tag alleine durch den Wald streifte, wohl fühlte sie sich nicht immer dabei, vor allem nicht, wenn sie einem Fremden begegnete. Und der da, der war ihr fremd, den hatte sie hier noch nie gesehen. Obwohl er einen gefälligen Eindruck machte, das musste sie zugeben. Angezogen war er wie im Gebirge üblich, trug eine graue Tuchjoppe über der Lederhose und einen grünen Filzhut mit Spielhahnfeder, die keck nach vorne wies. Hätte leicht auch ein Jäger sein können, bloß dass ihm die Büchse fehlte. Aber ein Jäger war er nicht, das wusste Annelie, denn die kannte sie alle. Zumindest die aus dem hiesigen Revier.

Der Mann war ihr nachgekommen. Jetzt griff er nach ihrer Hand und hielt sie fest. »Was rennst denn davon?«, fragte er, in seinen Augen blitzte es. »Ich tu dir schon nichts. Wo musst du denn hin?«

»Nach Rottach geh ich.«

»Dann haben wir denselben Weg. Zu zweit ist's kurzweiliger. Ich trag dir auch deine Kraxe – gib her.«

»Kann ich schon allein!«

»Gib her!«

Annelie blieb stehen, stellte die Kraxe ab und sah zu ihm auf. Sein Blick hielt ihren fest. Ihr Mund fühlte sich plötzlich trocken an, sie schluckte.

Als hätte er es bemerkt, lachte er und fragte: »Magst einen Enzian?«

Ohne auf Antwort zu warten, zog er seinen Rucksack von den Schultern, holte eine kleine braune Steingutflasche heraus, öffnete den Pfropfen und reichte sie ihr.

Annelie trank und fühlte, wie ihr der Schnaps warm durch die Kehle rann.

»Girgl und wie noch?« Sie gab ihm die Flasche zurück, sah zu, wie auch er einen Schluck trank und dann den Pfropfen wieder aufdrückte.

»Jennerwein«, sagte er.

Annelie fiel das Kinn herunter. »*Der* Jennerwein etwa? Der Wildschütz, drüben vom Schliersee?«

Ein Grinsen lag auf seinem Gesicht. »Wildschütz?«, tat er unschuldig. »Ich? Nicht dass ich wüsste!«

Annelie wollte ihre Kraxe nehmen und weitergehen, aber Jennerwein war schneller. Er legte seinen Rucksack hinein und schwang sich den Korb auf den Rücken.

»Und was tust du bei uns herüben?«, presste Annelie hervor. Dass sie jetzt mit einem Wilderer über den Berg ziehen musste, war ihr nicht recht. Für so manch einen war Georg Jennerwein geradezu ein Volksheld, weil er der Obrigkeit eine lange Nase drehte und weil er so manch einem armen Häusler Fleisch brachte. Aber zu denen, die einen Wildschütz hofierten, gehörte sie nicht. Die Wilderei war nicht rechtens und das Fleisch Diebesgut.

»Ich war in Kreuth auf Besuch«, erklärte Jennerwein. »Da kenne ich jemanden.«

»Wenn du jetzt nach Rottach gehst, machst aber einen weiten Umweg über den Berg. Hättest ja im Tal bleiben können.«

Er lachte. »Der Wald und die Berge sind mir allemal lieber als das offene Land. Und du? Wo kommst du her?«

»Ich bin hier zu Hause«, gab sie unwirsch Auskunft. »Drüben am Setzberg hat mein Vater eine Sägmühle.«

»Ah, der Sägmüller-Gerstenrieder – der ist dein Vater?«

»Kennst ihn etwa?«

Jennerwein schüttelte den Kopf. »Kennen wär zu viel gesagt. Aber als Holzknecht hört man schon den einen oder anderen Namen von solchen, die mit der Holzarbeit und mit dem Forstgewerbe zu tun haben. Und vom Wallberggipfel aus kann man eure Säge auch sehen.«

Sie waren weitergegangen bis zu einem Holzschlag, der freien Blick nach Kaltenbrunn und noch weiter ins flache Land hinaus bot. Und drüben am Ringberg sah man die Serpentinen, die sich dem Gipfel entgegenschlängelten. Hier fasste Jennerwein nach Annelies Arm und zog sie neben sich auf einen Baumstumpf.

»Ich hab keine Zeit zum Rasten«, behauptete sie.

»Ein paar Augenblicke hat man immer Zeit.«

Widerwillig setzte sie sich, faltete die Hände im Schoß und sah hinunter ins Tal. Jennerweins Blick ruhte auf ihrem Profil, das machte sie verlegen, und sie wurde ganz steif, saß da, wie auf dem Baumstumpf festgefroren. Da lachte er wieder, legte den Arm um sie und drehte mit der anderen Hand ihr Gesicht zu sich. »Jetzt schau nicht so wild. Ich will ja bloß ein bisserl mit dir reden.«

Seine Berührung trieb Annelie das Blut in die Wangen. Ihre Brust unter dem abgetragenen Mieder hob und senkte sich auf einmal schneller als zuvor.

Was bildete der sich ein?

Was glaubte der von ihr?

Empört war sie – und doch hielt sie still, bis er plötzlich wieder lachte, als wäre sie eine, über die man sich lustig machen konnte.

Da schüttelte sie wütend seinen Arm von ihrer Schulter und sprang auf. »Du nimmst dir ganz schön viel heraus! Ich bin nicht dein Gspusi.«

»Aber vielleicht wirst es eines Tages noch.«

»Bestimmt nicht!« Sie warf seinen Rucksack aus ihrer Kraxe und nahm sie auf den Rücken. »Auf Nimmerwiedersehen, Jennerwein.« Damit ging sie davon.

Diesmal kam er nicht hinter ihr her. Als sie sich nach einer Weile umdrehte, war der Platz, an dem sie zusammengesessen hatten, leer. Der Wildschütz hatte sich so schnell und leise wieder davongestohlen, wie er gekommen war.

Doch in ihren Gedanken blieb sein Bild hängen wie ein Stachel im Fleisch. Sein schmales Gesicht mit der schönen, geraden Nase, der Oberlippenbart, zur Seite hin ein wenig aufgezwirbelt, der schiefe Schneidezahn, den man nur sah, wenn er lachte. Doch vor allem der eindringliche Blick aus funkelnden, blauen Augen war es, der sie beeindruckt hatte. Etwas Zärtliches lag in ihm und gleichzeitig etwas

Hartes, dazu ein Übermut, als ob das Leben ein einziges Abenteuer wäre und es auf der ganzen Welt keinen gäbe, der ihm etwas zu sagen hatte.

Es schüttelte sie plötzlich, und sie wusste nicht, graute ihr vor so viel Stolz und Vermessenheit, oder war es Bewunderung, was sie fühlte.

Tante Berta hatte vor vierundzwanzig Jahren nach München geheiratet, war auch gleich schwanger geworden und hatte Magdalena zur Welt gebracht. Bald darauf verunglückte ihr Mann, und die junge Witwe blieb mit der Tochter alleine.

Einmal im Jahr, von Mitte April bis Mitte Mai, war Tante Berta mit Magdalena nach Rottach gekommen. Der guten Luft wegen und weil das Kind kränkelte; im Spätsommer fuhr man aus demselben Grund für vier Wochen an die Ostsee.

Inzwischen kränkelte Magdalena nicht mehr. Im Gegenteil, ihre Erscheinung sprühte vor Lebensfreude, ihre Haltung war aufrecht und stolz, der Schritt rasch, die Bewegungen frei und geschmeidig.

Blicke folgten ihr. Die der Frauen voller Neid, die der Männer mit Bewunderung.

Seit Tante Bertas Tod vor drei Jahren kam Magdalena alleine nach Rottach, logierte weiterhin bei Frau Amalia Neuhauser, einer Doktorwitwe, die sich durch das Vermieten zweier Zimmer ein Zubrot verdiente. Sie blieb drei Wochen, in denen sie ein wenig wanderte, die meiste Zeit jedoch damit verbrachte, die Berge und die Menschen zu malen, die hier lebten. Die Bilder verkaufte sie später in München, wenigstens das ein oder andere, obwohl sie es gar nicht nötig hatte, Geld zu verdienen, denn sie hatte einige Häuser geerbt, von deren Mieteinnahmen sie gut leben konnte.

Als Annelie von Frau Neuhauser in den Garten gebracht wurde, saß Magdalena vor ihrer Staffelei und übertrug mit Reißkohle eine Skizze auf eine Leinwand. Mit flinken Strichen entstand unter ihren Händen ein Mädchenkopf. Das Kind, ein perlenbesticktes Band um das Haarnest auf seinem Kopf geschlungen, schaute über die Schulter zurück, dem Betrachter direkt in die Augen.

»Dass du das kannst!«, sagte Annelie voller Bewunderung.

Magdalena, die ihr Kommen nicht bemerkt hatte, fuhr herum. »Ach, du! Du kannst einen aber erschrecken!« Sie legte die Kohle aus der Hand, stand auf und fiel Annelie um den Hals. »Ich hatte schon viel früher mit dir gerechnet.«

»Früher konnte ich nicht von zu Hause fort. Vor drei Tagen hat sich der Lenz in der Saukammer eingesperrt und einen Besen unter die Klinke geklemmt, und gestern hat er die Kühe gejagt. Der Vater lässt dann seine Wut an mir aus. Nur weil der Martin da war, vor dem er sich keine Blöße geben würde, habe ich mich getraut zu fragen, ob er mich weglässt.«

»Warum tust du dir das nur an? Da gibt es doch Einrichtungen für solche wie den Lenz, dort kann man ihm vielleicht sogar helfen.«

»Den Lenz in ein Heim geben? Aber da wird er eingesperrt wie ein Tier! Das weiß ich, das hat mir der Pfarrer erzählt. Der Lenz liebt den Wald und die Freiheit, den kann man nicht einsperren! Und er tut doch keinem was. Außerdem vertraut er mir und hängt an mir, und er ist der Einzige, der mich gern hat. Ohne ihn wär alles noch viel schlimmer. Nein, ich geb ihn nicht in eine Einrichtung, niemals!«

Amalia Neuhauser brachte ein Tablett mit zwei Tassen, einer Kanne Kaffee und einem angeschnittenen Gugelhupf. Die beiden jungen Frauen setzten sich auf die Bank unterm Apfelbaum, das Tablett stellten sie zwischen sich.

»Aber du musst von da oben weg!«, sagte Magdalena, während sie einschenkte. »Ich kann dir eine Stellung als Kinderfrau in München besorgen. Das ist allemal besser, als dich dort droben im Wald für deinen Vater und deine Brüder aufzuarbeiten. Und kriegst nichts dafür, nicht einmal ein neues Gewand.« Magdalena sah an Annelie herunter, die das alte Gewand ihrer Mutter trug. Ein schwarzes, geschnürtes Mieder über einer rot-weiß gemusterten Bluse mit Schoppärmeln. Dazu ein mehrfach gestopfter grüner Rock und eine Schürze, die an manchen Stellen so dünn war, dass man den Fadenlauf erkennen konnte. Und die Fransen am Tüchl waren zerrupft wie die Federn eines Huhns in der Mauser!

Annelie biss in den Kuchen, schüttelte den Kopf. »Ich kann nicht weg. Der Max wär mir egal, der soll sich um eine Frau schauen, dann hätte ich es auch leichter mit der Arbeit. Aber der Lenz …«

»Ja, willst du dann vielleicht für immer da oben im Wald bleiben? Nie die Liebe kennenlernen, nie heiraten? Nie eine eigene Sach haben, ein eigenes Leben führen?«

Annelie ließ die Hände mit dem Kuchen in den Schoß sinken. »Heiraten – ja, schon. Das würd ich gerne. Aber dann muss der Lenz mit.«

Magdalena lachte auf. »Da wirst lang warten können! Bist du versauerst! Eine alte Jungfer wirst werden!«

Annelie hatte plötzlich Tränen in den Augen. »Red doch nicht so!« Und nach einer langen Pause sagte sie: »Du weißt doch gar nicht, wie das ist, mit einem Bruder, für den du alles bist. Der auf dich angewiesen ist, weil ihn sonst keiner mag. Hast nie Geschwister gehabt. Warst immer die Prinzessin im Haus.«

»Ja, und du warst immer das Aschenputtel! Machst deinem Vater, deinen Brüdern und diesem Mistkerl von einem Holzknecht die ganze Arbeit und hältst ihnen auch noch den Kopf hin, damit sie dir nach Lust und Laune eine reinwatschen können!«

»Wenn die Mutter nicht gestorben wär ...«

»Sie ist aber gestorben!«, fiel Magdalena ihrer Base ins Wort.

Magdalena hatte sich richtig in Wut geredet. Als nun wirklich Tränen flossen, stellte sie das Tablett ins Gras und zog Annelie an sich. »Tut mir leid, ich wollte nicht, dass du dich aufregst. Kommst eh schon kaum fort von daheim, da sollst auch deine Freude haben. Wir könnten uns über den See rudern lassen, was meinst du?«

Annelie wischte sich die Tränen von den Wangen und sah Magdalena an. »Von wem denn?«

»Wirst schon sehen!« Magdalena lachte, zog ihre Kusine von der Bank hoch und legte ihr das wollene Tuch um die Schultern. »Wart hier, ich bring bloß meine Malsachen hinein.«

Magdalena nahm die Leinwand und die Kreide in die eine, die Staffelei in die andere Hand und verschwand damit im Haus.

Nicht lange, und sie kam in Begleitung eines jungen Offiziers zurück. Es lag ein Blitzen in ihren Augen, als sie ihn vorstellte: »Das ist Ludwig von Kanten, er ist ebenfalls zu Gast bei Frau Neuhauser.«

Annelie wollte vor ihm knicksen, aber er nahm ihre von der Arbeit zerschundene Hand und küsste sie, als ob sie eine feine Dame wäre.

Das Blut schoss ihr in die Wangen.

»Er ist zufällig auch aus München angereist«, sagte Magdalena, wobei sie das Wort »zufällig« bedeutungsvoll betonte.

»Ach.« Annelie verstand erst nicht, doch als Magdalena ihr zuzwinkerte, begriff sie, dass der Zufall so groß gar nicht war.

Ein Boot hatte Ludwig von Kanten schnell besorgt. Nun half er den Damen hinein und legte sich ins Zeug.

»Warst du schon einmal drüben in Gmund?«, fragte Magdalena.

»So weit weg?« Annelie schüttelte den Kopf.

»Dann bitte zum Gasthof Weidenau, Herr Offizier!«, befahl Magdalena lachend.

Es war ein sonniger Tag. Das Bergpanorama lag in seiner majestätischen Pracht so klar vor ihnen, als hätte Magdalena es extra für sie auf eine große Leinwand gemalt. Der Risserkogel und die Spitze vom Wallberg waren noch weiß vom Schnee. Darunter grüne Waldzungen, zwischen denen graue Felswände hervorblitzten. Und ganz in der Ferne, über dem Karwendelgebirge, schimmerte der Himmel zwischen Violett und Orange – ein Zeichen dafür, dass es dort schon bald noch einmal schneien würde.

Das Boot glitt vorbei an flachen Ufern. Wege schlängelten sich bergan, die weiter droben zu Pfaden wurden. Höfe lagen verstreut zwischen aufgepflügten Feldern, in den Gärten hie und da erste Blütenknospen an frischbelaubten Bäumen. Dort drüben Abwinkl und Wiessee, auf einem Hügel die Kirche mit ihrem spitzen Turm. Darunter schwarzgrünes Buschwerk, davor ein Hof, so groß, dass Annelie vor Staunen der Mund offen stand.

Zum ersten Mal in ihrem Leben fuhr sie in einem Boot über das Wasser, das von droben, vom Felsvorsprung über der Mühle, wie eine kleine, graue Lache aussah. Jetzt war sie auf diesem Wasser, und es war so groß, dass man sich darauf verlieren konnte. Und blickte sie ins Gebirge, schienen die mächtigen Bergkolosse nicht höher als eine Elle zu sein.

In diesem Moment drängte sich ihr der Gedanke auf, dass die Welt und die Dinge darin kein festes Maß hatten. Dass sie sich veränderten, je nachdem, von welchem Standpunkt aus man sie betrachtete. Ein Gedanke, der mehr eine Ahnung war als ein Wissen. Wie Felsspitzen, die aus dem Nebel ragten, dazwischen versunkene Täler, die man nicht sehen konnte, obwohl es sie gab.

Und aus diesem Nebel tauchte auf einmal wieder das Gesicht eines Mannes auf, der sie ansah und lachte. Ein grüner Filzhut, eine Spielhahnfeder, ein schiefer Zahn und ein Blick aus blauen Augen, der sie gefangen nahm.

Und noch einmal schüttelte es sie, und sie seufzte und spürte ihren Pulsschlag, als hätte sie etwas Ungehöriges getan.

Magdalenas Stimme riss sie aus ihren Gedanken. »Schau nur, Annelie, wie schön! Der Tegernsee putzt sich heraus für das ankommende Frühjahr – und für dich!« Und sie lachte Ludwig von Kanten an. Ein Lachen so glücklich und unbeschwert, wie Annelie es von sich selbst nicht kannte.

Im Gasthaus Weidenau kehrten sie ein, und als sie hörten, dass es einen Braten gab, bestellten sie ihn und aßen und tranken Wein und lachten über die jungen Katzen, die auf der Ofenbank tollten.

Verstohlen beobachtete Annelie dabei die Blicke, die zwischen Magdalena und Ludwig hin und her gingen. Blicke voller Wärme und Zärtlichkeit, voller Begehren und Geheimnis.

Dazu Berührungen, die keine Zufälle waren.

Fingerspitzen, die sich trafen.

Knie, die sich einander zuneigten.

Eine Hand, die wie aus Versehen an einem Arm entlangstrich.

Und wieder ein Lachen, und Ludwigs Atemhauch in Magdalenas seidigem Haar.

Annelie schämte sich für ihre Neugierde und konnte es doch nicht lassen, hinzusehen, um teilzuhaben und zu ergründen, was sie nicht ergründen konnte, weil man nur zu denken vermochte, was man kannte.

Den süßen Wein hatte sie zu schnell getrunken. Wie Limonade hatte er geschmeckt. Und jetzt breitete er sich aus in ihr, wärmte sie, machte sie beschwipst. Das helle, fröhliche Lachen, das sie hörte, kam nun auch von ihr. Heiter war sie und unbeschwert. Hatte Lenz vergessen, den Vater, die Mühsal und auch das Grab der Mutter, das sie doch besuchen wollte.

In diesem Moment gab es nur sie und eine unergründliche Sehnsucht in ihr.

»Gell, Ludwig, du bist nicht bös, wenn ich mich noch ein bisserl mit Annelie allein unterhalte?«, sagte Magdalena plötzlich, schob ihre Hand über den Tisch, berührte die Finger ihres Geliebten.

»Aber nein.« Er griff in die Innentasche seiner Uniform, zog ein Büchlein heraus. Es hatte einen grünen Einband und war mit goldenen Lettern bedruckt. Johann Wolfgang von Goethe stand darauf, und etwas weiter unten: Die Leiden des jungen Werthers. Damit verließ er die Gaststube, und die Frauen sahen durchs Fenster, wie er vors Haus trat und sich unter einen Baum setzte, das Buch aufschlug und zu lesen begann.

Ein zärtliches Lächeln lag auf Magdalenas Gesicht. »Vielleicht heiraten wir einmal«, sagte sie, ohne den Blick von Ludwig zu lassen. »Aber jetzt geht es noch nicht. Er ist schon verheiratet. Seine Frau ist sehr krank, sie hat die Schwindsucht. Gesund wird sie nicht mehr.«

Magdalena wandte sich Annelie zu, sie griff nach den Händen der Base. »Worüber ich schon lange einmal mit dir sprechen wollte … du, dort droben mit all den Männern, und keine Frau, die dir was sagen könnte!« Sie zögerte, bevor sie fragte: »Weißt du etwas über die Liebe?«

Annelie blickte auf ihren Schoß. Ihre Wangen färbten sich dunkelrot. »Was soll es da schon zu wissen geben. Man küsst sich halt, wenn man sich mag.«

Magdalena konnte nicht umhin, zu lächeln. »Man tut noch viel mehr, als nur sich küssen, und das solltest du wissen.«

Sie sah sich um in der kleinen Gaststube, in der sie die Einzigen waren, ob nicht vielleicht doch jemand hinter einer Tür stehen und lauschen könnte. Und dann sagte sie, was gesagt werden musste.

»Und gut tut es und macht dich glücklich, aber nur, wenn du einen auch wirklich gern hast«, schloss sie, griff dann nach Magdalenas Händen und blickte sie besorgt an. »Ich denke an Johannes, der dir nachstellt, das hast du mir ja schon letztes Jahr erzählt. Du musst ihn dir vom Leibe halten, unbedingt! Du kannst schwanger werden, schon beim ersten Mal. Und dann …« Bedeutungsvoll brach sie ab.

Annelie hob erstaunt den Kopf. »Das ist es also, was er will!«, rief sie in plötzlichem Erkennen.

Magdalena hob die Augenbrauen. Ihr Gesichtsausdruck wurde noch ernster. Sie fragte Annelie, wie sie das meinte, aber die schüttelte nur den Kopf und ließ das Kinn auf die Brust sinken.

Jetzt war die gute Laune wie weggeblasen. Tränen in Annelies Augen statt dem fröhlichen Lachen aus ihrem Mund.

»Lass uns zurückfahren nach Egern«, bat sie. »Ich muss noch aufs Grab der Mutter und alles herrichten.«

Magdalena nahm sie in den Arm. »Das hab ich doch schon machen lassen. So wie du es immer wolltest. Rundherum Buchsbaum, und in der Mitte ein Rosenstrauch. Es wird dir gefallen. Und die gestrickten Strümpfe, die du verkaufen willst, die übernehme ich, die schenke ich meinen Bediensteten zu Weihnachten.« Magdalena griff nach Annelies Tuch. »Und dir schenke ich ein neues Fürtuch und einen Stoff für ein neues Gewand. Das habe ich in München schon besorgt, musst dich nur noch um eine Nahterin kümmern.«

Annelie erschrak. »Aber nein, was sollte ich denn da dem Vater sagen? Er weiß doch nichts davon, dass wir uns treffen, und er würde nicht erlauben, dass du mir was schenkst!«

»Du sagst, du hast die Strümpfe gut verkauft und dir in den letzten Jahren ein wenig Geld gespart. Du sagst, der Stoff war schon abgeschnitten und ist dann nicht abgeholt worden, darum hast du ihn günstig bekommen. Und du sagst, in Rottach haben sie dich gehänselt, ob jetzt etwa der Gerstenrieder schon so arm wär, dass er seine Tochter so zerlumpt rumlaufen lässt. Das tut ihm weh!«

»Und weil's ihm weh tut, wird er mich schlagen.«

»Ich wiederhol es noch einmal: Geh weg von dort droben! Ich such dir eine Anstellung in München!«

Annelie schüttelte heftig den Kopf. »Wegen Lenz kann ich nicht gehen, und was sollte ich denn in München, wo mir alles so fremd ist.«

3. Kapitel

Annelie breitete den Stoff in der Stube auf dem Tisch aus. Bevor sie ihn zur Nahterin brachte, würde sie ihn dem Vater zeigen müssen, daran führte kein Weg vorbei.

Gestern war sie erst spät und bei Dunkelheit wieder zu Hause gewesen. Die Männer saßen gerade beim Essen, sie hatten sich eine Brotzeit gerichtet. Eier, die sie am Morgen schon für den Abend gekocht hatte, Geselchtes, Schmalz und einen Kanten Graubrot für jeden.

Der Vater hatte sie nach dem Grab der Mutter gefragt.

»Das hab ich bepflanzt, Vater. Wie ich mir es immer vorgestellt habe, mit einem Rosenstrauch – ein kleiner, den hat mir eine Marktfrau günstig überlassen.«

Danach war sie schnell in ihre Kammer gegangen. Wollte nichts sagen wegen des Stoffes. Wollte alleine sein mit ihren Erinnerungen, den schönen Tag mit Magdalena und Ludwig noch ein wenig nachklingen lassen und nachdenken über das, was Magdalena ihr unter Frauen gesagt hatte.

Lange war sie im Dunklen wach gelegen, hatte dem Rufen der Eulen gelauscht und dem Rauschen des Baches, der unweit ihres Kammerfensters aus einer Deichel auf die Mühlräder plätscherte, um sie anzutreiben.

Den Stoff hatte sie in ihre Truhe gelegt und am Morgen gleich nachgesehen, ob er noch da war und ob er wirklich so schön war, wie sie ihn in Erinnerung hatte.

Nun strich sie zärtlich über das Leinen. Ein feines in einem dunklen Rot, wie das der roten Bete nach dem Einkochen. Daraus sollten ein Mieder und ein Rock zum

Fortgehen werden. Für einen Rock zur Arbeit hatte Magdalena ein blaues, gröberes Leinen gewählt. Der Stoff für den Unterkittel war in einem hellen Rot mit gelben, grünen und blauen Streifen und der für die Schürze tannengrün wie die Hüte der Männer. Auch Haken und ein Geschnür aus schwarzer Kordel und ein feines, weißes Garn waren dabei, aus dem sie sich für den Kragen eine Spitze häkeln konnte.

Annelie hatte Tränen in den Augen. Es würde ihr erstes eigenes G'wand sein, seit die Mutter vor neun Jahren gestorben war. Zuerst hatte sie ihr blaues Kinderleiberl mit dem braunen Rock auftragen müssen, und als es nicht mehr länger ging, hatte ihr die Nahterin das alte Stallg'wand der Mutter kürzer und enger gemacht. Auch das war irgendwann zerschunden, da blieb schließlich nur noch das Sonntagsg'wand der Mutter übrig, das ihr jetzt fast vom Leibe fiel. Dabei war ihr Vater – der Sägmüller-Gerstenrieder immerhin! – doch kein armer Mann. Magdalena hatte schon recht, er sollte sich schämen, seine Tochter so rumlaufen zu lassen.

Draußen waren Schritte zu hören, der Vater ging an den Fenstern vorbei, die Haustür wurde aufgeschoben. Annelies Herz schlug zum Zerbersten.

»Annelie!«

»Ja, Vater, in der Stube bin ich.« Sie griff sich an die Brust, versuchte ihren raschen Atem zu bezwingen.

Die Tür sprang auf, er trat ein. »Der Julius ist da, für den musst etwas mitkochen.«

»Ja, Vater.«

Sein Blick fiel auf den Stoff. »Und was ist das da?«

»Stoff für ein neues G'wand, Vater.« Sie senkte den Blick. »Auf dem Friedhof, da haben mich die Leute so mitleidig angesehen, und ich hab gehört, wie eine zur anderen gesagt hat: Es ist eine Schande, wie das Dirndl vom Gerstenrieder-Sägmüller herumläuft. Ich hab mich so geschämt. Und als ich dann bei der Nahterin vorbeigekommen bin, da bin ich rein und hab sie gefragt, was ein Stoff kosten würde. Und sie hat mich genauso mitleidig angesehen. Dann hat sie den Stoff hier gebracht und hat gesagt, den kann sie mir günstig überlassen, den hat sie abgeschnitten für eine Kundin, und die ist dann nicht mehr gekommen.«

»So«, fuhr er sie an, »und das, was die nimmer gewollt hat, das hast du dann genommen?«

»Es war halt günstig, dafür hat das Geld von den Strümpfen und was ich noch übrig hatte, gerade gereicht.«

Xaver Gerstenrieder war an den Tisch getreten, hatte den Stoff in die Hand genommen, ihn mit seinen großen, zerschundenen Händen zuerst befühlt, um ihn dann mit einer unwirschen Handbewegung vom Tisch zu wischen. »Da hättest dich schon lang einmal um ein neues G'wand kümmern können!«, schrie er Annelie an. »Und was G'scheites nehmen, nicht einen Stoff, den eine andere nimmer brauchen kann! Wer sind wir denn, haben wir das nötig?« Er hob den Arm gegen sie, wollte zuschlagen, doch im selben Moment ging die Tür auf, und Julius Hartmann trat ein.

Julius, Großbauer und Holzmeister aus Rottach, ließ seine Holzknechte nun schon im vierzehnten Jahr für den Gerstenrieder arbeiten. Er hatte die Mutter noch gekannt, und der Vater schätzte ihn. Hin und wieder kam er in die Mühle, um sich mit dem Holzmüller zu besprechen oder etwas abzuholen. Oder einfach nur, weil er gerade zu den Holzknechten unterwegs war und sein Weg ihn an der Mühle vorbeiführte. Schon so manches Mal, wenn dem Vater die Hand allzu locker gesessen war, hatte er ihm Einhalt geboten. »Geh, Gerstenrieder«, hatte er gesagt, »jetzt krieg dich wieder ein! Das Madl ist doch eh so brav, warum schlägst es denn so arg!« Und er hatte einen Schnaps mit ihm getrunken, nur um ihn von seinem Zorn abzulenken und damit Annelie in den Stall oder in den Wald flüchten konnte.

Auch jetzt wieder hatte er mit einem Blick erfasst, was los war. Er zog den Hut vom Kopf, hängte ihn am Ende der Ofenstange auf, rieb sich die Hände und lachte den Gerstenrieder an. »Hab gedacht, wir trinken einen Enzian zusammen!«

Der Vater schob die Hände unter die Achseln, als hätte er sich verbrannt. »Einen Schnaps? Den kannst schon haben.«

Julius bückte sich nach dem Stoff, hob ihn auf, gab ihn Annelie. »Ein schöner Stoff! Wird das ein neues G'wand für dich?«

Annelie nickte, verließ schnell die Stube, lief hinauf in ihre Kammer und legte den Stoff in ihre Truhe.

Als sie mit dem Enzian und zwei Stamperl aus Zinn zurückkehrte, saßen Xaver Gerstenrieder und sein Holzmeister am Tisch und redeten. Zuerst verstand Annelie nicht, um wen es ging, aber dann hörte sie den Namen und erschrak.

»Der Jennerwein?«, hakte der Vater nach. »Bei uns herüben soll er sich herumtreiben?«

Annelie setzte sich leise an die Ofenbank, nahm ihr Strickzeug und tat, als wäre sie ganz versunken in ihre Arbeit. Ihre Nadeln klapperten, ihr Herz pochte.

»Auf der anderen Seite vom Wallberg«, bestätigte Julius. »Wir haben den Schuss deutlich gehört. Der Pföderl und der Lechenauer, die Jagdgehilfen vom Mayr, waren gerade bei uns droben, der Mayr selbst in Gmund. Die konnten es also nicht gewesen sein. Und die Baumgartnerin, weißt schon, die das Weiderecht im Wolfsgruber Wald hat, die hat den Jennerwein gestern oberhalb vom Schreck gesehen.«

Die beiden Männer kippten den Schnaps, stellten die Stamperl vor sich ab und gossen nach.

»Mit dem erlegten Wild auf der Schulter?«

»Aber nein!« Fast ungeduldig winkte Julius ab. »Der Jennerwein ist doch nicht blöd. Mit der Beute kann er bei Tag auf keinen Fall ins Tal absteigen. Der wird den Bock schon versteckt haben und den Stutzen dazu. Das Wildbret holt er sich dann in der Nacht.«

»Aber warum bei uns herüben? Der ist doch aus Schliersee.«

Julius lachte. »Jagdgrenzen kennt einer wie der nicht. Ein Wildschütz, ich bitt' dich schön!«

Der Gerstenrieder schürzte die Lippen. Er griff nach dem Stamperl und prostete dem Holzmeister zu. Als sie getrunken hatten, sagte er: »A schneidiger Bursch ist er auf jeden Fall. Kein solcher Jammerlappen wie der Max.«

Julius sah den Gerstenrieder befremdet an. »Willst jetzt etwa, dass dein Bub zum Wildschütz wird?«

»Geh, freilich nicht! Aber a bisserl mehr Mumm könnte er schon in den Knochen haben.«

»Feig kommt er mir nun wirklich nicht vor, dein Max, und fleißig wär er auch.«

»Aber?« Der Blick des Holzmüllers kam aus zusammengekniffenen Augen.

»Er hat dir doch nie was recht machen können. Für dich hat's immer bloß den Hans gegeben. Da wird ein Bub verbittert, wenn er dem Vater nichts wert ist. Ich weiß, was ich sag, mir ist es genauso ergangen. Kein gutes Wort vom Vater, immer neidiger bin ich darum geworden und hab um mich geschlagen bei jeder Gelegenheit. Erst wie ich die Gisela kennengelernt hab, und sie mich nicht nehmen wollte, weil ich ein solcher Raufbold war, bin ich wieder zur Besinnung gekommen. Zum Glück, sonst gäb es mich heute nicht mehr!«

»Was willst mir jetzt eigentlich damit sagen?«, fuhr Xaver Gerstenrieder auf.

»Dein Bub ist genauso aufbrausend und jähzornig, wie ich damals war. Sofort haut er zu, wenn ihm was nicht passt. Das ist nicht gut für ihn. Er bringt sich in Verruf und in Gefahr. Vor zwei Jahren haben sie beim Hennererwirt den Nikodemus erschlagen, bloß weil er beim Schafkopfen eine Glückssträhne gehabt hat. Und letztes Jahr zur Raunacht, da haben sie am Gasslerberg im Streit den Glasinger-Simon aus Gmund erhängt.«

»Das war nicht mein Bub, der so was getan hat!«

»Natürlich nicht. Ich sag das bloß, damit du siehst, wie schnell auch dein Max unter der Erde liegen könnte, wenn er sich nicht zurückhält. Und dann wär dein Jammer groß.«

»Und was soll ich deiner Meinung nach tun?«

»Gib ihm halt mal ein gutes Wort.« Julius nickte zu Annelie hinüber. »Und deinem Dirndl auch. Die hat doch eh nichts zu lachen hier oben.«

Annelie schob schnell ihr Strickzeug zusammen, legte es in einen Korb und verließ die Stube. Wenn Julius so über sie sprach, war ihr das peinlich, und es machte sie gleichzeitig traurig.

Sie lief hinüber in den Stadel, um nach Lenz zu schauen. Nachdem sie am Morgen zum Ausmisten im Stall gewesen war, hatte sie ihm die kleine Säge gegeben, um Äste in ofenfertige Stücke zu schneiden. Zu kurz waren die meisten oder zu lang, aber egal, Hauptsache er war beschäftigt.

»Gut machst du das«, lobte sie und legte ihm liebevoll eine Hand auf den Arm.

»Fürs Annele! Holzhabertan!« Lachend küsste er sie auf die Wange.

»Dann machst bittschön noch mehr Holzhabertan fürs Annele.« Sie bückte sich und suchte die zu langen Stücke heraus. »Schau, die passen noch nicht in den Ofen, die musst noch einmal durchschneiden. Schön in der Mitte.« Sie warf die Äste neben ihn auf einen Haufen.

»Holzhabertan!« Lenz machte sich wieder an die Arbeit.

Als Annelie sich aufrichtete, stand plötzlich Johannes neben ihr. Der Vater trank in der Stube mit Julius, der Max war im Wald, da konnte er sich leicht von der Arbeit davonstehlen.

»Da schau her«, er fixierte sie mit dunkeläugigem Blick, »bist wieder mit dem Deppen in der Scheune.«

»Was geht's dich an wo ich mit wem bin!«

»Bald mehr, als du denkst.« Seine Hand griff nach ihrem Rock, sein fordernder Blick beschämte sie.

»Lass mich!« Schnell drehte sich Annelie so herum, dass sie hinter ihm stand und ihm einen Stoß versetzen konnte. »Nimm deine Pratzen von mir, ich hab nichts mit dir zu schaffen!« Sie funkelte ihn zornig an.

»Oha, frech wird sie!« Grinsend fasste er nach ihren beiden Oberarmen und hielt sie mit festem Griff weit von sich ab. Als sie vergeblich versuchte, nach ihm zu treten und sich zu befreien, lachte er laut auf. »Schau, gegen mich kommst ja doch nicht an.«

Lenz war vor Schreck zurückgesprungen. »Annele!«, rief er. »Net Annele weh tun!« Er schlug sich wimmernd die Hände vors Gesicht, hockte sich hin und greinte.

Doch als Annelie der harte Griff so schmerzte, dass sie aufschrie, sprang er plötzlich wieder auf, griff nach einem der armdicken Äste, die neben ihm auf dem Boden lagen, und schlug dem Angreifer damit auf den Kopf.

Sofort ließ Johannes Annelie los, brüllte dabei wie ein gepiesackter Stier, fasste sich an den Kopf und starrte zuerst auf das Blut an seinen Finger, dann auf Lenz. Nie zuvor hatte der so etwas getan. Geweint hatte er, gejammert, sich in eine Ecke, unter eine Bank, hinter einen Schrank verzogen, aber nie sich gewehrt oder angegriffen.

Dem Erstaunen folgte Wut. Johannes' Gesicht verzog sich zur hasserfüllten Grimasse. Die Augen noch schmaler als sonst, die Adern an seinen Schläfen so dick angeschwollen, dass sie weit hervortraten, die Lippen zu einem schmalen Strich zusammengekniffen. Doch plötzlich öffneten sich diese Lippen zu einem wilden, durchdringenden Schrei. Johannes stürzte sich auf Lenz, griff mit seinen zwei Pranken nach dessen Kehle und drückte wie besinnungslos zu.

»Ja, spinnst etwa! Ja, du Depp, du hirnrissiger! Ich schlag dich tot!«

»Hör auf!« Annelie packte ihn am Kittel, versuchte ihn von Lenz wegzuzerren, aber Johannes trat mit solcher Wucht nach ihr, dass sie zurücktaumelte und gegen die Haferkiste prallte.

Da wurde auf einmal die Scheunentür aufgeschoben, und die Stimme des Vaters donnerte über sie hinweg. »Kreuzkruzitürken! Saubande, auseinander!«

Als Johannes so plötzlich von Lenz abließ, taumelte der zurück, sank auf den Boden und griff sich keuchend an den Hals. Seine Augen weit aufgerissen, schnappte und japste er nach Luft.

»Was ist hier los?« Der Vater sah Annelie an. »Antworte mir!«

Annelie ließ das Kinn auf die Brust sinken. Sie wusste nicht, wie sie es sagen sollte, dass Johannes ihr nachstellte und sie bedrohte. Nicht nur heute, schon lange! Dass er sie mit seinen dreckigen Fingern betatschte, mit seinen lüsternen Blicken beschämte! So etwas kam einem Dirndl nur schwer über die Lippen, und dass der Vater lieber seinem Gesellen glaubte als ihr, seiner Tochter, machte es auch nicht leichter für sie.

Wutfunkelnd hielt Johannes dem Sägmüller die Hand mit dem Blut entgegen. »Der Lenz, der Depp, hat mir einen Ast über den Schädel gezogen! Da kannst es mir nicht verdenken, dass ich mich zur Wehr gesetzt hab!«

Schon holte der Vater aus, wollte den Lenz schlagen, doch Annelie stellte sich vor ihn. »Bitte, Vater, bitte, er hat doch nicht angefangen. Es war doch Johannes, der mich … der …« Die Stimme versagte ihr vor Angst und weil sie es nicht über die Lippen brachte.

Johannes wollte sich davonstehlen, war inzwischen beim Scheunentor angelangt. Dort stand aber der Holzmeister. Der sah ihn an mit einem ruhigen, wissenden Blick. Tief hinein sah er in ihn und trat auch nicht zur Seite, als Johannes sich an ihm vorbeidrängen wollte. So nah kamen die beiden Männer einander, dass sich ihre Körper berührten.

»Lass das Dirndl in Ruh«, sagte Julius leise aber mit Bestimmtheit. »Und mach dich nicht an einem wie dem Lenz schuldig, der sich nicht wehren kann. Wenn du schon unbedingt beweisen musst, was für ein toller Hecht du bist, dann halt dich wenigstens an ein richtiges Mannsbild.«

Johannes lachte auf. »Willst damit etwa sagen, dass ich mich an so einen Pimperlwicht wie dich halten soll?«

»Du hast mich schon verstanden.« Julius ließ den Sägmüllergesellen endlich durch. Voller Verachtung spuckte er ihm hinterher.

4. Kapitel

Martin kam mit einem Fuhrwerk, das von einem kleinen, stämmigen Rotschimmel gezogen wurde. Das Pferd war gut genährt, sah flink und neugierig in die Welt, hatte eine lange, gepflegte Mähne und einen sauber ausgeklaubten Schweif. Man sah ihm an, dass es liebevoll gehalten wurde.

Als er drüben vor der Sägmühle anhielt, die Bremse eindrehte, den Hut vom Kopf zog und sich suchend umsah, war Annelie gerade dabei, im Haus die Betten auf dem Balkon auszuschütteln und sie über die Balustrade zu hängen.

»Martin!«, rief sie und winkte zu ihm hinüber, doch im selben Moment trat der Vater aus dem Sägegatter, und sie versteckte sich hinter der Tür, damit er sie nicht sah.

Seit der Sache mit Johannes war er noch mürrischer als zuvor. Julius hatte ihm ins Gewissen geredet. Er müsse besser aufpassen und den Johannes im Zaum halten, der brächte nur Unfrieden und Streit ins Haus. Der sei nicht gut für seine Kinder, weder für die Annelie noch für den Lenz und auch nicht für den Max, dem er ein schlechtes Vorbild war. Doch genützt hatte es nichts, im Gegenteil, der alte Gerstenrieder brüllte bei jeder Kleinigkeit los und schubste Annelie herum wie ein Möbel, das ihm im Wege stand.

Aber jetzt war der Martin endlich gekommen, sein Holz abzuholen, darauf hatte sie sich so lange schon gefreut.

Sie sah an sich hinunter. Noch immer trug sie das alte, zerlumpte G'wand. Vor acht Tagen hatte sie ihren Stoff zur Traudl nach Trinis gebracht und sich Maß nehmen lassen, gestern war sie zum Probieren dort gewesen. Wunderschön hatte sie im neuen Kittel und dem schönen Mieder ausgesehen! Ach, wenn sie es doch nur schon hätte.

Sie lief hinunter, richtete sich währenddessen das Haar, so gut es ging, wusch sich im Granittrog vor dem Haus schnell die Hände und das Gesicht, ging anschließend in die Küche. Wenn Martin beim Vater fertig war, würde er sie hier suchen und vielleicht auch über Mittag bleiben, um mit ihnen zu essen.

Eigentlich wollte sie Brotsuppe kochen, aber nun bedachte sie sich. Sie hatte noch Grieß! Dazu Milch, Eier, Schmalz – das würde Grießbatzen geben, die konnte sie mit eingemachten Birnen auftragen.

Sie schürte die Glut auf der Kochstelle, drehte den Kochgalgen mit dem Wassertopf übers Feuer, zerließ in einem anderen Topf Schmalz und rührte den Grieß hinein.

Ihr Herz klopfte dabei. Vielleicht hatte Martin ja schon mit seinem Vater gesprochen! Vielleicht würden seine Eltern ein Einsehen haben und die alte Geschichte verzeihen, für die sie und Martin schließlich nichts konnten.

Lange musste sie rühren, ehe es ein glatter Teig ohne Klumpen wurde. Dabei sprach sie sich Mut zu, und die Hoffnung wuchs und schwand und kam wieder zurück.

Während sie Eier verquirlte und Milch unterrührte, zitterten ihre Hände, und noch lauter klopfte ihr Herz, als sie im Fletz endlich Schritte hörte – da hatte sie die Batzen bereits abgestochen und ins Wasser gelegt, so viel Zeit war inzwischen vergangen.

»Annelie?«

»Ja, in der Kuchl bin ich, Martin!«

Schnell wischte sie sich die Hände ab, fuhr sich noch einmal durchs Haar, lachte ihm glücklich entgegen, als er eintrat und den Hut zog.

»Grüß dich Gott, Annelie.«

»Da bist ja endlich! Hab dich schon vorgestern erwartet!«

Sie fielen sich in die Arme.

»War zu viel Arbeit, konnt' nicht weg.«

»Zehn Tage sind lang, wenn man Sehnsucht hat«, sagte Annelie.

»So, du hast also Sehnsucht nach mir gehabt?« Martin sah sie verliebt an und lachte, als sie rot wurde. »Und hast einen schönen Tag gehabt mit deiner Base?«, fragte er dann.

Annelie legte den Finger auf den Mund. »Nicht so laut, es weiß ja keiner. Einen Stoff hat sie mir geschenkt, jetzt werd ich endlich ein neues G'wand bekommen. Die Mausbacher Traudel näht es mir. Eins, in dem ich mich auch nicht zu schämen brauch, sollte ich einmal vor deine Eltern hintreten.« Erwartungsvoll sah sie ihn an. »Hast geredet mit deinem Vater?«

Er biss sich auf die Lippen, sein Kopf sank auf die Brust. »Das ist nicht so einfach wie du denkst. Da muss ich auf den rechten Moment warten.«

Enttäuscht rückte sie von ihm ab, griff nach einem Schaumlöffel, fuhr damit ins Kochwasser und fischte einen Batzen heraus, um zu prüfen, ob er fertig war.

Martin seufzte. »Jetzt sei halt nicht gleich so unzufrieden mit mir.« Er gab ihr einen Kuss auf die Wange. »Erzwingen lässt sich so was nicht. Wenn einmal ein Nein gefallen ist, dann bleibt es dabei. Ich kenn meinen Vater. Wir müssen Geduld haben.«

»Aber ich hab doch schon so lange Geduld. Seit zwei Jahren kommst herauf und machst mir schöne Augen! Und ich mach mir Hoffnungen!«

Er nahm ihr den Schaumlöffel aus der Hand, legte ihn in den Topf, drehte sie zu sich und gab ihr wieder einen Kuss. Diesmal auf die Lippen, voller Zärtlichkeit und Leidenschaft. »Ich hab dich doch lieb«, flüsterte er an ihrem Ohr, und ein ganz seltsames, wunderbares Gefühl ließ ihren Körper erzittern.

»Wirklich? Schwörst es mir?«

»Wenn du willst, schwör ich es dir.« Noch einmal küsste er sie.

Da wurde plötzlich die Tür aufgestoßen. Sie fuhren auseinander und sahen schuldbewusst drein, als Max vor ihnen stand, sie stumm und aus schmalen Augen anstarrte.

»Ach, da treibst dich mal wieder herum!«, sagte er zu Martin, schickte seiner Schwester zornige Blicke und wandte sich wieder an den Schreiner. »Wir wären jetzt so weit, wir können dein Holz aufladen.«

Er folgte Max.

»Bleibst zum Essen?«, rief Annelie ihm nach.

»Nein, ich muss gleich wieder heim.«

Enttäuscht sah sie auf ihre Grießbatzen. Wofür hatte sie sich nun all die Mühe gemacht?

Mit dem Geld im Sack, das er von Martin für das wertvolle Holz bekommen hatte, war der Vater gut gelaunt wie schon lange nicht mehr, erst recht, als er sah, dass es Grießbatzen mit eingemachten Birnen gab. Er sprach sogar das Tischgebet, was ihm sonst nicht so leicht über die Lippen kam.

»Amen«, schloss er, und Lenz plapperte nach:

»Amen, ama, damas, damas, amen.« Dazu bekreuzigte er sich und schlug sich mit drei Fingern immer wieder gegen die Brust.

»Is' schon gut, jetzt hör auf, du Depp!«, fuhr Max ihn an.

Annelie griff nach Lenzens Hand, legte einen Löffel hinein und sagte: »Jetzt darfst essen, gute Grießbatzen.«

»Gute Grießbatzen, gute.«

Annelie lachte. »Ja, gute Grießbatzen, gute.«

»Die gibt's auch bloß, weil der Martin da war und sie geglaubt hat, der isst mit uns«, murrte Max.

»Die gibt's, weil ich dem Lenz schon lange versprochen hab, dass er mal wieder Grießbatzen bekommt«, zischte Annelie zurück.

Lenz nickte. »Annele versprochen.«

Max ließ sich nicht beirren. »Rumbusselt haben s' in der Kuchl, sie und der Martin. Ich hab's selbst gesehen.«

Annelie wurde rot. Sie erwartete ein Donnerwetter vom Vater, wagte es nicht, ihn anzusehen. Doch er blieb ruhig. »Jetzt iss«, sagte er zu Max und nach einer Weile: »Wär ja vielleicht gar nicht schlecht, ein Schreiner und Zimmermann als Schwiegersohn.«

Erstaunt hob Annelie den Kopf, wagte nun doch einen Blick auf den Vater. Er beachtete sie nicht, aß nur still vor sich hin.

Erst als sie mit dem Essen fertig waren, richtete er noch einmal das Wort an sie: »Der Julius war grad da, ist rauf zur Rotte am Setzberg. Morgen gehen der Max und der Johannes auch hinauf und bleiben bis zum Samstag. Sie bauen einen neuen Rindenkobel, der alte taugt nicht mehr. Da kannst dann hier unten deinen Frühjahrsputz machen, und meinetwegen gehst auch nach Trinis zur Nahterin und was noch alles sein muss. Aber den Lenz nimmst mit, sonst kannst gleich da bleiben.«

»Ja, Vater.« Damit er nicht merkte, wie sehr sie sich freute, räumte sie geschäftig die Pfanne vom Tisch.

Der Vater stand auf, und die anderen folgten ihm. Als sie draußen waren, nahm Annelie Lenz in den Arm und drehte sich mit ihm wie im Tanz. »Nach Trinis, das G'wand holen!«, jubelte sie. »Und du gehst mit!«

»Und i geh mit!« Er lachte.

Am Abend lief sie in den Wald, um die Kuh und das Schwein nach Hause zu treiben. Lenz blieb in der Scheune, schnitt mit der Säge Astholz – ein Beil gab sie ihm nie.

Wieder auf dem Heimweg, hörte sie ihn schon von Weitem lachen. Dieses hohe, schrille Lachen, das nichts Gutes hieß. Und immer wieder schrie er: »Lenz kann fliegen, Lenz kann fliegen!«

»Hoho, schneller!« Sie griff nach einem Stock, schlug damit der Kuh aufs Hinterteil, damit sie schneller ging.

»Lenz kann fliegen!«

Nun hörte sie auch Max und Johannes lachen. »Dann flieg doch, Depp! Komm, flieg! Zeig's uns, du Depp!«

»Kann fliegen, da Lenz! Fliegen kann! Fliegen kann!«

Zwischen den Bäumen tauchte die Sägmühle auf. Links das Haus, rechts der Stall und die Scheune, das Sägegatter lag dem Stall gegenüber.

Annelie blieb vor Schreck das Herz fast stehen, als sie sah, was vor sich ging. Lenz stand oben auf dem abschüssigen Scheunendach, hatte die Arme ausgebreitet, den Kopf gen Himmel gereckt und vollführte einen seltsamen Tanz.

Er lachte laut und irre. »Fliegendingda, fliegendingda!« Er trat näher an den Rand des Daches, hob und senkte dabei die Arme wie ein Vogel. »Fliegendingda!«

»Nicht, Lenz!«, schrie Annelie. »Net fliegen! Annelie sagt Nein! Nein, hörst du, nein!«

Er wandte den Kopf, sein Blick suchte nach ihr. »Annele? Net fliegen?«

»Net fliegen, Lenz!«

»Net fliegen, Lenz«, wiederholte er, ließ die Arme sinken, ging in die Knie und setzte sich hin.

Die Stalltür stand offen. Die Kuh ging von alleine hinein, das Schwein folgte ihr.

Annelie packte die Leiter, die an einem Holznagel an der Stallwand hing. Trug sie hinüber zur Scheune, lehnte sie neben Lenz am Dach an. »Jetzt kommst runter, Lenz. Dann kriegst was Schönes von mir.«

Folgsam stieg er auf die Leiter und kletterte zu ihr hinunter. Als er sicher auf dem Boden stand, nahm sie ihn in die Arme, schickte dabei zornige Blicke zu ihrem Bruder und Johannes, die lachend auf einem Holzstoß saßen.

»Was denkt ihr euch bloß, ihr blöden Kampeln!«

»Warum? Wenn er doch fliegen kann?«

»Ist es euch wirklich egal, wenn er sich den Hals bricht? Oder auch bloß ein Bein! Ihr seid die Deppen, nicht der Lenz!«

»Holla, halt dich zurück!« Johannes sprang auf seine Füße, trat auf sie zu, blitzte sie hasserfüllt an. »Einen Deppen lass ich mich von so einer Schlampen, wie du's bist, nicht nennen!«

»Ich bin keine Schlampe!«

»Und ich bin kein Depp!« Er stieß sie zur Seite und ging mit langen Schritten davon.

Als Max an ihr vorbeiging, fasste sie seinen Arm. »Dass du nicht wenigstens gescheiter bist! Der Lenz ist doch auch dein Bruder!«

Unwirsch schüttelte er sie ab. »Ach, lass mich doch in Ruhe!« Damit folgte er Johannes ins Sägegatter.

5. Kapitel

Immer wieder sah Annelie an sich hinunter, freute sich über das schöne G'wand und die schönen Farben! Den alten Kittel und den Rock dazu hatte die Traudl gleich in Fetzen gerissen und ein Bündel daraus geschnürt. »Damit du's nicht mehr anziehen kannst, auch im Stall nimmer!« Sie gab ihr das Bündel. »Da hast jetzt Lumpen zum Putzen. Und vom Mieder trennst dir daheim die Haken herunter, den Rest schmeißt fort.«

Nachher war Annelie mit Lenz noch im Wirtshaus eingekehrt und hatte für jeden eine Limonade und eine Brezel bestellt, und Lenz hatte gelacht vor Glück und hatte ganz andächtig gegessen und getrunken.

Jetzt ging er vor ihr her zurück nach Hause.

Der Vater war alleine daheim, feilte die Sägen, arbeitete am Mühlrad, kontrollierte die Deicheln, die das Wasser zur Mühle leiteten. Später würden auch Max und Johannes wieder heimkommen, und sie würden ihre schlechte Laune an ihr auslassen, denn droben, bei den Holzknechten, da verrohten sie meist noch mehr.

Die Rotte bestand aus vier jungen Kerlen, die aus Hagrain und Rottach kamen. Übermütige Burschen, denen Annelie lieber aus dem Wege ging. Wenn sich ihnen die Gelegenheit bot, machten sie ihre Sperenzchen mit ihr und stellten ihr nach.

Der Heimweg führte sie durch Kiefernwälder. Hin und wieder, wenn die Bäume sich lichteten, konnte man übers Tal auf die andere Seite blicken. Annelie blieb stehen, deutete hinüber. »Schau, Lenz! Dort drüben, das ist der Hirschberg.«

»Is da Hirschberg«, wiederholte er.

Annelie nickte, betrachtete das schöne Bild. Weit unter dem Gipfel dünnte sich der schattige Hochwald aus, leckte vereinzelt in grünen Zungen über die kahlen, teils noch schneebedeckten Felsen. Weiter rechts, sanft verschwommen, die Kampen und der Fockenstein. Die Berge kannte Annelie alle beim Namen, der Vater hatte sie ihr einmal aufgezählt, als die Mutter noch gelebt hatte und er offener und zugänglicher war.

»Und schau, der Spitz dort drüben, der aus dem Wald rausragt, das ist der Leonhardstein.«

Im selben Moment fiel ein Schuss, und gleich drauf knallte es ein zweites Mal. Annelie zuckte zusammen. Sie drehte sich um. Der Hall war vom Wallbergmoos oben gekommen. Warum, wusste sie nicht – es konnte ja auch einer von den Förstern geschossen haben –, aber sie dachte gleich an den Girgl und hatte dabei so ein dumpfes Gefühl in der Brust.

»Komm«, sagte sie zu Lenz, »lass uns weitergehen.«

Eine halbe Wegstunde später kamen sie an die Stelle, an der Annelie den Jennerwein getroffen hatte. Sie blieb stehen, sah hinüber zu dem Baumstumpf, auf dem sie gesessen hatten, drehte sich dann um und schickte den Blick hinunter ins Tal. Dort glänzten in der Abendsonne die Dächer von Trinis, von Oberach und von Staudach, und noch ein Stück weiter glitzerte der Tegernsee.

Auch Magdalena fiel ihr in diesem Moment wieder ein. »Du musst weg von da oben«, hörte sie die Base sagen, »ich besorge dir eine Anstellung als Kinderfrau in München!«

Aber was sollte sie in München, in dieser fremden Stadt mit all den fremden Menschen und so weit ab von den Bergen? Sie liebte ihre Heimat, sie gehörte hierher.

»Annele«, sagte Lenz, »i hab Okuli.« Er ließ seinen Kopf auf ihre Schulter sinken und seufzte.

»Okuli?«

Lenz nickte heftig.

Annelie wusste nicht, was Okuli bedeutete, aber sie nahm seine Hand und drückte sie und sagte leise: »Das geht bestimmt bald wieder vorbei.«

Der Vater saß mit Julius in der Stube. Sie tranken und sprachen über den Schuss, den auch sie gehört hatten.

»Das ist von droben gekommen, irgendwo unterhalb der Wallbergmoosalm. Eine halbe Wegstunde von hier, schätz ich«, sagte Julius. »Höchstens«, fügte er an. »Ich weiß nicht, wo das noch hinführen soll, wenn Gesetz und Ordnung keinem mehr heilig sind.«

»Bleibst heut' zum Nachtmahl?«, fragte Annelie den Holzmeister.

Julius schüttelte den Kopf. »Ich geh gleich heim, dort wartet genug Arbeit auf mich. Wollte bloß bei den Holzknechten nach dem Rechten sehen und das neue Seil raufbringen, das ich hab machen lassen.« Er sah Annelie an und nickte zufrieden. »Das G'wand steht dir gut, jetzt schaust ordentlich und g'schickt aus, grad wie deine Mutter, als sie so alt war wie du.«

Das Kompliment machte sie verlegen. Mit schnellem Seitenblick auf den Vater verließ sie die Stube.

Als sie mit der Stallarbeit fertig war, kamen Max und Johannes über den Schneidweg herunter.

»Hast auch den Schuss g'hört?«, fragte ihr Bruder.

Annelie nickte. Sie nahm Lenz an der Hand und ging voraus Richtung Haus.

Hinter ihr her Johannes. Er griff ihr an den Rock. »Fesch schaust aus, beinah wie eine von den Feinen. Das hast dir wohl für den Martin machen lassen? Weilst meinst, dass er dich seinen Eltern vorstellt?«

»Geht dich nichts an«, sagte Annelie.

»Mag sein. Ist deine Sach', wenn du an Märchen glaubst.«

»Ich glaub nicht an Märchen, im Gegensatz zu dir hat mich der Martin wirklich gern.«

Johannes lachte auf. »Wennst meinst, dass der Martin dich heimführt, dann hast dich getäuscht. Weil er nämlich die Burgl vom Aschenriederhof heiratet.«

Annelie blieb abrupt stehen und fuhr herum. »Das stimmt nicht! Du lügst!«

Johannes lachte auf. Ihrem bohrenden Blick hielt er stand. »Und ob das stimmt!«

Im selben Moment traten der Vater und Julius aus dem Haus. »Gell, Hartmann«, wandte sich Johannes an den Holzmeister, »die Burgl heiratet in sechs Wochen den Martin. Beim Hennererwirt wird gefeiert. Das hat uns grad noch der Franz erzählt«, er wandte sich wieder an Annelie, »einer von den Holzknechten, der ist der Burgl ihr Nachbar.«

Der Holzmeister sah ihn stirnrunzelnd an. »Ja freilich, schon«, sagte er, reichte Xaver Gerstenrieder zum Abschied die Hand, nickte den anderen zu und schlug den Weg hinunter ins Tal ein.

Kreidebleich starrte Annelie ihm nach. Wenn Julius das sagte, stimmte es auch. Der Martin und die Burgl! Dann hatte er sie also die ganze Zeit über zum Narren gehalten! Schön hatte er ihr getan und sie abgebusselt und dabei gelogen, dass sich die Balken bogen!

Mit Tränen in den Augen ging sie drei Schritte rückwärts, dann lief sie davon. In die Scheune. Dort warf sie sich ins Heu und weinte.

Wie lange sie so dagelegen hatte, wusste sie nicht mehr, als ein Geräusch sie aufschrecken ließ. Ein Knarzen an der Scheunentür. Sie starrte ins Dämmerlicht. Vom Wald her wurden Stimmen laut. Dann war ganz in der Nähe ein Stöhnen zu hören, gleich darauf ein leiser Fluch.

»Verdammt …«

Es kam von drüben, wo die Werkbank stand. Annelie konzentrierte ihren Blick – und dann sah sie ihn. Einer mit einem Rucksack und einem Stutzen über der Schulter. Es war Georg Jennerwein!

Sie sprang auf. Als er sie sah, griff er nach dem Gewehr und legte auf sie an.

»Net schießen! Ich bin's doch, die Annelie.«

»Ach, du.« Er ließ den Stutzen sinken. »Sie sind hinter mir her«, sagte er. »Es ist aus, wenn sie mich erwischen. Zappenduster. Du musst mich verstecken!«

Sie putzte sich das Heu ab und wischte sich die Tränen aus dem Gesicht. »Verstecken? Das geht nicht, ich wüsste nicht, wo!«

»Jetzt hilf mir doch!«, drängte er. »Wennst noch lang überlegst, dann haben sie mich!«

Tatsächlich waren die Männer schon so nah, dass sie jedes Wort, das sie sagten, verstehen konnten.

»Der ist beim Sägmüller, garantiert!« Das war der Forstgehilfe Johannes Pföderl, Annelie erkannte seine Stimme.

Georg Jennerwein packte sie an den Schultern und schüttelte sie. »Los! Zeig mir ein Versteck! Oder willst, dass sie mir an den Kragen gehen!«

Sie atmete hörbar ein und wieder aus. »Komm mit«, sagte sie endlich. Ging zum Scheunentor, sah nach draußen. Zwei Steinwurf entfernt, droben hinter dem Fichtensaum, entdeckte sie die Grünjoppen. Schnell ging sie weiter, Jennerwein folgte ihr. Links herum, auf dem schmalen Pfad zwischen Scheune und Berghang bis zur Holzleg'. Dort, an der Schuppenwand, lag ein mannshoher Haufen Scheite zum Aufschichten bereit.

»Versteck dich dahinter!«

Er tat es, ohne lang zu überlegen. Sie warf eine Plane über ihn und schob Scheite auf die Plane.

Die Männer waren jetzt schon bei der Scheune.

»Da drin muss er sein!«

»Hätten wir bloß die Hunde dabei, der hätt nix mehr zum Lachen.«

Annelie legte noch eine alte Schwinge auf die Plane, dazu ein paar von den Ästen, die sie für Lenz zum Kleinsägen gesammelt hatte.

»Jennerwein, stell dich! Jetzt kommst nimmer ungeschoren davon!«, rief der Lechenauer und blickte im nächsten Moment um die Scheune, wo er Annelie entdeckte, die Scheite aufschichtete.

»Was wollt's denn, was schreit's denn hier so herum?«, fragte sie ihn, ohne ihre Arbeit zu unterbrechen.

»Da muss sich einer bei euch verstecken. Der Jennerwein, der Wilddieb!«

Annelie schüttelte den Kopf. »Davon wüsst ich nichts. Geht's 'nüber, der Vater ist im Haus.«

Sie hörte sie noch eine Weile in der Scheune suchen. Als sich die Stimmen entfernten, trat sie einen Schritt zur Seite, sah ums Eck, sah sie aufs Haus zugehen und drinnen verschwinden.

»Bleib hier, rühr dich nicht«, sagte sie zu Jennerwein. »Ich hol dich, wenn die Luft rein ist.«

Er antwortete nicht. Sie lief davon.

Als Annelie die Haustür öffnete, kam Johannes Pföderl gerade vom Oberstock herunter. »Droben ist er nicht«, sagte er.

»Herunten auch nicht«, antwortete der Lechenauer, sah den Vater an, fragte: »Wo könnte er sonst noch sein?«

Der zuckte die Schultern. »Mei, was weiß ich. In der Scheune, im Stall. Vielleicht drüben im Sägegatter. Schaut's halt nach.«

»In der Scheune ist er nicht. Im Stall auch nicht, da haben wir schon gesucht.«

Xaver Gerstenrieder brachte sie hinüber zu Max und Johannes, die ließen gerade einen Baum durchs Sägewerk.

Die Jagdgehilfen sahen sich um. Hinter Kästen und Kisten sahen sie, hoben auch die Luke auf, die in ein Kellerloch führte. Aber nichts, keine Spur von Jennerwein.

»Und ihr habt auch keinen gesehen, der sich verstecken wollte?« fragte der Lechenauer.

Max und Johannes zuckten die Schultern. »Hier war keiner.«

Hans Pföderl zog sich den Hut vom Kopf, und für einen Moment sah es aus, als wollte er ihn aus lauter Wut vor sich auf den Boden schmeißen, um darauf herumzutrampeln. Aber dann beließ er es doch nur bei einem herzhaften Fluch. »Saubazi elendiger! Wenn ich dich krieg, dann behüt dich Gott oder meinerfress' der Teufel!«

Fluchend und schimpfend zogen die Jagdgehilfen ab. Als Annelie glaubte, dass sie weit genug weg waren, nahm sie einen Korb und ging damit zur Holzleg'.

»Sie sind fort«, sagte sie, warf ein paar Scheite in den Korb.

Jennerwein schälte sich aus dem Haufen. Sein Gesicht war dreckig, seine Joppe auch, und die Spielhahnfeder an seinem Hut war zerdrückt. »Dank dir schön, Annelie.«

»Dank mir nicht lang, verschwind einfach.«

»Aber ich kann nicht verschwinden.« Er hob sein Bein und stellte es auf den Holzhaufen, damit sie die daumengroße Wunde und das viele Blut an seiner Wade sehen konnte. »Mich hat's erwischt, ein Streifschuss. Das tut höllisch weh, damit komm ich nicht weit.«

Sie schüttelte den Kopf. »Da kann ich nichts für dich tun. Was glaubst, der Vater erschlägt mich, wenn er weiß, dass ich dir geholfen hab.«

»Dann gehst jetzt rein. Du hast mich nicht gesehen. Ich warte eine Weile und komm dann nach. Vor deinen Leuten tun wir so, als kennen wir uns nicht.« Er sah sie an mit seinen blauen Augen, dass ihr das Herz schneller schlug. »Dein Bruder, der Hans, der war doch als Rekrut in München, in der Kaserne?«

Annelie nickte. »Im 66er-Jahr. Aber er lebt nicht mehr, ist im Wald bei der Arbeit umgekommen.«

»Das weiß ich doch. So was spricht sich herum. Also der Hans war in München – ich auch! Dann lass mich nur machen, ich schaff das schon mit deinem Vater.«

Sie nahm den Korb und ging hinein. Er sah ihr nach, wie sie im Haus verschwand.

Lenz saß auf der Treppe im Fletz. Als Annelie eintrat, sprang er auf und warf sich ihr an den Hals. »Annele! Vater mi nausgschickt!«

Sie stellte den Holzkorb ab, strich ihm übers Haar. »Komm.«

Lenz folgte ihr in die Stube, sie setzte ihn auf die Ofenbank.

»Kreuzkruzitürken!« Die Faust des Vaters fuhr auf den Tisch nieder, dass es krachte. »Jetzt bringst mir den Deppen schon wieder rein!«

»Er muss sich doch aufwärmen, sonst wird er noch krank.«

Sie gab Lenz sein Strickzeug; zwei kleinfingerdicke Nadeln und grobe Wolle. »Da. Strickst deinen Schal weiter. Und bist schön still. Sagst nichts, damit du den Vater nicht störst.«

»I still. I sag nix.«

Annelie wandte sich an die Männer. »Ich mach jetzt das Abendbrot.«

Sie ging in die Küche, bereitete ein »Muas« zu. Hatte gerade Wasser, Mehl und Salz verrührt, als sie Schritte im Fletz hörte, dann das Knarzen der Stubentür und ein Rumpeln, so als ob einer aufgesprungen wäre und dabei seinen Stuhl umgeworfen hätte.

Sie schloss die Augen und griff sich mit beiden Händen ans Herz, das vor Angst und vom schlechten Gewissen getrieben galoppierte wie ein durchgegangenes Pferd. Was hatte sie getan? Einen Wilddieb versteckt! Einen Haderlump hereingelassen! Und wenn er sie jetzt alle umbrachte, niederschoss mit seinem Stutzen? Für jeden von ihnen einen Bleibatzen! Fünf Schuss und aus, und keiner würde nach ihnen sehen, bis Julius einmal wieder heraufkam oder …

Martin, hatte sie gedacht. Aber dann fiel ihr wieder ein, was ihr Johannes erzählt hatte, und ihre Augen füllten sich neuerlich mit Tränen. Warum? Warum hatte er ihr das nur angetan? Die Burgl vom Aschenriederhof! Ja, reich war sie und auch nicht schiach, aber mindestens fünf Jahre älter als er und schon verwitwet. Und überhaupt! Seine Liebe hatte er doch ihr, Annelie, geschworen – ja, geschworen hatte er!

Martin war ihre einzige Hoffnung gewesen. Jetzt gab es keine mehr. Hier musste sie bleiben, im düsteren Wald. Dem Vater, dem Max, dem Johannes ausgeliefert. Ihrer Wut, ihrem Hass, ihrem Jähzorn. Und der Lenz wäre ihre einzige Liebe und Freud.

Oder nach München gehen, wo sie fremd wäre wie ein Fisch an Land und nicht wissen würde, was sie dort erwartete.

Die Agnes war auch in München gewesen. Ihre Herrschaft hatte sie grün und blau geschlagen. Die Monika kam schwanger zurück. Vom Herrn sei das Kind. Gezwungen hätte er sie. Und jetzt, wo sie schwanger war von ihm, hat man sie fortgejagt wie eine räudige Hündin.

Annelie wischte sich die Tränen ab und fasste sich. Gab nochmal einen Löffel Schmalz ins Muas, nahm die Pfanne, atmete tief durch und trug sie hinüber in die Stube.

Die Männer saßen am Tisch, Lenz noch immer am Ofen, Jennerwein auf der langen Bank unterm Fenster. Das verletzte Bein hatte er hochgelegt, den Stutzen neben sich an die Wand gelehnt. Als sie eintrat, griff er danach und legte auf sie an. Es klickte leise, als er den Hahn spannte.

Annelie ließ die Pfanne auf den Tisch fallen, dass es schepperte, war mit einem Sprung bei Lenz und presste seinen Kopf in ihre Schürze. Für einen Moment hatte sie wirklich gedacht, Jennerwein schießt auf sie.

Der Vater sagte: »Die da ist meine Tochter.«

Jennerwein nickte. »Dann heißt sie Annelie.«

»Kennst sie etwa?«, fragte der Vater.

»Nein. Das weiß ich noch vom Hans. Das hab ich mir gemerkt, dass er eine Schwester hat, die Annelie heißt. Und einen depperten Bruder.«

»Vom Hans?« Der Alte reckte sich.

»Der Gerstenrieder-Hans, das ist doch dein Sohn? Hol ihn her, der wird dir bestätigen, dass wir zusammen in der Kaserne in München waren. Und dass ich ihm schon einmal das Leben gerettet hab. Damals, als ihm einer von den Rekruten ein Messer an die Kehle gehalten hat. Jetzt ist *er* mit dem Retten dran; eine Hand wäscht die andere.«

»Mein Sohn ist tot«, sagte der Alte bitter.

»Tot? Der Hans?«

»Vom Baum erschlagen, zwei Monate, nachdem er aus dem Krieg daheim war.«

»Sakradie! Und das ausgerechnet dem Hans.«

»Dann kannst ja jetzt wieder verschwinden«, fuhr ihn Max an. »Wenn die Jagdgehilfen zurückkommen und dich hier erwischen, dann sind wir dran.«

Jennerwein sah ihn abschätzend an. »Dein Bruder hätte so nicht gesprochen! Der hätte mehr Mumm in den Knochen gehabt.« Er sah von Max zum Alten. »Vielleicht hast wenigstens einen Enzian für mich?«

Der Vater nickte Annelie zu. Sie holte die Flasche und schenkte ein Stamperl ein.

Jennerwein trank es in einem Zug aus, griff dann in seine Tasche und zog ein Sacktuch heraus. »Und da drauf schüttest mir auch noch was«, sagte er zu Annelie. »Zum Desinfizieren. Oder tät'st du mich verbinden?«

Annelie blickte zum Vater. Er dachte nach. Schließlich nickte er.

Sie holte eine Schüssel mit warmem Wasser und Stofffetzen und fing an, das Bein abzuwaschen.

»Und sonst?«, nahm der Gerstenrieder das Gespräch wieder auf. »Hat der Hans sonst was von daheim erzählt?«

»Über Privates haben wir nicht viel geredet. Halt dass ich Holzknecht bin und er vom Sägmüller-Gerstenrieder der Sohn. Und dass sein Vater einer ist, auf den man zählen kann und dass er einmal die Mühle übernehmen wird.«

Der alte Gerstenrieder bekam einen ganz weichen Blick, als Jennerwein von Hans sprach. »Und sonst nichts?«, drängte er weiter.

Jennerwein zuckte zusammen, als Annelie, die inzwischen das Bein abgewaschen hatte, mit dem schnapsgetränkten Tuch das blank liegende Fleisch abtupfte.

Es tat höllisch weh. »Wie gesagt«, er blies den angehaltenen Atem aus, »für Privates war wenig Zeit. Da hast nichts zu lachen in so einer Kaserne! Die fackeln nicht lange, wenn du nicht machst, was sie wollen. Und damit du erst gar nicht an zu Hause denkst und aufmüpfert wirst, halten sie dich auf Trab, bis dir Hören und Sehen vergeht. Für die bist du nichts als Dreck, und das sagen sie dir auch: Lumpenpack! Saubande! Und dann ab im Laufschritt und marsch! Und im Bauch nix als Hunger, und kalt ist dir, und sie lassen dich durch den Dreck robben und durch Pfützen, bis du nass bist am ganzen Leib. Und die Knochen tun dir weh, und wieder der Hunger, dass der Magen nur so knurrt. Umgefallen sind die Rekruten einer nach dem anderen, wie morsche Stangerln im Wind. Und der Korporal lacht dabei noch und versetzt dir einen Tritt und brüllt dich an: Was glaubst – das hier ist bloß ein Vorkosten auf den Krieg!« Jennerwein schüttelte den Kopf. »Da kannst nicht viel reden über Privates, da hast keine Zeit für so was. Aber eines weiß ich noch: Dem Hans, dem hat keiner was können! Der war mutig und tapfer und hat sich nicht unterkriegen lassen.«

Wie ein Schwamm hatte der Holzmüller jedes Wort über seinen Ältesten aufgesogen. Seine Augen glänzten dabei vor Stolz und verhaltenen Tränen.

»Der Hans!«, sagte er jetzt. »Ja, der Hans war ein guter Bub.«

Max saß daneben. Was er dachte, sah man ihm an: Der Hans, immer der Hans! Die Fäuste hielt er geballt, so sehr, dass seine Fingerknöchel weiß durchschienen. Die Zähne biss er aufeinander, dass die Backenmuskeln spielten. Und der Blick war voller Hass und Trauer, weil der Vater ihn nicht sah, nur immer wieder den toten Bruder. Und der dort, der war ein Gesetzesbrecher und wurde trotzdem aufgenommen wie ein willkommener Gast, nur weil er was über den Hans faselte. Irgendein dahergelabertes Zeug, das sich ein jeder ausdenken konnte. Aber sein Vater war scheinbar blind! Hansblind und hansverliebt! Und merkte nicht, wie er um den Finger gewickelt wurde.

»Kannst bleiben«, sagte der Vater zu Jennerwein, »bis dein Bein so weit verheilt ist, dass du nach Schliersee gehen kannst.«

6. Kapitel

Vier Tage war er nun schon bei ihnen. Saß meist auf der Bank am Fenster in der Stube, von da konnte er sehen, was auf dem Hof vor sich ging. Den Stutzen behielt er neben sich, das Bein hatte er hochgelegt, und nachts schlief er im Fletz unter der Treppe.

Die Wunde heilte gut. Annelie wechselte täglich den Verband und behandelte sie mit Ringelblumensalbe, die sie im letzten Sommer selbst hergestellt hatte.

Auch jetzt verband sie Jennerwein wieder, zog den Stofffetzen ab und betrachtete die Wunde. »Es eitert nicht und es bildet sich schon Grind«, sagte sie. »Wenn ich mir was tu, dann dauert das länger.«

Jennerwein nickte. Er sah auf Annelie hinunter, die vor ihm kniete, den Salbentopf und saubere Leinenstreifen auf einem Stuhl neben sich. »Dass du es da heroben aushältst«, sagte er auf einmal. »Mit all den grantigen Mannsbildern und deinem depperten Bruder dazu. Nie ein freundliches Wort, immer bloß Schimpf und Schelte. Und der Wald so düster, kein Sonnenstrahl kommt durch. Warst überhaupt schon jemals beim Tanzen?«

Sie schüttelte den Kopf. »Die Holzknechte wollten mich zur Kirmes mit auf den Tanzboden nehmen, aber der Vater hat's nicht erlaubt.« Und überhaupt wäre sie auch gar nicht mitgegangen, in ihrem alten, abgewetzten G'wand, das sie noch bis vor ein paar Tagen getragen hatte. Aber das sagte sie nicht.

»Ja«, Jennerwein nickte, »auf so einem Ball, da geht's lustig zu. Ich tät dich auch mitnehmen, wenn du willst!«

Sie sah auf. Ein Blitzen lag in seinen Augen und er lachte, dass Annelie seinen schiefen Schneidezahn sah.

»Das kannst jetzt leicht sagen.« Sie stand auf, raffte die benutzten Binden vom Stuhl und nahm die Salbe. »Aber morgen bist wieder weg, und ich bin vergessen.«

Es klang bitter, sie dachte dabei an Martin.

Jennerwein hob die Augenbrauen. »Bist etwa schon enttäuscht worden? Hast schon mal einen gehabt?«

Annelie ging ohne zu antworten.

Bald darauf kam sie mit Lenz zurück. Sie setzte ihn auf die Ofenbank und ließ ihn stricken. »Pass auf ihn auf, bis ich mit dem Stall fertig bin«, sagte sie zu Jennerwein.

Sie mistete zuerst die Kuh, dann das Schwein aus, sammelte im Hühnerstall die Eier zusammen und nahm auch die Milch mit, die sie am frühen Morgen schon gemolken hatte. Zu Mittag würde sie eine Milchsuppe machen, das alte Brot hineinbrocken. Vorgestern hatte sie neues gebacken. Zwanzig Laib dunkles und zehn Laib Semmelbrot. Und danach einen Auflauf in den Ofen geschoben. Das war Knochenarbeit. Zu viel für eine Frau alleine, aber danach fragte keiner. Der Lenz konnte ja auch schon helfen. Beim Kneten, das schaffte er. Und beim Herausholen, das konnte er auch. Alles andere musste sie alleine machen.

Sie brachte Eier und Milch in die Kuchl, ging dann wieder in die Stube.

Lenz saß jetzt auf der Bank bei Jennerwein. Sie hatten den Korb, in dem Annelie ihre Handarbeiten aufbewahrte, ausgeleert und auf die Ofenbank gestellt, um vom Tisch aus Fichtenzapfen, die zum Trocknen in der Holzleg' unterm Ofen aufbewahrt wurden, hineinzuwerfen.

Sie lachten dabei vor Vergnügen, und Lenz hatte ganz rote Wangen. »Annele, i einetreff!« Lenz zeigte es ihr. Der Fichtenzapfen flog daneben. »Aber i einetreff!« Lenz versuchte es ein zweites Mal und traf. Vor Freude sprang er auf und küsste Jennerwein, so wie er es sonst bei Annelie tat.

Girgl ließ es geschehen und lachte selbst. »Du bist a lustiger Kasperl«, sagte er.

»I lustiger Kasperl!« Lenz klatschte in die Hände. »Annele auch einetreff!« Er gab ihr einen Fichtenzapfen.

»Ach geh!«, wehrte sie ab. Gespielt hatte sie schon lange nicht mehr. Zuletzt, als die Mutter noch gelebt hatte.

»Jetzt mach schon«, sagte Jennerwein.

Annelie zielte und warf daneben.

»No amoi!«, rief Lenz.

Beim zweiten Versuch gelang es, und Lenz lachte und klatschte wieder.

Am Abend, als Annelie ihn zu Bett brachte, war er noch immer ganz aufgekratzt und glücklich. »I damerdam!«, sagte er, umarmte und küsste sie selig.

Am nächsten Tag kam der Briefträger herauf und brachte ein amtliches Schreiben. Zum Glück war Annelie gerade auf dem Weg vom Sägegatter zum Haus und konnte ihn abfangen, bevor er hineinging und in der Stube nach ihr sah. Nach dem langen Weg standen ihm ein Schnaps und eine Brotzeit zu, das war ungeschriebenes Gesetz. Aber drin saß Jennerwein, und sie wusste nicht, ob er den Postler gesehen und begriffen hatte, dass er sich verstecken musste.

Als Annelie so lange zögerte und sich nervös zum Haus hin umsah, fragte der Briefträger: »Na, was ist – willst mir heute etwa nichts anbieten?«

»Doch schon. Aber ich … ich weiß nicht, wo der Lenz abgeblieben ist. Ich lauf schon mal vor, nicht dass er mir was anstellt.«

Sie rannte ins Haus, riss die Stubentür auf. Auf der Ofenbank saß Lenz, Jennerwein war verschwunden.

Kaum einen Wimpernschlag später betrat hinter ihr der Briefträger den Fletz. »Da ist er ja, der Lenz«, sagte er nach einem Blick in die Stube. »Hockt brav auf der Ofenbank und strickt.«

»Setz dich zu ihm, ich hol dir eine Brotzeit.« Annelie schloss hastig die Tür hinter ihm.

Sie sah unter der Treppe nach, aber da war Jennerwein nicht. Auch nicht in der Knechtekammer, die der Stube gegenüberlag.

»Wird er wohl hinaufgegangen sein«, dachte sie, öffnete die Tür zur Kuchl und erschrak bis ins Mark, als sie plötzlich gepackt und herumgerissen wurde. Jennerwein hielt ihr den Mund zu. Als sie sich ein paar Sekunden in die Augen gestarrt hatten, ließ er sie wieder los.

Annelie griff sich ans Herz. »Spinnst, mich so zu erschrecken!«

»Konnte ja nicht wissen, ob du das bist oder der Briefträger.«

»Was hätte der denn in der Kuchl verloren?«

»Eben, das hab ich mir auch gedacht, deshalb bin ich hier rein.«

Annelie richtete Brot und Butter auf ein Holzbrett und brachte es in die Stube. Die Flasche mit dem Enzian und ein Stamperl nahm sie aus dem Wandschrank neben der Tür. »Lass es dir schmecken«, sagte sie und setzte sich zu Lenz auf die Ofenbank. Der Briefträger kippte den Schnaps und strich sich Butter auf den Kanten Brot.

»Ist ganz frisch. Hast wohl erst gebacken?«

»Vor drei Tagen«, bestätigte Annelie.

»Bist ein fleißiges Madl.« Er biss ab und kaute eine Weile, fragte dann: »Hast schon gehört, dass der Jennerwein bei uns herüben gewildert hat? Dabei haben sie ihn erwischt, die Jagdgehilfen vom Mayr. Dann sind sie ihm nach, aber der Jennerwein hat sie doch wieder ausgetrickst.« Der Postbote lachte. »Ist schon ein Hund, ein verreckter, der Jennerwein-Girgl.«

Annelie nickte. »Bei uns haben sie ihn auch gesucht. Aber da war er wohl schon über alle Berge.«

»Der Jennerwein Korb werfen«, sagte Lenz auf einmal.

Annelie erstarrte, ihr Herz machte einen Satz. »Aber geh«, sagte sie und lachte ein wenig zu laut und zu schrill. »Der wirft doch nicht mit Körben nach dem Wild, der schießt mit einem Stutzen.«

»Der Jennerwein aber Korb werfen!«, beharrte Lenz.

Der Postbote grinste und zuckte die Schultern. »Da kann man nichts machen, er ist halt a bisserl deppert, dein Bruder.«

Tags drauf gab es Streit zwischen den Männern.

Max und Johannes wollten am nächsten Abend nach Oberach zum Holzhackerball. Der Vater hatte es auch erlaubt, aber Jennerwein sagte: »Nix da, ihr bleibt hier! Euch trau ich nicht mal so weit, wie man ein Mühlrad schleudern kann!«

Worauf Max lachte. Kurz und hart. Und seine Augen funkelten vor Zorn. »Du hast uns gar nichts zu verbieten!«

»Glaubst?« Jennerwein legte eine Hand auf den Stutzen, sein Blick sagte alles.

Aber das machte wenig Eindruck auf Max und Johannes. »Willst uns jetzt etwa einsperren? Oder abknallen wie ein Stück Viech? Oder wie willst es sonst verhindern, dass wir gehen?«

Jennerwein dachte nach. »Ihr habt recht«, sagte er schließlich, »am besten, ich sperr euch ein.«

Max sprang auf. In blinder Wut ging er auf Jennerwein los. Der hob das Gewehr, aber Max packte den nächstbesten Stuhl und warf ihn danach. Ein Schuss krachte los, und

Max erstarrte. Dass die Büchse entsichert war, damit hatte er nicht gerechnet.

»Ach so ist das also! Deinen Stutzen, den hast du allzeit schussbereit? Willst uns wohl niedermetzeln, wennst wieder gehen kannst und uns nimmer brauchst?«

»Red doch keinen Schmarrn«, fuhr ihn Jennerwein an. »Warum sollte ich das denn tun? Außerdem bin ich nicht so ein hitziger Depp wie du!«

Max sah rot. Wieder ging er auf Jennerwein los, aber da packte ihn der Vater von hinten und zerrte ihn zurück. »Schluss und aus!«, schrie er, sah von seinem Sohn zu Jennerwein. »Sonst sperr ich euch ein! Alle beide in eine Kammer. Und dann warte ich, bis ihr euch gegenseitig totgeschlagen habt. Schad' wär's um keinen von euch.« Er schubste Max auf einen Stuhl und drohte Jennerwein, indem er zu einer Watsche auszog und sagte: »Mein Bub und mein Geselle gehen auf den Holzhackerball und fertig.« Dann sah er Max und Johannes an. »Und wehe, wenn euch auch nur ein einziges Wort über den Jennerwein auskommt! Wenn die Obrigkeit erfährt, dass ich ihn versteckt hab, dann bin ich dran! Oder wollt ihr, dass sie mich einsperren, ihr Rotzlöffeln?«

Max presste die Lippen zusammen. Wie versteinert starrte er Jennerwein an und verließ endlich mit langen wütenden Schritten die Stube.

Johannes folgte ihm.

Annelie lag lange wach in dieser Nacht. Da war so ein Gefühl in ihr. So ein Ahnen, wie damals, bevor ihre Mutter starb. Als würde sich gleich die Erde unter ihr auftun und sie hinunterfallen in eine Unendlichkeit, einen schwarzen Schlund, der sie verschlang.

Als sie endlich eingeschlafen war, träumte sie von einem Wolf. Sie sah ihn von hinten, geduckt lief er durchs Unterholz. An einer Dornenhecke blieb ein Stück seines Pelzes hängen, Blut tropfte aus der Wunde, zog eine Spur hinter ihm her.

Am Morgen stand sie wie gerädert auf. Als sie die Treppe hinunterging, saß Jennerwein auf seinem Strohsack. Den Stutzen auf den Knien, blickte er ihr misstrauisch entgegen.

»Du musst weg«, sagte sie, »hier bist du nicht mehr sicher.« Es war nur ein Flüstern, so leise, dass sie es selbst kaum hören konnte.

Er griff nach ihrer Hand, ließ sich aufhelfen. So nah stand er jetzt bei ihr, dass sie seinen Atem spüren konnte, und sein Mund beinahe ihre Stirn berührte. »Ich weiß«, antwortete er.

Als Johannes plötzlich hinter ihnen stand, fuhren sie auseinander. Sein Blick war bohrend, in den Adern an seinen Schläfen pochte sichtbar das Blut. Er stieß Annelie zur Seite, baute sich vor Jennerwein auf und starrte ihn hasserfüllt an.

»Was willst?«, fragte der.

»Dass du dich schleichst! Oder du wirst was erleben!« Johannes drehte sich um und verließ das Haus.

Die Morgensuppe aßen sie schweigend. Die Schüssel dampfte, draußen bellte ein Fuchs.

»I Okuli«, greinte Lenz, als das Schweigen unerträglich wurde und zog den Kopf ein, als würde er mit einer Watsche rechnen. »I Okuli.«

Annelie legte ihm eine Hand auf den Arm. »Brauchst keine Angst haben, niemand ist bös' auf dich.«

Als sie mit der Stallarbeit fertig war, ging sie Holz holen. Die Plane und die Schwinge lagen noch so da, als hätte sich Jennerwein gerade erst herausgeschält. Sie warf Holzscheite in den Korb. Das Klicken, als sie aneinanderschlugen, und die Gedanken in ihrem Kopf waren so laut, dass sie die Schritte nicht hörte.

Als Johannes sie herumriss entfuhr ihr ein lauter Schrei. Er hielt ihr den Mund zu. »Sei still, oder ich hau dir eine rein!« Er stieß sie nieder, warf sich auf sie. »Du Schlamp'n! Zuerst treibst du's mit dem Sohn vom Schreiner-Ebner und jetzt auch noch mit einem verdammten Wilddieb! Und mich lässt nicht ran, du liederliches Luder!« Er riss an ihrem Rock und nestelte an seiner Hose.

Annelie bäumte sich auf, versuchte ihn von sich zu stoßen. Da griff er nach einem Stück Holz und zog aus. Ihr Schrei klang hoch und schrill. Mit aufgerissenen Augen erwartete sie den Schlag, doch er kam nicht, denn da war plötzlich ein Schatten über ihnen, und Johannes wurde hochgerissen.

Auf allen Vieren kroch sie davon, hörte hinter sich einen dumpfen Schlag und dann ein Stöhnen. Als sie sich umdrehte und mit dem Rücken an den Holzstoß kauerte, erkannte sie Jennerwein. Er kniete über Johannes, der zusammengekrümmt auf dem Boden lag, und hielt ihn mit beiden Händen am Kragen. Johannes röchelte, Blut lief ihm aus Nase und Mund.

Jennerwein ließ ihn los. Er kam zu ihr, half ihr auf und brachte sie ins Haus. Beim Holzlager kamen ihnen der alte Gerstenrieder und Max entgegen.

»Was ist?«, fragte der Vater.

»Deinen Gesellen kannst dir hinten bei der Holzleg' abholen«, schnauzte Jennerwein ihn an. »Deiner Tochter wollte er Gewalt antun.« Er sah Max an. »Hätte ich eine Schwester, ich würde aufpassen, dass ihr so was nicht passiert.«

»Woher soll ich wissen, was der Johannes den ganzen Tag tut?«

»Wenn ich von der Stube aus sehen kann, dass er ihr nachschleicht, kannst du's vom Sägegatter aus erst recht sehen!« Verachtung sprach aus seiner Stimme, er spuckte aus.

Zum Holzhackerball gingen sie trotzdem. Da ließ sich Johannes auch von einer aufgeschlagenen Lippe und einem blutunterlaufenen Auge nicht abhalten. Sollten sie ihn ruhig fragen, wo er sich das Veilchen eingefangen hatte, er würde schon zu antworten wissen.

»Und ihr sagt kein Sterbenswörtchen!«, schrie ihnen der Gerstenrieder noch nach, als könnte er seine Gedanken lesen.

Sie antworteten nicht.

Beim Abendbrot sagte der Gerstenrieder zu Jennerwein: »Es ist besser, du gehst.«

Girgl nickte. »Ich wart bloß noch, bis es dunkel ist.«

Der Alte holte den Enzian aus dem Wandschrank und goss zwei Stamperl ein. Schweigend tranken sie. Als der Alte nachschenken wollte, schob ihm Jennerwein die Hand weg. »Brauch einen klaren Kopf heut' Nacht.

Annelie brachte Lenz ins Bett. Sie deckte ihn zu, wollte aufstehen, doch er klammerte sich an sie. »Annele, i okuli! Annele, mi net allein lassen.«

»Aber geh, ich muss doch noch den Abwasch machen. Und den Hühnerstall muss ich zusperren, damit der Fuchs nicht reinkann. Das weißt du doch.«

»Mi net allein lassen, Annele!«

»Jetzt schläfst, später komm ich wieder.« Sie befreite sich aus seiner Umarmung und zog die Tür hinter sich zu.

Draußen sank sie auf die Treppe, schlug die Hände vors Gesicht und weinte. »Annele, mi net allein lassen!«, hallte es in ihrem Kopf nach. Lenz spürte es. Er spürte, dass sie an nichts anderes mehr dachte, als mit Jennerwein fortzugehen. Wenn sie bliebe, würde Johannes ihr Gewalt antun.

So nicht heute, dann morgen. Er würde sie schwängern, und der Vater würde sie an ihn verheiraten, ob sie wollte oder nicht. Und würde Max eines Tages eine Frau heraufbringen, dann wäre sie nichts als deren Magd.

Sie musste weg!

Aber ohne sie ist der Lenz doch verloren. Sie würden ihn quälen. Und wenn er nicht aus Kummer starb, dann weil sie ihn irgendwann totschlagen. Sie konnte ihn doch nicht verlassen! Sie hatte der Mutter doch versprochen, sich um ihn zu kümmern!

»Annele, mi net allein lassen!«

Diesmal war es nicht die Stimme in ihrem Kopf, es war Lenz, der die Tür geöffnet hatte und nun hinter ihr stand, das Gesicht voller Tränen.

Sie ging mit ihm in die Kammer. »Ich bleib schon da«, sagte sie. »Leg dich hin, ich muss bloß noch mal runter zum Vater. Jetzt machst die Augen zu und zählst bis zehn. So lange, bis ich wiederkomm. Dann leg ich mich zu dir.«

Sie ging, die Tür ließ sie offen. Sie hörte ihn zählen. »Eins. Fünf. Acht. Zwei …«

Der Vater und der Jennerwein saßen noch in der Stube zusammen. Draußen war es fast dunkel, auch drinnen sah man kaum die Hand vor Augen.

Annelie nahm einen Kienspan und steckte ihn in die Halterung. »Soll ich dir noch was zum Essen einpacken, für unterwegs?«, fragte sie Jennerwein.

»Wennst was hast. Kann sein, ich schaff's nicht bis Schliersee und muss mich nochmal verstecken.«

Sie kochte vier Eier, packte einen halben Laib Brot und ein Stück vom Geselchten in ein Bschoadtücherl, holte vier Äpfel aus der Speisekammer, füllte auch Jennerweins Trinkflasche mit Wasser und legte alles in der Stube neben seinen Rucksack. Ein paar Binden und das Töpfchen mit der Salbe stellte sie dazu. Dann baute sie sich vor ihm auf, so dass sie mit dem Rücken zum Vater stand.

»Weißt noch, was du gesagt hast, vorgestern?«, fragte sie ihn. »Du würdest mich einmal mitnehmen auf einen Tanzboden.«

»Ja, freilich weiß ich das noch.«

»Und ich«, sie sah ihm fest in die Augen, »ich würde mitgehen, wenn du mich mitnehmen würdest.«

Erstaunt sah er zu ihr auf und forschte in ihrem Gesicht. Da war eine Entschlossenheit in ihrer Stimme, die er so nicht kannte.

»Also«, sagte sie, »ich muss noch zum Hühnerstall.« Sie nickte ihm bedeutungsvoll zu. »Muss ihn abschließen. Dann geh ich ins Bett. Dem Lenz geht's heut' nicht gut, ich muss ihn beruhigen, dass er einschläft. Mach's gut, Jennerwein.«

»Ja, du auch. Und danke für alles.«

Ohne ihren Vater oder Jennerwein noch einmal anzusehen, verließ Annelie die Stube.

In der Kammer legte sie sich angezogen zu Lenz aufs Bett und hielt in fest in ihren Armen. »Jetzt schlaf und träum was Schönes.«

»I damadam«, sagte er.

»Ich auch damadam«, dachte sie und hielt ihre Tränen nicht länger zurück.

Leise stand Annelie auf. Sie öffnete die Truhe, legte ihr schwarzes Wolltuch auf den Boden, ihr gutes Mieder, den zweiten Rock und die Schürze hinein, ihr Gebetbuch und den Rosenkranz, die goldene Nadel und das Halsband von ihrer Mutter dazu, das ihr der Vater nach der Hochzeitsnacht als Morgengabe gegeben hatte. Ein paar Sacktücher und den rotgeäderten Stein, den ihr Lenz einmal geschenkt hatte, packte sie obenauf. Dann verknotete sie alles, zog ihre Schuhe und ihre Jacke an, nahm ihr Bündel und trat wieder an Lenz' Bett.

Im schwachen Schein des Vollmondes, der sein Licht durchs Fenster warf, erkannte sie sein Gesicht. Sie legte ihm eine Hand aufs Haar. Tränen rannen über ihre Wangen. »Gott behüt' dich«, flüsterte sie. »Ich hab dich lieb, aber ich kann nicht bleiben.« Sie presste die Hand vor den Mund, um nicht laut zu schluchzen, ging schnell zur Tür und zog sie hinter sich zu.

Sie sah unter der Treppe nach, aber Jennerwein war nicht mehr da.

Als sie die Haustür öffnete, klickte es so laut, dass ihr Herz einen Satz machte. Sie hielt den Atem an. Ihr Blick ging zur Treppe. Droben hörte sie Lenz ihren Namen rufen. Er war aufgewacht! Einen Moment war sie versucht, umzukehren, aber dann wischte sie doch hinaus und lief hinüber zum Hühnerstall.

»Jennerwein!«, rief sie leise. »Jennerwein! Bist da?«

Ein Schatten löste sich aus dem Gehölz. »Ja, ich bin da. Hab schon gedacht, du kommst nicht mehr.«

Er nahm sie an der Hand und zog sie mit sich fort. Der Schrei einer Eule folgte ihnen in den dunklen Schlund des Waldes.

Grund aller Dinge
ist die ewige Wiederkehr des Gleichen
mit ihrer Sinnlosigkeit

(Also sprach Zarathustra)

7. Kapitel

Sie waren über den Wallberg gegangen, dann über die Ausläufer des Siebligrats hinunter nach Sutten. Am Wallberg kannte sich Annelie aus, sie hätte den Weg auch in einer mondlosen Nacht gefunden. Danach wusste Jennerwein, wohin.

Sie kamen nur langsam voran. Nicht allein wegen Girgls Verletzung, auch wegen der Dunkelheit. Als sie an Sutten vorbei waren, fing es zu dämmern an. Ein dünner Lichtstreifen zeigte sich über der Bodenschneid, ließ den Berggrat leuchten, als wäre er in Silber getaucht.

Dann färbte sich der Himmel langsam rot.

Sie schlugen den Weg zum Stümpfling ein. Auf schlammigen Pfaden ging es nun wieder bergauf. Von dort würden sie weiter zum Rosskopf und dann zum Stolzenberg gehen.

Als Sutten etwa eine halbe Wegstunde hinter ihnen lag, wähnten sie sich weit genug von der Mühle entfernt, um eine Rast einzulegen. Girgl breitete seine Joppe auf einem Findling aus, sie setzten sich.

»Jetzt kommen sie uns nicht mehr nach«, sagte er, wie um Annelie zu beruhigen. »Und sie wissen ja auch gar nicht, welchen Weg wir genommen haben. Sie suchen uns vielleicht drunten am Schliersee, wenn überhaupt.«

»Mich werden sie schon suchen«, entgegnete Annelie. »Ich glaube nicht, dass sie sich so einfach damit abfinden, dass sie jetzt keine mehr haben, die ihnen die Arbeit macht. Und wegen Lenz.«

Im Gedanken an ihn schnürte sich ihr Herz zusammen. »Annele«, hörte sie ihn rufen, »Annele, net weggehen!« Und da brach es aus ihr heraus. All die Tränen, die sie nie geweint hatte, schienen sich jetzt auf einmal ihren Weg zu bahnen.

Jennerwein nahm ihre Hand. »Aber was hast denn? Warum heulst denn plötzlich so?«

Es war die Sehnsucht nach der Mutter.

Es war das Leid, das sie ihr halbes Leben lang hatte ertragen müssen und die Bitternis wegen Martin.

Und es war ihr schlechtes Gewissen wegen Lenz!

»Wenn sie ihn nur nicht erschlagen«, schluchzte sie.

Als sie sich ausgeweint hatte, wischte sie sich die Tränen ab und sah den Hang hinauf. Die Sonne stand jetzt ein paar Fingerbreit über der Bodenschneid. Kahler Fels, darunter Wald. Weiter rechts Fichten, von Lawinen aus dem Grund gerissen und übereinander geschoppt, das Wurzelwerk reckte sich dem Himmel entgegen. Und über alledem lag eine Stille, die einen erzittern ließ.

Es war ihr kalt, aber das sagte Annelie nicht. Erschöpft vom langen Weg und vom Weinen, blieb sie gerne so sitzen an Girgls Seite und wunderte sich, dass ihr, als er seinen Arm um sie legte, der Atem auf einmal so kurz ging und ihr Herz so aufgeregt klopfte. Sie stellte sich vor, wie es wäre, wenn er sie küssen würde und erschrak, als er es tatsächlich tat.

Als sie sich sträubte, lachte Girgl. »Geh, hab dich nicht so, du bist doch jetzt die Meine.«

»Die Deine?«

»Meine Frau wirst halt.«

»Willst damit sagen, wir heiraten?«

Er zog seinen Arm zurück. »Heiraten? Ich?« Er lachte auf. »Darauf brauchst nicht zu warten. Ich bin keiner zum Heiraten. Ich muss meine Freiheit haben.« Er griff nach seinem Stutzen. »Und das brauch ich. Das Jagen. Die Berge. Und geh ich dabei drauf, soll's mir recht sein. Lieber sterbe ich an einem Bleibatzen, als ein Leben wie dein Vater zu führen.« Er stand auf. »Jetzt komm. Oder willst allein weitergehen? Vom Stümpfling kannst zum Spitzingsee runter, von dort nach Neuhaus oder nach Schliers.«

Annelie schüttelte den Kopf. Nein, sie wollte nicht alleine weitergehen. Und sie würde seine Frau werden. Auch ohne den kirchlichen Segen. Jetzt war schon alles egal.

Am Stolzenberg folgten sie einem Pfad bis zu einer Lichtung, auf der ein verlassener Rindenkobel stand. Hier hatte Jennerweins Rotte noch im Winter gearbeitet. Im Frühjahr sind die Männer nach Valepp weitergezogen, nur er ist hinüber nach Kreuth, wo er eine kannte, die ihn immer wieder gern bei sich aufnahm für ein paar Tage oder Wochen.

»Hier bleiben wir.« Jennerwein stieß die Tür auf.

Annelie blickte in einen Raum, der nicht viel größer war als zu Hause die Stube. An der Wand gegenüber der Tür befand sich ein Heukreister, in dem die Holzknechte geschlafen hatten, in der Mitte eine Feuerstelle zum Heizen und Kochen, davor eine Bank. Das war alles.

Annelies Augen füllten sich bei diesem Anblick mit Tränen. Die Mühle war ein Schloss gegen diese Unterkunft. Natürlich kannte sie Rindenkobel, die Holzknechte, die bei ihnen auf dem Setzberg arbeiteten, hausten in einem. Aber nie hätte sie gedacht, dass sie selbst einmal so leben müsste.

»Es ist nur für ein oder zwei Wochen«, sagte Girgl.

Er warf seinen Rucksack auf den Heukreister, nahm Annelie ihr Bündel ab und legte es daneben. »Wenn mein Bein ganz verheilt ist, gehe ich in die Valepp, dort bekomme ich Arbeit. Und für dich weiß ich auch schon was, wo du unterkommen kannst und wo dich deine Leute nicht finden.«

Sie suchten Astholz und schichteten es in der Hütte auf, füllten die Wasserflasche im nahen Bach, aßen dann Brot und Äpfel, die krachten bei jedem Bissen. Schließlich legten sie sich hin, deckten sich mit Annelies Tuch zu, schmiegten sich aneinander und schliefen erschöpft ein.

Annelie wurde wach, als sie eine Hand auf ihrem Schenkel spürte. Sie wollte von Jennerwein abrücken, doch er hielt sie fest. »Nur ruhig«, sagte er, griff in ihren Nacken und küsste sie. Erst sanft, bis sich auch der letzte Hauch ihres Widerstandes löste und aus Angst Verlangen wurde, dann leidenschaftlich und fordernd. Seine Zunge in ihrem Mund brannte, sein Atem ging stoßweise.

Ohne von ihr zu lassen, schob er seine Hosenträger über die Schultern, öffnete seinen Latz, zerrte sich die Hose vom Leib, bis er endlich halb nackt vor ihr lag und rasch ihren Rock lupfte.

Da war sie wieder, die Angst. Annelie suchte in Girgls Augen, die immer glänzten, in denen immer ein Lachen war, und sei es ironisch, nach einem Anker, etwas zum Festhalten. Doch vor seinen Pupillen lag jetzt ein Schleier, war ein Nebel aufgezogen. Es stand eine Wand zwischen ihm und ihr, als wäre er alleine mit sich und hundert Jahre von hier entfernt.

Sein Mund öffnete sich, ein Stöhnen drang an ihr Ohr.

Er legte sich auf sie, schob sein Glied in ihren Schoß, nur ein Stück, nur ganz wenig. Es tat weh, sie zuckte zurück, riss die Augen auf, sah kleine weiße Zähne in Jennerweins Mund. Der mittlere links stand schief, die dritten waren spitz wie die Reißzähne eines Wolfes.

Girgl stieß zu, und Annelie schrie auf. Und er stieß wieder und wieder, bis auch er schrie und sich aufbäumte. Ein Zittern lief durch seinen Körper, dann sank er auf sie nieder und lag schwer auf ihrem Leib.

Und das war es nun, was Magdalena als eine Welle des Glücks in ihrem Körper beschrieben hatte?

Girgl legte sich wieder neben sie. Annelie schloss die Augen und wendete sich ab.

»Beim ersten Mal tut's weh«, sagte er, wie um sie zu trösten. Er schob seine Hand wieder unter ihren Rock, strich sanft über das aufgewühlte Fleisch zwischen ihren Schenkeln. »Vielleicht auch noch beim zweiten und dritten Mal. Aber dann wird es anders, das kannst mir glauben. Dann wird dein Leib sich mir entgegenstemmen und beben, und es wird dir so wohl tun, wie du es noch nie erlebt hast.« Er legte seine Lippen an ihren Hals und flüsterte: »Glaub mir, du wirst sehen …«

Annelie schlief noch einmal ein.

Als sie wieder erwachte, war es dunkel. Der Wind pfiff um die Hütte, riss Äste von den Bäumen, die knackten, als sie auf den Waldboden fielen.

Jennerwein saß auf der Bank. Er hatte ein Feuer angezündet. Bei jedem Luftzug flackerten die Flammen, neigten sich zur Seite und richteten sich wieder auf. »Morgen«, sagte er, als Annelie sich zu ihm setzte, »schieß ich uns einen Bock.«

Irgendwann ging sie hinaus, um Wasser zu lassen und sich zu waschen. Der Bach war nicht weit, ein Rinnsal, das gluckernd über Steine sprang, sich in einer Mulde fing und daraus überlief wie Most, den man in eine bereits gefüllte Kanne goss. Über ihr, an einem blanken Stück Himmel, stand der volle Mond. Wolkenfetzen schienen ihn zu streifen, um dann nach Osten hin weiterzuziehen.

Annelie hockte sich an den Rand der Mulde, schob den Rock hoch und wusch sich. Es tat weh zwischen ihren Beinen, und auch ihr Herz schmerzte, denn die Gedanken an Lenz ließen sich nicht vertreiben. Noch nie hatte er alleine geschlafen, noch nie war sie länger als einen Tag von ihm fort gewesen. Bestimmt weinte er jetzt und suchte überall nach seinem Annele.

Sie wollte gerade aufstehen, als sie den Schatten hinter sich wahrnahm. Ein Mann, ein Gewehr.

»Komm!«, sagte er. Es war Jennerwein. »Du solltest nachts bei der Hütte bleiben. »Man weiß nie, was sich hier alles herumtreibt.«

Sechs Tage hausten sie nun schon hier oben. Einen Hasen hatte Jennerwein am zweiten Tag erlegt, am fünften einen Frischling. Jetzt war es wieder Nacht, und sie aßen über dem offenen Feuer gebratenes Fleisch.

Die Wunde war endlich verheilt, Grind bedeckte sie.

Annelie kannte inzwischen jede Wimper Jennerweins, jeden Sprenkel in seiner Iris, jedes kleine Mal an seinem Körper. Sie hatte auch keine Angst mehr vor seinem Geschlecht. Wenn es wuchs und sich ihr entgegenreckte, umfasste sie es und wärmte ihre klammen Hände daran. Wenn es in sie eindrang, blies sie den Atem aus und gab sich ihm hin. Eine Woge, die sie mit sich fortriss, hatte sie noch nicht gespürt, aber ein Begehren wuchs in ihr, dass sie sich diesem Mann öffnen wollte, ganz und gar. Ein Gefühl, das in ihrem Unterleib für Unruhe sorgte, sich von innen her ausbreitete und sie mit Leben und einer Liebe erfüllte, die anders war als die zu Lenz oder ihrer Mutter. Eine Liebe voller Hoffen und Bangen und Sehnsucht, die sich einstellte, kaum dass Girgl den Kobel verlassen hatte und zwischen den Bäumen verschwunden war, um Wasser vom Bach zu holen oder zu jagen.

Oft saßen sie da und erzählten sich etwas, und Girgl sang – er hatte eine wunderschöne Stimme. »Bin ich droben beim Hennererwirt«, sagte er, »dann lass ich mir die Zither von ihm geben, und ich spiel auf. Dann singen wir gemeinsam, oder die anderen tanzen.«

»Singen kann ich nur ein paar Kinderlieder, die mir die Mutter beigebracht hat«, entgegnete Annelie, »und Tanzen kann ich gar nicht.«

Er brachte es ihr bei. Draußen, vor der Hütte, auf dem Waldboden. Den Ländler, die Polka, den Zwiefachen. Und sie strauchelten und fielen und lachten und tanzten wieder weiter nach den Liedern, die Girgl sang.

So verging die Zeit, und Annelie war glücklich. Nie zuvor war einer nur für sie da gewesen. Nie zuvor hatte sie so unbekümmert und ohne zu arbeiten in den Tag hineingelebt. Sie dachte an Magdalena, an die Blicke, die zwischen ihr und Ludwig hin- und hergegangen waren. Jetzt verstand sie!

In der siebten Nacht hatte sie einen Traum, aus dem sie schreiend aufschreckte.

»Was hast denn?«, fragte Jennerwein, und sie erzählte ihm:

»Da war ein Wolf, er hat mich angesehen. Tränen sind ihm übers Gesicht gelaufen, dicke Wolfstränen. Still hat er geweint, bis er sich abwendete, um fortzugehen. Und dann war da plötzlich ein Mann, einer, der auf den Wolf anlegte. Ich wollte rufen: Lauf fort, schnell, der schießt auf dich! Aber ich konnte nicht, war stumm vor Entsetzen. Und dann hat er wirklich geschossen, der Mann, und der Wolf ist zusammengebrochen und lag da und war tot und hat immer noch geweint. Von hinten erschossen – hinterrücks! Und da bin ich aufgewacht von meinem eigenen Schreien.«

»Und so was träumst du?«

»Das Schlimmste war«, flüsterte Annelie, den Blick starr auf die Glut des niedergebrannten Feuers gerichtet, »ich hab den Mann nur von hinten gesehen, aber irgendwie wusste ich, das warst du. Und du warst gleichzeitig auch der Wolf.«

Girgl lachte. »So ein Unsinn! Und deshalb weinst jetzt?«

»Ich habe Angst um dich, Girgl.« Sie legte ihren Kopf an seine Schulter und umklammerte seine Taille, wie um ihn festzuhalten.

»Um mich brauchst keine Angst zu haben, ich weiß mir schon zu helfen«, sagte er.

Sie blickte auf. »Das hab ich gemerkt, als du in unserer Scheune gestanden bist und nicht mehr aus noch ein gewusst hast. Und dann das mordlüsterne Blitzen in den Augen vom Pföderl! Vor dem musst du dich in Acht nehmen, der will dir ans Leben.«

Jennerwein schob sie von sich und stand auf. »Ich hab dir ja schon gesagt, vom Jagen lass ich nicht ab, und wenn sie mich erwischen, dann sei's drum!«

Die Tür klappte hinter ihm zu.

Am nächsten Morgen, in aller Herrgottsfrühe, ging Jennerwein wieder auf die Jagd, und Annelie saß auf einer notdürftig zusammengezimmerten Bank vor der Hütte und hatte Angst um ihn.

Sie dachte an den Wolf aus ihrem Traum, an seine Tränen und an ihre eigenen. Sie sah ihn zusammensacken, sah das blutende Loch in seinem Pelz. Sah sich plötzlich auf dem Schoß der Mutter und hörte sie erzählen, dass Wölfe, die sich zu weit vom Rudel entfernten, Verwunschene sind. Dass sie einsam sterben müssen. Und dass Wolfstränen dort, wo sie hinfallen, die Erde verbrennen, so dass auf ihr nie wieder etwas wachsen konnte.

Und sie dachte darüber nach, dass sie jetzt auch eine Verwunschene war.

Ein Büchsenschuss knallte. Annelie hob den Kopf, hielt den Atem an. Weit über ihr, am Stolzenberggipfel, kreiste ein Adler, sie konnte seine hohen, aufgeregten Schreie hören. Dann war es wieder still.

Eine Stunde später kam Girgl den Pfad herauf. Er ging gleichmäßigen Schrittes, ganz ohne Hast. Das Gesicht, mit Ruß aus der Feuerstelle geschwärzt, sah seltsam fremd aus. Das Weiß der Augäpfel leuchtete daraus hervor, das Rot der Lippen wirkte wie eine klaffende Wunde. Der Stutzen hing über seiner rechten Schulter, den Bock hatte er sich über die linke gelegt, und die Spielhahnfeder auf seinem Hut wippte bei jedem Schritt.

Er warf den Bock vor Annelie auf den Tisch, der neben der Bank vor dem Kobel stand, zog sich den Hut vom Kopf und wischte sich über die schweißnasse Stirn.

»Das reicht für eine Woche«, sagte er. »Ich bau dir einen Räucherspieß übers Feuer, da lässt du den Bock drauf und drehst ihn ab und zu. Nur was du essen willst, schneidest du dir ab, steckst es auf einen Bratspieß und hältst ihn über die Glut.«

Er ging zum Bach, um sich zu waschen.

»Und du?«, fragte Annelie als er zurückkam mit banger Stimme. »Willst du etwa fort?«

»Ich such mir Arbeit und eine Unterkunft für dich.«

»Ja, aber …« Annelie sprang auf. »Du kannst mich doch hier nicht allein zurücklassen!«

»Ich komm ja wieder.« Er nahm sein Messer, fing an, dem Bock den Balg abzuziehen. »In die Valepp kann ich dich nicht mitnehmen, was glaubst du, was die Holzknechte und der Holzmeister sagen, wenn ich mit dir dort aufkreuze. Und außerdem geht das gleich herum wie ein Lauffeuer, und deine Leute wissen, wo sie dich suchen müssen. Ich geh allein und komm so bald ich kann zurück, und dann bring ich dich von hier fort.«

Annelie verbarg ihre Hände im Schoß. Girgl sollte nicht sehen, wie sie zitterten. Alleine hier oben! Sie hatte Angst, sie wusste nicht, wie sie das aushalten sollte.

Den Balg und den Kopf des Bocks vergrub Jennerwein hinter der Hütte. Dann schnitzte er mit seinem Messer Astgabeln und Spieße. Später suchten sie noch einmal Holz fürs Feuer und schichteten es im Kobel zum Trocknen auf.

Als am Abend die Sonne hinter dem Bergsaum unterging, fielen sie müde ins Bett. Trotzdem liebten sie sich. Es war ein heftiges Ringen, ein verzweifeltes Festklammern, ein Rausch bis zur Besinnungslosigkeit.

Am Morgen war Jennerwein fort. Annelie hatte sein Gehen nicht einmal bemerkt. Jetzt lag sie im Heukreister und weinte.

8. Kapitel

Das Windgetöse um den Kobel, das Poltern von abgebrochenen Ästen auf dem Dach, das Knarzen und Ächzen überall hatte Annelie aus dem Schlaf gerissen. Und als endlich Tag wurde, Licht durch die Luke neben der Tür fiel und sie es wagte, aufzustehen und hinauszusehen, erstarrte sie vor Entsetzen. Schnee war gefallen! Jetzt noch, im Mai, viel zu spät im Jahr! Knietief lag er auf der Lichtung! Weiße Hauben auf den Fichten, eine Elle hoch. Das Dach bog sich gefährlich unter der Last, und der Weg ins Tal war verschwunden, als hätte es ihn nie gegeben.

Annelie trat wieder in die Hütte, schlug die Tür hinter sich zu und sank schreckensbleich auf die Bank an der Feuerstelle. Neun Tage war Jennerwein nun schon fort. Neun Tage, an denen die Zeit kaum vergangen war. Minuten wie Stunden, Stunden wie Jahre. Nur sie alleine, keine Menschenseele, kein Vieh, keine Arbeit – nichts, nur sie und ihre Gedanken, die ihr den Kopf schier zum Bersten brachten.

Dabei hatte sie bisher wenigstens noch hinausgekonnt. War zum Stolzenberggipfel hinaufgeklettert, zum Grünsee oder eine Wegstunde Richtung Valepp gegangen. Der steinige, teils versumpfte Steig hatte sie durch einen dichten, dunklen Hochwald geführt, bis ihr ein Windbruch den Blick auf die kahlen Felsen des Taubensteins freigab. Dort hatte sie sich hingesetzt und an Girgl gedacht und an Lenz und auch an Martin und seinen Verrat. Und gestern war sie auf den Rosskopf gewandert. Von einer Felsnase aus hatte sie auf eine Alm hinuntergeblickt, hatte einer jungen Sennerin dabei zugesehen, wie sie ihre Hütte ausfegte, Decken und Bettzeug lüftete, Milchkannen wusch. Butterfässer hatte sie hinausgeschleppt, Stalltüren aufgerissen und eine Schubkarre geschoben, denn an Pfingsten würde wie immer das Vieh vom Tal heraufgetrieben werden, und bald würden auch Wanderer kommen, die sich von der Sennerin Milch, Käse oder einen Schmarren reichen ließen. Ein Hütebub würde ihr zur Hand gehen, und zu zweit würden sie an lauen Abenden der Sennerin von der Nachbarsalm ein Lied zujodeln, dass es von den Bergwänden hallte. So war es immer, so würde es auch in diesem Jahr wieder sein.

Doch jetzt der Schnee, mit dem keiner mehr gerechnet hatte. So viel Schnee!

Annelie wischte sich mit dem Ärmel die Tränen ab, nahm Holz und schürte das Feuer. Es qualmte. Hustend hielt sie sich die Schürze vors Gesicht und riss die Tür auf. Ein kalter Windstoß fuhr herein, wehte ihr Schneestaub vor die Füße.

Als das Feuer endlich loderte, schloss sie die Tür wieder, setzte sich auf die Bank und griff nach dem Stein, den ihr Lenz einmal geschenkt hatte. Er war grau und kantig, von dicken roten Adern durchzogen.

Sie sah Lenz vor sich, wie er ihr den Stein hinhielt. »So schön, ganz schön!« Lachend und fröhlich, stolz auf seinen Fund. »Für mei Annele!«

Und dann verblasste das Bild und ein anderes schuf sich in ihren Gedanken Platz. »Annele net weggehen!«

Und sie war doch gegangen. »Jetzt schlaf. Ich bleib schon da.« Hatte ihn belogen. Wie sehr sie sich dafür schämte. Und wie sehr sie Lenz vermisste und bangte um sein Leben!

Sie schnitt ein wenig Fleisch von dem Bock ab, der aufgespießt über der Feuerstelle hing. Es war nicht mehr viel davon da; die Rippen und die Knochen der Hinterläufe lagen fast blank. Neun Tage waren eine lange Zeit.

Sie kaute lustlos, griff schließlich nach der Trinkflasche, die so kalt war, dass es schmerzte, als ihre Lippen den Flaschenhals berührten. Es kam nichts heraus, das Wasser darin war eingefroren.

Annelie stellte sie ans Feuer und ging hinaus, um gegen den Durst Schnee zu essen. Ihr Blick verfing sich zwischen den Bäumen, dort, wo Jennerwein vor ein paar Tagen mit dem Bock auf die Lichtung getreten war. Aber heute kam er nicht. Niemand kam.

Die Sonne stieg auf, und es wurde wärmer. Ein oder zwei Stunden perlte schmelzender Schnee von den Fichten und tropfte vom Dach auf den Boden vor dem Kobel, dass er zu dampfen begann. Noch glänzten die winzigen Eiszapfen an der Hütte, doch der Glanz war trügerisch, und Annelie hätte das wissen müssen. Trotzdem hüllte sie sich in ihr Tuch ein und machte sich auf, den Weg ins Tal zu suchen. Hier konnte sie doch nicht länger bleiben!

Sie fand ihn nicht. Schlimmer noch, sie musste bald feststellen, dass sie sich verlaufen hatte. Vor ihr und hinter ihr nichts als die düstere Unendlichkeit des Waldes. Lange irrte sie umher, ehe sie aufgab, kehrtmachte und ihrer Spur zurück folgte. Doch das morgendliche Dampfen der Schneedecke unter der prallen Bergsonne hatte sich mehr und mehr zu einer dunkelgrauen Nebelsuppe verdichtet. Bald konnte sie die Hand vor Augen nicht mehr erkennen. Sie verlor ihre Spur und jegliche Orientierung. Hier ging es hinauf, aber auf einmal wieder hinab. Dann stand sie plötzlich an einem steilen Abhang, wäre um ein Haar hinuntergestürzt. Sie wandte sich nach rechts, kam an eine umgeknickte Fichte – aber die hatte sie doch vorhin schon einmal gesehen?

Sie war im Kreis gegangen!

Wieder hinauf. Droben lichtete sich der Nebel für einen Moment. Annelie schaute zurück, glaubte zwischen den Bäumen den Kobel zu erkennen und kehrte um. Bei jedem Schritt sank sie bis zu den Knien ein. Die Kraft versagte ihr mehr und mehr, sie wankte und fiel immer öfter.

Einmal blieb sie liegen und dachte: Jetzt soll es mir egal sein, dann eben sterben. Dann hab ich es hinter mir, und vielleicht stimmt es ja, was Hochwürden am Grab der Mutter gesagt hatte. Dass Gott alles verzeiht. Dass er unsere Zuflucht und Stärke ist. Dass er alle Tränen trocknet und bei ihm alles Leid ein Ende hat.

Aber so leicht geht das mit dem Sterben nicht – nicht solange noch ein Fünkchen Hoffnung in uns ist.

Vielleicht war Girgl ja bereits unterwegs, war nur wegen des Wetters nicht durchgekommen? Am Ende wartete er schon im Kobel auf sie und machte sich Sorgen! Oder er suchte sie und irrte ebenfalls durch den Nebel.

Sie musste zum Kobel zurück!

Annelie raffte sich wieder auf. Setzte Schritt vor Schritt, bis sie die Hütte endlich vor sich sah. Die dunkle Rückwand mit dem schneebeladenen Dach schien im Nebel zu schweben.

Annelie lachte hysterisch, weinte und schnappte nach Atem. Noch einmal nahm sie all ihren Willen zusammen, schleppte sich um die Hütte zur Tür, die sie mit letzter Kraft aufstieß und wieder schloss. Dann sank sie in den Heukreister und blieb erschöpft liegen, ohne das Feuer zu schüren und sich die nassen Kleider vom Leib zu ziehen.

Der Wolf sah sie reglos an. So blieb er sitzen im Schnee und rührte sich auch nicht, als der Wind einen Ast an ihm vorbeitrieb, der sich mehrmals überschlug, dann in die Luft gehoben und fortgeweht wurde.

Annelie streckte die Hand nach dem Wolf aus, aber er war zu weit entfernt, und sie konnte sich nicht aufrichten. Ihre Glieder waren zu schwer und so steif, als wären sie zu Eis gefroren.

»Komm her«, flüsterte sie. »Bring mich fort von hier.«

Doch der Wolf rührte sich nicht.

Vielleicht wartete er auf ihren Tod. Vielleicht würde er sich über ihren Leichnam hermachen, wenn sie endlich ihren letzten Atemzug getan hatte. Vielleicht würde er sie fressen und dabei ein wenig weinen um sie, so wie er in ihrem Traum geweint hatte.

»Komm her!«

Er stand auf, wandte sich ab und verschwand im Nebel.

Ein Fuchs bellte. Es klang hoch und wie abgerissen. Dann hörte Annelie Feuer knistern. Sie wollte die Augen öffnen, doch es gelang nicht. Vielleicht war sie ja bereits tot? Vielleicht war das, was sie hörte, das Prasseln des Höllenfeuers?

Sie spürte einen kühlen Hauch auf ihrer Stirn. Dann ein Reiben und Zerren an ihren Beinen. Sie hörte den Fuchs wieder und das Knistern des Feuers, dann sank sie in die schwarze, bodenlose Unendlichkeit zurück, aus der sie für ein paar Augenblicke aufgetaucht war.

Jemand schlug ihr auf die Wange und rief ihren Namen. Sie fühlte Kälte und zitterte; zitterte so sehr, dass ihre Zähne aufeinanderschlugen. Sie öffnete die Augen und sah einen Schatten über sich. Es war der Wolf. Er leckte an ihr. Er legte sich hinter sie und rieb seinen Pelz an ihrem nackten Körper. Sie wollte schreien, aber ihre Stimme versagte. Und wieder fiel sie in ein dunkles Loch und stürzte und stürzte tiefer und immer tiefer …

Jetzt brannte das Feuer direkt auf ihrer Haut. Es war nicht heiß, es war eisig kalt, und es stach sie wie mit tausend Nadeln.

»Annelie?«

Sie versuchte die Augen zu öffnen.

»He! Schau mich an! Du musst trinken.« Der Wolf hob ihren Oberkörper an und schob ihr die Trinkflasche zwischen die Lippen. Sie fühlte kühles, frisches Wasser. Sie schluckte. Sie spürte, wie es durch ihre Kehle rann. Angenehm. Sie wollte mehr. Gierig sog sie an der Flasche, schluckte und sank schließlich aufatmend zurück.

»Annelie!« Der Wolf lachte. »Endlich. Ich hatte schon Angst, du schaffst das nicht.«

Sie öffnete die Augen und versuchte, ihren Blick scharf zu stellen. Langsam schälte sich ein Gesicht aus dem Schatten. Es war Jennerwein.

Mit einem Löffel flößte er ihr einen bitteren Trank ein. Es schmeckte abscheulich! Danach Wasser. »Du musst trinken«, sagte er.

Annelie schlang ihre Arme um seinen Nacken und hielt sich an ihm fest. »Wo ist der Wolf?«, fragte sie.

»Welcher Wolf?«

»Da war ein Wolf. Er hat aufgepasst auf mich.«

»Da war kein Wolf.« Jennerwein löste ihre Arme von seinem Hals und legte sie wieder hin. »Als ich gekommen bin, vor zwei Tagen, habe ich dich hier gefunden. Fast erfroren warst du. Deine Kleider nass, kein Feuer hat gebrannt. Ich hab angeschürt, hab dich ausgezogen, deine Kleider getrocknet, dich mit Schnee eingerieben, bis wieder Leben in deine Glieder gekommen ist. Ich bin zur Moni auf die Rosskopfalm, damit sie mir eine Medizin und eine Decke gibt. Dann hab ich mich selbst ausgezogen und zu dir gelegt, hab dich mit meinem Körper gewärmt, aber ein Wolf war nicht hier.«

Über dem Feuer briet ein Hase. Jennerwein schnitt etwas von dem Fleisch ab und schob es Annelie in den Mund.

»Und warum bist nicht früher gekommen?«, fragte sie. »Neun Tage! Ich war so verzweifelt.«

»Ich konnte nicht früher. Der Holzmeister vom letzten Jahr hat mich wieder eingestellt, aber ich musste bleiben, das war seine Bedingung. Am ersten Samstag bin ich gleich zur Haslingerin, hab sie gefragt, ob du bei ihr bleiben kannst. Das waren sieben Stunden zu Fuß hin und am Sonntag sieben wieder zurück. Und am zweiten Samstag bin ich hier her und hab dich halbtot gefunden.«

Annelie schloss die Augen und schlief wieder ein. Als sie aufwachte, war noch mal eine Nacht vergangen.

»Ich war jetzt vier Tage bei dir, ich kann nicht mehr bleiben«, sagte Jennerwein. »Die anderen müssen meine Arbeit mitmachen und mich decken. Das kann ich nicht länger verlangen. Gestern war ich noch mal bei Moni, der Sennerin von der Rosskopfalm. Sie hat mir einen Schlitten geliehen. Damit bring ich dich jetzt zur Haslingerin.«

Annelie fühlte sich zu schwach, aber sie sagte nichts. Als sie aufstand, sackten ihr die Beine weg. Jennerwein half ihr, setzte sie auf die Bank am Feuer, gab ihr zu trinken. Es schmeckte ekelhaft.

»Was ist das?«

»Ich hab dir ein Schneehuhn ausgekocht.«

Er ließ sie beide Röcke, die Schürze und das Mieder über ihren Kittel ziehen, packte ihre restlichen Sachen in seinen Rucksack, wickelte sie in ihr Wolltuch und öffnete die Tür.

Annelie trat hinaus, atmete tief die frische Luft ein. Ein milder Windhauch wehte sie an, Vögel zwitscherten auf der Lichtung. Vom Schnee war nicht mehr viel da, der Föhn hatte ihn auf eine Handbreit zusammenschrumpfen lassen.

Der Schlitten lehnte an der Hauswand. Jennerwein legte die Decke hinein, half Annelie sich zu setzen und schlug ihr die Enden der Decke über die Knie. Dann fasste er in die Riemen und zog an.

Wo der Schnee nicht mehr tief genug war, zu viele Steinscharten und Wurzelwerk daraus hervorragten, musste Annelie gehen. Jeder Schritt verlangte ihr unendlich viel Kraft ab. Sie taumelte und wankte, klammerte sich an Jennerwein und wünschte im Stillen, er hätte sie im Rindenkobel sterben lassen.

Nach endlos langer Zeit, wie es ihr schien, erreichten sie die Rosskopfalm. Moni kam ihnen entgegengelaufen. Sie half Annelie in die Hütte und sah Jennerwein vorwurfsvoll an. »Die ist ja sterbenskrank, du bringst sie noch um!«

»Aber ich kann nicht länger bleiben, ich muss sie zur Haslingerin bringen, die wird sich um sie kümmern!« Es klang bockig, wie bei einem Kind, das seinen Kopf durchsetzen wollte.

»Du meinst die Haslinger-Ursula, der die Hütte oberhalb von Kühzagl gehört?«

Girgl nickte.

»Dann lass sie hier. Morgen kommt der Sepp herauf, mein Hütebub. Wenn es ihr gut genug geht, kann er sie hinführen.«

»Das willst du für mich tun?« Dankbar sah Jennerwein sie an.

»Nicht für dich, für sie«, sagte Moni mit einer Kopfbewegung Richtung Annelie. Damit stand sie auf und verließ die Hütte.

»Sie hat recht«, sagte Jennerwein zu Annelie. »Es ist besser, du bleibst noch ein paar Tage hier. Und was die

Ursula betrifft, die weiß, dass du kommst, und sie freut sich schon auf dich.«

Annelie nickte nur. Sie war zu schwach um weiterzugehen, und eine bessere Idee hatte sie selbst nicht.

Jennerwein holte Annelies Sachen aus seinem Rucksack und nahm seinen Hut. »Also, ich geh dann ...« Er legte eine Hand auf ihre Schulter. »Ich schau nach dir, sobald ich kann.«

Die Tür fiel hinter ihm zu.

Vom Fenster aus konnte Annelie sehen, wie er zwischen den weidenden Kühen hindurch dem Wald entgegenging. Das Gebimmel der Gunkerer, die den Kühen an dicken Lederriemen um den Hals gebunden waren, schien ihn zu begleiteten, bis er im Schatten der Bäume verschwand.

Moni kam in die Hütte. Sie stellte sich hinter Annelie und folgte ihrem Blick. »Ist besser, du wartest nicht drauf, dass er wiederkommt«, sagte sie.

O schau nur ein einziges Mal
mitleidsvoll in meine Liebesqual!

(Schwäbisches Volkslied)

9. Kapitel

Das Haus stand im Wald auf einer Lichtung unterhalb der Bodenalm. Es war ein einfacher Blockbau mit einem schindelgedeckten Pfettendach. Nur einstöckig, vorne eine Stube, rechts eine Kammer, im hinteren Teil ein Stall.

Es wirkte ärmlich und heruntergekommen.

Rechts vor der Tür war ein unbehauener Balken zu einer Bank aufgerichtet, davor stand ein einfacher Tisch, aus Brettern zusammengenagelt, auf dem eine ausgemergelte Katze lag, um sich zu sonnen. Die Windbretter am Giebel waren verfault, der Boden vor der Hütte schlammig und aufgewühlt, Gerümpel lag überall herum, an einem Holznagel hing eine alte Schwinge, die mehr Löcher aufwies als sonst etwas.

Der Anblick war so abscheulich, dass Annelie am liebsten davongelaufen wäre. Doch gerade als sie diesen Gedanken fasste, trat, zitternd auf einen Stock gestützt, eine Alte aus der Hütte, die so ausgemergelt aussah wie ihre Katze. Um den schmalen Kopf hatte sie ein graues Tuch gebunden, über dem blaugestreiften Kittel trug sie einen zerfetzten braunen Rock, die Füße steckten strumpflos in schmutzigen Holzschuhen. Das Weib sah so erbärmlich aus, dass es Annelie Tränen in die Augen trieb. Erst recht, als die Alte rief: »Da bist ja, Dirndl, Gott hab dich selig!«, und beide Arme öffnete, um sie an sich zu ziehen, als hätte sie nach vielen Jahren eine verlorene Tochter wiedergefunden.

Sepp, der Hütebub, wartete gar nicht auf einen Becher Milch oder sonst eine Belohnung. Die Alte hatte ja selbst nichts, der musste man noch was zustecken, und mit heulenden Frauenzimmern konnte er ohnehin nichts anfangen. Er nickte Annelie zu: »Mach's gut und Gott mit dir!«, drehte sich um und lief davon.

Die Alte führte Annelie hinein. Auch drinnen war es schmutzig, und nichts stand am rechten Fleck.

»Ja, schau dich nur um«, sagte sie bitter. »Da bist wo hingekommen! Ein Saustall ist das, denkst jetzt bestimmt. Und recht hast. Aber da«, sie lehnte den Stock an den Tisch und hielt ihr die verkrüppelten Hände hin, »da siehst, was das Rheumatische aus mir gemacht hat. Die Hände, die Füße – der ganze Körper ist bloß noch ein Wrack. Ich kann nichts mehr anfassen, jeder Schritt tut mir so weh, dass ich aufschreien könnt. Glaub es mir, gerne würde ich dem Mühsal auf dieser Welt ein Ende setzen, aber das Herz, das schlägt und schlägt, und ich muss mich dem Willen unseres Herrgotts fügen.«

Annelie legte ihr Bündel auf den Tisch, griff nach den Händen der Alten, um sie an sich zu ziehen. »Jetzt bin ich ja da, jetzt brauchst nicht mehr zu arbeiten. Ich kümmere mich um alles.«

Die Alte setzte sich und weinte. »Ich dank dir schön«, sagte sie leise.

Es war alles noch viel schlimmer, als Annelie im ersten Moment gedacht hatte. Ursula hatte einen Birnbaum und einen Apfelbaum und einen winzigen Hausgarten, in dem sie ein paar Kräuter, dicke Bohnen und Erbsen anbaute. Davon lebte sie. Und von Waldpilzen und Beeren und von etwas Mehl und Schmalz, das ihr die Bauern aus Kühzagl schenkten, damit sie nicht verhungern musste. Und ab und zu, erzählte Ursula, kam auch Jennerwein vom Schliersee herüber und brachte ihr Fleisch.

Annelie fing mit der Schlafkammer an. Sie holte Wasser von der Quelle hinter der Hütte, schrubbte die Wände und Böden, wusch die Decken und Kissen aus und ließ sie an der Feuerstelle in der Stube trocknen.

Danach spülte sie Töpfe und Pfannen, wusch das Regal ab, schrubbte auch hier die Wände und Böden und fiel am Abend müde und erschöpft in den Heukreister, den sie sich mit der Alten teilte.

Tags darauf räumte sie draußen auf. Sortierte aus, was nicht mehr zu gebrauchen war, wusch alles andere ab und räumte es an seinen Platz.

Eine Woche nach ihrer Ankunft stützte sie die Hände in die Hüften und nickte zufrieden. Nun sah alles schon viel besser aus.

Sie aßen Muas aus Schmalz, Mehl und Wasser und den Käse dazu, den Moni mitgegeben hatte. Oder Birnenmus, von Ursula im Herbst eingekocht. Und sie sprachen über ihre Vergangenheit.

Annelie erzählte von Lenz, vom frühen Tod der Mutter, von ihrem Vater, Max und Johannes. Und auch von Martin erzählte sie mit einem bitteren Zug um den Mund. Nur was Girgl betraf, hielt sie sich bedeckt.

Und Ursula berichtete von ihrem Mann, der vor dreißig Jahren von einem Baum erschlagen worden war und von ihrem Sohn, der daraufhin den Hof in Kühzagl verkauft hatte, um nach München zu gehen und dort ein Geschäft zu eröffnen.

Annelie sah sie erstaunt an. »Du hast einen Sohn? Und der lässt dich hier heroben so allein und mit weniger als dem Nötigsten zurück?«

Ursula zuckte die Schultern. »Ich weiß ja noch nicht einmal, ob er überhaupt noch lebt. Die Hütte hier hat mein Hans für die Holzknechte gebaut. Als der Egon nach seinem Tod den Hof verkauft hat, ist mir nur das hier geblieben. Und der Egon ist weg und hat sich nie wieder blicken lassen. Auch nicht im Dorf.«

»Dann muss er tot sein«, sagte Annelie, denn sie konnte sich nicht vorstellen, dass einer seine alte Mutter im Wald so hilflos und ärmlich hausen lassen würde.

Magdalena fiel ihr ein, als sie von München sprachen, und sie beschloss, ihr zu schreiben, damit sie wusste, dass sie von zu Hause fortgegangen war und wo sie jetzt lebte. Und sie würde sie bitten herauszufinden, was aus Egon Haslinger geworden war.

»Und was für ein Geschäft hat er eröffnet?«, fragte sie Ursula.

»Schuhmacher hat er gelernt, dann wird es wohl eine Schusterei geworden sein.

Als alles getan war, kümmerte sich Annelie um den Garten. Sie harkte und jätete das Unkraut, legte das Stängelkraut wieder frei und säte Erbsen und Saubohnen. Auch in den Wald ging sie, um Maipilze zu sammeln. Zu Hause hatte sie daraus mit Rahm und Kräutern eine Schwammerlsuppe zubereitet und aus dem Semmelbrot Knödel gemacht. Davon konnte Lenz nie genug kriegen. Gelacht hatte er, und seine Augen hatten geleuchtet, und er hatte gerufen: »Annele guatemadama!« Aber hier hatten sie keinen Rahm, auch kein Semmelbrot und erst recht kein Salz, sie würde die Pilze einfach nur in Wasser kochen und ein paar Wildkräuter dazugeben.

Und sie wartete auf Jennerwein.

Wenn es raschelte im Gesträuch, starrte sie wie gebannt auf den Waldrand. Wenn ein Schuss irgendwo knallte, hob sie den Kopf und hörte darauf wie ein Echo ihr Herz klopfen. Und manchmal, nachts, wenn sie nicht schlafen konnte vor Angst um sein Leben und vor Sehnsucht nach ihm, sah sie wieder den Wolf auf der Lichtung sitzen.

Inzwischen schrieb man den 8. Juli. Die Sonne stand hoch, und es war warm genug, um Gräser zu trocken. Annelie sammelte dünne Äste, Farn und Segge und breitete alles auf der Lichtung aus. Zwei Tage später leerte sie den Heukreister und füllte ihn mit dem Heu neu auf.

Dann holte sie den Schmuck ihrer Mutter aus dem Versteck unter dem Dach und legte ihn auf den Tisch in der Stube.

»Was willst denn damit?«, fragte Ursula. Sie betrachtete das schöne goldene Halsband mit einer Rosette aus Granaten und die filigrane türkisbestückte Nadel, mit der man ein Tuch feststecken konnte.

»Anschauen will ich's mir und an meine Mutter denken. Der Vater hat ihr den Schmuck am Tag nach der Hochzeit als Morgengabe geschenkt. Als sie im Sterben lag, da hat sie es mir gegeben und gesagt: Trag es zu deiner Hochzeit und denk dabei an mich. Und wenn gar einmal schlechte Zeiten kommen sollten, dann kannst es verkaufen.« Annelie nahm die Nadel in die Hand. »Und jetzt sind schlechte Zeiten«, sagte sie.

Erschrocken sah die Alte sie an. »Du willst den Schmuck verhökern? Das wirst am Ende noch bereuen!«

»Nur die Nadel. Wir brauchen eine Ziege. Eine, die Milch gibt. Und ich brauch Wolle. Daraus stricke ich Socken, und die verkaufe ich dann. So hab ich mir schon in der Mühle ein paar Kreuzer verdient. Morgen geh ich nach Tegernsee zum Goldschmied.«

Die Alte legte ihre Hand auf Annelies Hand, ihre Augen waren feucht. »Wenn ich doch bloß auch etwas für dich tun könnte!«

»Aber du tust doch etwas für mich. Du gibst mir ein Zuhause.«

Die beiden umarmten sich. Als sie sich wieder losließen, sagte Ursula: »Und dann bringst auch einen Bogen weißes

Papier aus Tegernsee mit, damit wir aufschreiben können, dass du, wenn ich einmal nicht mehr bin, meine Hütte erben sollst.«

»Aber …«

»Nix aber.« Ursula sah sie fest an. »Du wirst es brauchen, du weißt es bloß noch nicht.«

Annelie sah sie fragend an. »Wie meinst das jetzt?«

»Wann hast denn deine Zeit zum letzten Mal gehabt?«

»Meine Zeit?« Annelie wurde rot. Sie senkte den Kopf und dachte nach. »Das war … ich weiß nicht mehr. Zu Hause in der Mühle noch. Vor ungefähr zwei Monaten.«

Ursula nickte. »Da siehst du!«

»Du meinst, ich bin schwanger?« Entsetzt riss sie die Augen auf.

Wieder nickte Ursula, und dann seufzte sie. »Ist wohl vom Jennerwein, das Kind?«

Annelie schlug die Hände vors Gesicht. »Nur von ihm kann es sein«, flüsterte sie.

»Dann wirst du es ledig zur Welt bringen müssen, denn der Jennerwein lässt sich nicht einsperren. Der ist wie ein Vogel, der schön singt. Wenn du ihn aber einsperrst, hört er auf zu singen, und bald liegt er tot im Käfig.«

Annelie stand auf. Ihre Hände zitterten, als sie sich die Nadel an ihren Kittel steckte. »Dann brauchen wir erst recht eine Ziege«, sagte sie.

Am nächsten Morgen in aller Herrgottsfrüh machte sie sich auf den Weg. Ging hinunter nach Kühzagl, weiter an der Rottach entlang bis zum Seeufer. Dort hielt sie Rast, aß eine Brezel, die sie bei einem Bäcker gekauft hatte, trank Wasser aus einem Brunnen und sah hinauf zum Wallberg und hinüber zum Setzberg. Die Mühle konnte sie von hier aus nicht erkennen, aber den kahlen Felsvorsprung, auf dem sie oft gestanden hatte, um auf den See zu schauen und von einem besseren Leben zu träumen, den sah sie.

Sie dachte an Lenz. Sie dachte an Martin. Sie hatte Tränen in den Augen.

Auch an Jennerwein dachte sie, und an das Kind unter ihrem Herzen, das ihr noch so fremd war und das ihr Angst machte.

Und sie dachte an Magdalena und an damals, als Ludwig sie über den See gerudert hatte. Nicht weit von hier waren sie ins Boot gestiegen. Noch nicht einmal zwölf Wochen lag das jetzt zurück, und doch war in dieser kurzen Zeit so vieles geschehen, was sie nie für möglich gehalten hätte. Und wofür sie sich schämte. Dass sie Lenz verlassen hatte. Dass sie eine ledige Mutter sein würde.

Sie legte ihre Hand auf ihren Leib und horchte in sich hinein. Sie schloss die Augen und erinnerte sich an die Nächte mit Girgl. Sein wildes Begehren, ihr Zittern, ihr Verlangen. Der Sturm in ihrem Unterleib, das Aneinanderschmiegen, als könne man so eins werden.

Eine Stimme riss sie aus ihren Gedanken. »Ja, da schau her! Die Annelie vom Gerstenrieder.«

Erschrocken sprang sie auf und starrte Frau Schönhuber an. Sie war die Gattin des Lehrers, bei dem sie in die Sonntagsschule gegangen war.

»Gut schaust du aus«, sagte die Schönhuberin und tätschelte ihr die Wange, »und hübsch bist geworden. Deinen Vater hab ich vor fünf Wochen getroffen, da war er mit dem Lenz in Rottach beim Pfarrer. Und dann hab ich gehört, dass sie dich suchen. Und jetzt treff ich dich hier. Bist weggelaufen? Wohin denn?«

Annelie öffnete und schloss die Lippen. »Nach …«, sie schluckte. »Nach Gmund bin ich, da hab ich Stellung gefunden.«

»So, nach Gmund!« Die Lehrersgattin sah sie forschend an. »Na ja«, sagte sie schließlich, »bist ja volljährig und kannst machen, was du willst. Dort droben im Wald, da ist es für ein junges Mädchen bestimmt kein Zuckerschlecken. Aber pass auf dich auf, Dirndl, vor allem was die Burschen angeht. Es wäre doch schad' um dich, wenn du auf die schiefe Bahn geraten würdest.«

»Ja, ja, ich pass schon auf. Aber jetzt muss ich weiter!« Sie knickste, als wäre sie noch das kleine Schulmädchen, und lief davon.

Auf der Straße, die nach Tegernsee führte, kamen ihr Kutschen und Karossen entgegen, wurde sie von Reitern, Fuhrwerken und einmal sogar von einem Veloziped überholt, einem stählernen Ding, das aus zwei hintereinanderliegenden Rädern bestand und mittels Treten auf Pedalen angetrieben wurde. Doch für all das hatte sie kaum Augen. Immer wieder sah sie sich um, ob ihr die Schönhuberin jemanden nachgeschickt hatte, damit er sie festnehmen und zurück zur Mühle bringen würde. Der Gedanke, dort wieder hinzumüssen, war ihr so schrecklich, dass ihr das Herz bis in die Schläfen pochte.

»Nie wieder!«, hämmerte es in ihrem Kopf, »nie wieder!«

Und plötzlich bereute sie auch nichts mehr. Nicht ihr Weggehen, nicht die verlorene Unschuld, nicht einmal, dass sie schwanger geworden war. Sie hatte aus der Mühle fortgemusst, sonst wäre sie dort droben vor die Hunde gegangen.

Nur dass sie Lenz alleine gelassen hatte, das würde sie immer schmerzen.

In Tegernsee ging sie zuerst zum Goldschmied. Er war ein stattlicher Mann mittleren Alters in einem vornehmen Anzug. Sein Backenbart war gepflegt, auf der Nase trug er eine Brille, durch die er Annelie neugierig musterte.

»Was kann ich für Sie tun, junges Fräulein?«

Sie griff unter ihr Mieder und löste die Nadel, die sie dort versteckt hatte. »Das da möchte ich verkaufen.«

Er betrachtete das Schmuckstück durch ein Okular, ließ sich Zeit dabei, und Annelie wartete geduldig. Sie wusste, dass er sich währenddessen überlegte, was er ihr bieten würde, und sie wusste, dass sie mit ihm handeln musste. Das kannte sie vom Vater, wenn er Holz verkaufte, und vom Viehmarkt.

»Ich weiß nicht, ob sich so ein Stück wiederverkaufen lässt«, sagte der Goldschmied.

»Mein Vater hat es hier vor 28 Jahren erworben. Es war vermutlich Ihr Vater, bei dem er es gekauft hat, und der hat es selbst gemacht. Es ist ein schönes Stück, das können Sie nicht abstreiten. Und ich weiß auch noch, was es gekostet hat, und dass es heute viel mehr wert sein muss.« Ihre Stimme klang fest, sie war entschlossen, sich nicht über den Tisch ziehen zu lassen, und das zeigte sie ihm.

Ein Schmunzeln zuckte um den Mund des Goldschmieds. »So, so«, sagte er. »Na ja, dann. Ich gebe dir zwanzig Gulden dafür.«

»Zwanzig Gulden!« Annelie sah ihn an, als hätte er sie für verrückt erklärt. »Das Doppelte ist das Mindeste!«

»Unmöglich.« Er schüttelte den Kopf, schob ihr die Nadel über den Tisch.

Annelie holte tief Luft. »Das hätte ich nicht von Ihnen gedacht«, sagte sie. »Wo doch Ihr Herr Vater so ein feiner Mensch war.« Sie nahm die Nadel und ging zur Tür. Im Stillen schickte sie ein Stoßgebet gen Himmel, dass er sein Angebot aufstocken würde. Zwanzig Gulden waren nicht schlecht, aber dreißig wären besser!

»Gut«, sagte der Goldschmied, als sie die Türklinke schon in der Hand hatte. »Achtundzwanzig Gulden, aber keinen Heller mehr. Und nur weil es ein Stück ist, das mein Vater, Gott hab ihn selig, noch selbst gemacht hat.«

Annelie drehte sich zu ihm um. Sie hatte die Brosche so fest umklammert, dass sie sich an der Nadel gestochen hatte. Ein Tropfen Blut war ausgetreten. »Dreißig Gulden«, sagte sie, legte ihm die Nadel auf den Tisch und sah ihm fest in die Augen. »Aber es muss kleines Geld sein, keine Goldtaler.«

»Na meinetwegen.« Er schlug ein, verschwand im Nebenraum, kam mit dem Geld zurück.

Annelie steckte einige Münzen in ihre Rocktasche, den Rest wickelte sie in ein Tuch und schob es sich in ihr Mieder.

Zuerst ging sie in einen Papierwarenladen. Dort gab es kartonierte Schreibhefte, Bleistifte und Federhalter, Tinte und dickes braunes Papier, um Bücher einzuschlagen oder Tüten daraus zu drehen. Es gab auch kleine Andenken und bunte Postkarten, die die Leute nach Hause schickten, wenn sie zur Sommerfrische an den See kamen, so wie Magdalena jedes Jahr.

Annelie kaufte einen Bleistift, ein Kuvert und drei Briefbögen. Sie kaufte auch zwei der bunten Ansichtskarten, die sie Ursula schenken wollte. Auf der einen war das Kloster abgebildet, in dem der König logierte, wenn er zur Jagd und zur Erholung nach Tegernsee kam, auf der anderen eine wunderschöne Mutter Gottes.

Dann ging sie zur Posthalterei, stellte sich an ein Schreibpult und schrieb an Magdalena. Später klebte die junge Posthalterin, ein dunkeläugiges Fräulein mit langen braunen Haaren, die sie zu einem Zopf geflochten und als Kranz um ihren Kopf gewunden hatte, eine Briefmarke darauf, stempelte den Brief ab und legte ihn achtlos auf einen Haufen zu anderen Kuverts.

Weil Annelie stehen blieb, den Blick auf die Briefe geheftet, fragte sie in schnippischem Tonfall: »Ist noch was?«

Annelie schüttelte den Kopf und ging. Sie konnte gar nicht glauben, dass ihr Brief, den die Posthalterin so achtlos auf den Tisch geworfen hatte, auch wirklich in München bei Magdalena ankommen würde.

Bei der Kurzwarenhändlerin, zu deren Geschäft sie sich durchfragen musste, weil es ein wenig abseits und versteckt lag, kaufte sie fünf Strang feine Strumpfwolle und Stricknadeln, grünes und weißes Garn, Nähnadeln, Faden und fünf Ellen einfaches rotkariertes Leinen.

Die Frau legte alles in ein Bschoadtücherl und band es zu einem Bündel, das Tücherl berechnete sie nicht.

Als Annelie nach Kühzagl kam, war es bereits später Nachmittag. Ursula hatte ihr gesagt, sie solle wegen der Ziege beim Bauern Bernloher vorsprechen und dort sagen, dass sie jetzt bei ihr lebte wie eine Haustochter und dass er ihr einen guten Preis machen sollte.

Der Bernloher war ein freundlicher alter Mann, der ihr aufmerksam zuhörte. Dabei zog er fortwährend an einer Pfeife, die ihm im Mundwinkel hing, und stieß kleine Rauchwölkchen aus.

»So, so«, meinte er schließlich, schwieg eine Weile, sagte dann: »Das ist gut, dass die Ursula jetzt nicht mehr allein da droben ist.«

Er ging mit Annelie hinters Haus, wo ein Bub auf eine kleine Ziegenherde aufpasste, wies eine weiße an und sagte: »Die dort nimmst du mit. Die ist noch jung und gibt ordentlich Milch. Und wenn du mal einen Bock auflassen musst, dann bringst du sie wieder herunter zu mir.«

Er gab ihr ein Bündel mit Eiern, die seine Bäuerin feinsäuberlich in Stroh verpackt hatte, einen Laib Brot und ein Stück Rauchfleisch. Dann verlangte er zehn Gulden und geleitete Annelie bis zur Scheune vom Neureuther, seinem Nachbarn.

Annelie ging zufrieden nach Hause. Zehn Gulden waren ein guter Preis, der Bernloher hätte auch vierzehn oder fünfzehn verlangen können. Annelie war froh, dass sie noch Geld übrig hatte, sie würde es für ihr Kind brauchen.

10. Kapitel

Er war da gewesen! Annelie wusste es sofort. Als sie die Hütte betrat, roch es nach ihm, und es roch nach Blut und frischem Fleisch. Er war da gewesen, während sie in Tegernsee war! Ihr Herz tobte vor Wut und vor Enttäuschung. Jennerwein war da und sie nicht!

Sie fand Ursula im Stall, wo sie sich damit abmühte, die alte Einstreu aus dem Heukreister in den ehemaligen Schweineverschlag zu schaffen. »Damit die Ziege für die Nacht einen Platz hat«, begrüßte sie Annelie.

Die Alte wollte das Mädchen umarmen, aber Annelie schob sie grob zur Seite. »Er war da. Warum hat er nicht auf mich gewartet? Du hättest ihn nicht weglassen dürfen.«

»Du weißt, dass ihn keiner halten kann, wenn er das nicht will. Aber grüßen soll ich dich.«

»Mich grüßen«, lachte sie bitter, »was habe ich davon?« Sie zerrte die Ziege in den Verschlag, löste das Seil und ließ Ursula einfach stehen.

Die Alte fand sie weinend in der Schlafkammer. »Ich kann doch nichts dafür«, sagte sie.

Annelie richtete sich auf, schnäuzte sich in ein Sacktuch, das sie aus ihrer Rocktasche zog und nickte. »Ja, ich weiß. Tut mir leid. Ich bin nur so enttäuscht.«

Ursula setzte sich zu ihr. »Kind, du musst ihn vergessen. Man denkt, die Liebe ist stärker als die Zeit. Aber die Zeit ist stärker als die Liebe.«

»Bei mir ist das nicht so!«

»Aber bei den Männern. Bei manchen jedenfalls.« Die Alte griff nach ihrer Hand. »Eine schöne Ziege hast du uns mitgebracht. Die gibt bestimmt viel Milch und wir können sogar Butter machen. Ein Butterfass hab ich noch und eine Butterschüssel auch. Stehen beide im Stall hinter der Futterkiste.«

Annelie nickte. »Der Bernloher hat sie mir für nur zehn Gulden überlassen und noch Eier, Brot und Rauchfleisch dazugegeben.«

»Und der Girgl hat uns einen jungen Bock dagelassen. Ich hab das Fleisch in den Rauchschlot gehängt. Da können wir jetzt so gut essen wie der König selbst!«

Sie gingen in die Stube und betrachteten alles, was Annelie mitgebracht hatte. Es war wie ein Wunder – all diese Schätze!

Die Karte mit der Mutter Gottes stellten sie im Herrgottswinkel unter das Kreuz, das Ursula einmal aus zwei Stöcken und einem Stück Schnur zusammengebunden hatte, dann beteten sie gemeinsam zum Dank und um Gesundheit für sie drei zu bitten – die Alte, die Junge und das ungeborene Kind.

Noch am selben Abend verfassten sie das Testament. Weil Ursula nur ihren Namen zu schreiben gelernt hatte, und selbst das fiel ihr mit der verkrüppelten Hand schwer, setzte Annelie es für sie auf. Malte mit ihrer kindlichen Schrift Buchstabe für Buchstabe auf das feine weiße Papier, das sie mitgebracht hatte:

»Ich, Haslinger-Ursula, Tochter der Eheleute Seibold aus Enterrottach, geboren im Jahre 1801 zu Enterrottach, vermache all meinen Besitz meiner Haustochter Gerstenrieder-Annelie, geboren am 17. Mai 1852 in der Gerstenrieder-Holzmühle am Setzberg. Zu meinem Besitz zählen die Leitstube, die mein verstorbener Mann, Haslinger-Hans, auf die Kühzaglerlichtung gebaut hat, ein kleines

Waldgrundstück, ein Hausgarten und ein paar wenige Habseligkeiten. Annelie hat sich mit Liebe und Aufopferung um mich gekümmert und war mir in meiner letzten Zeit wie eine Tochter. Mein Sohn, Haslinger-Egon, erbt nichts mehr, denn er hat bereits den Hof mit dem gesamten Viehbestand bekommen und zu seinen Gunsten veräußert. Auch weiß ich gar nicht, ob er noch lebt, denn ich habe ihn seit dem Tod meines Mannes nicht mehr gesehen.

Dies ist mein letzter Wille, niedergeschrieben im Juli anno 1874.«

Sie lasen alles noch einmal durch, befanden es für gut, und Ursula setzte mit Mühe und in krakeliger Schrift ihren Namen darunter. »Jetzt«, sagte sie mit einem zufriedenen Lächeln und legte den Bleistift auf den Tisch, »bist du meine Erbin.«

Der Brief von Magdalena kam zwei Wochen später. Der Postbote hatte extra dafür zu ihnen heraufgehen müssen, und die Frauen konnten ihm noch nicht einmal einen Schnaps anbieten. Trotzdem setzte er sich zu ihnen an den Tisch, trank in Gottes Namen einen Schluck Wasser und erzählte dies und das. »Die Meinhard-Frieda hat den Brandner-Felix geheiratet, die Berta, das Dirndl von der Kreuthnerin, hat ein uneheliches Balg bekommen, und vorgestern, da war ein Hausierer aus Schliers bei mir zu Hause und hat erzählt, dass sie den Jennerwein-Girgl fast geschnappt hätten.«

Annelies Herz machte einen Satz. »Fast geschnappt? Wie das denn?« Sie versuchte sich ihre Angst um ihn und ihre Aufregung nicht anmerken zu lassen.

»Drüben, am Rainerkopf hat er gejagt. Angeblich. Jedenfalls hat der Kiehlechner, der Jagdgehilfe vom Revier Schliersee, einen Schuss gehört. Und weil der Förster bei seiner alten Godin in Gmund auf Besuch war und der Sieberer, der zweite Jagdgehilfe, krank im Bett lag, konnte es ja bloß ein Wilddieb sein. Also ist er gleich los, war ja auch nicht allzu weit entfernt. Vom Westerberg aus wollte er gerade rüber zum Lahnerkopf. Hat dann flugs einen Haken geschlagen, und wie er drüben am Rainerkopf war, da sieht er durch sein Fernglas den Jennerwein, wie er sich im Gebüsch zu schaffen macht. Er nix wie hin, aber als er dort ankam, da war der Jennerwein wie vom Erdboden verschluckt und auch keine Spur von einem Wildbret zu sehen. Er hat ihn gesucht, stundenlang, aber der war weg! Erst wie es gedämmert hat, hat der Kiehlechner aufgegeben, ist nach Haus und hat dabei so laut geflucht, dass man ihn von Schliers bis Fischhausen hören konnte.«

Annelie atmete tief durch. Als sie sich vorstellte, der Jagdgehilfe hätte den Girgl mit einem Wild im Rucksack aufgespürt, klopfte ihr Herz zum Zerspringen. Dann säße er jetzt fest, und es würde ihm eine schwere Zuchthausstrafe drohen oder gar der Tod auf dem Schafott.

»Und weiter?«, drängte sie.

»Nichts weiter. Am Sonntag, da hat man ihn dann wieder im Kolberbräu-Tanzsaal gesehen, zusammen mit der Rosl, der Kellnerin vom Hennererwirt. Getanzt hat er mit ihr, und schuhplattelt hat er und rumgeschmust, so als ob gar nichts geschehen wäre.«

»Rumgeschmust? Mit der Rosl? Welche Rosl?«, fragte Annelie. Sie war noch blasser geworden.

Der Postbote zuckte die Schultern. »Mit der Bedienung vom Hennererwirt. Mit der geht er ja schon seit einem Jahr, wenn er nicht droben bei der Agathe ist, der Sennerin auf der Baumgarten-Alm.« Er lachte und stand auf. »Mit der Treue hat's einer wie der Jennerwein nicht so. Also dann, ich muss noch weiter zum Kalterer.« Er setzte seine Mütze auf und hängte sich seine Tasche um.

»'gelts Gott«, bedankte sich Ursula, »und einen schönen Gruß nach Kühzagl.« Und als er die Tür hinter sich zugezogen hatte, legte sie ihre Hand auf Annelies Schulter und sagte: »Mei, Dirndl, jetzt weinst schon wieder, aber das bringt doch nichts! Du musst den Girgl vergessen, sonst wirst nimmermehr glücklich!«

Aber vergessen konnte Annelie ihn nicht. Er war in ihrem Herzen, in ihren Gedanken und vor allem in ihrem Leib. Dort wuchs sein Kind heran; sie hatte keinen Zweifel mehr an einer Schwangerschaft. Ihr Herz schlug schneller. Sie musste häufig Wasser lassen, und ihre Nase blutete schon bei der kleinsten Anstrengung. Oft war ihr übel, und sie fühlte sich matt und erschöpft.

Zum Glück hatten sie die Ziege und warf der Garten wieder etwas ab, seit sich Annelie darum kümmerte. Das Fleisch von dem Bock hatten sie zerteilt und geräuchert, und so ging es ihnen nicht schlecht. Sogar die Katze hatte zugenommen und pflegte nun wieder ihr Fell.

Wenn Annelie Zeit hatte, setzte sie sich an den Tisch vor der Hütte und sah ins Tal. Das Dach vom Bauern Bernloher konnte man gerade noch zur Hälfte erkennen, auf der anderen Seite der Rottach lagen die Häuser von Ellmösl, und ging man an den Abhang vor und reckte den Kopf ein wenig, blickte man auf den breiten Buckel des Wallbergs hinter dem der Salzberg lag, der ihr einst Heimat gewesen war.

Dort auf der Bank vor der Hütte saß Annelie also und las Magdalenas Brief nun schon zum wiederholten Mal.

Liebe Annelie,

ich kann Dir gar nicht sagen, wie sehr ich mich gefreut habe, einen Brief von Dir zu bekommen! Und wie froh ich bin, dass Du endlich von der Mühle weg bist und dass es

Dir jetzt gut geht bei der alten Frau, für die Du sorgst. Dass Du Angst um Lenz hast, kann ich verstehen, aber schau, Du musst doch einmal auch Dein eigenes Leben führen. Deshalb quäl Dich nicht und richte Dir Dein Leben ein, so wie es Dir passt.

Nach Herrn Egon Haslinger, der eine Schuhmacherei betreibt, musste ich mich gar nicht lange erkundigen. Er hat sein Geschäft nur wenige Straßen von meinem Haus entfernt und ist durchaus bekannt in München. Man geht hin, er nimmt Maß, man sucht ein Leder und ein Modell aus, und schon zwei Wochen später hat man ein Paar feinster Schuhe. Er beschäftigt vier Schuhmachermeister und einige Gesellen und Lehrlinge, und er ist sicher kein armer Mann. Eine Frau hat er auch und drei halbwüchsige Kinder, von denen man allerdings nichts Gutes erfährt. Sie seien verzogen, die beiden Buben rotzfrech, das Mädchen dumm und eingebildet. Und er hat eine Geliebte, jedenfalls geht das Gerücht um.

Jetzt will ich Dir noch von mir und Ludwig erzählen. Seine Frau ist vor sechs Wochen gestorben. Sie musste zum Schluss hin sehr leiden, und Ludwig hat sich bis zu ihrer letzten Stunde liebevoll um sie gekümmert. Jetzt ist sie begraben und hat alles hinter sich, und wir werden heiraten, sobald die Trauerzeit vorbei ist.

Ob ich im Frühjahr nach Rottach komme, weiß ich noch nicht, aber jetzt weiß ich ja, wo ich Dich erreichen kann. Ich werde Dir rechtzeitig schreiben. Und Du schreibst mir bitte, wenn Du etwas brauchst! Du weißt, ich bin immer für Dich da.

In Liebe, Deine Magdalena

Von ihrer Schwangerschaft hatte sie Magdalena nicht berichtet und ihr auch nicht geschrieben, dass Ursula ihr keinen Lohn bezahlen konnte und wie ärmlich sie hier lebten. Freilich würde Magdalena ihnen Geld schicken und auch sonst alles tun, worum Annelie sie bat, doch sie wollte niemandem auf der Tasche liegen, da hatte sie ihren Stolz.

Und Ursula hatte sie nichts davon gesagt, dass sie Magdalena gebeten hatte, sich nach ihrem Sohn zu erkundigen. Erst recht hatte sie ihr nicht vorgelesen, wie gut er es sich in München gehen ließ, während sie, seine alte, kranke Mutter, von gekochten Waldpilzen, Beeren und Haferschleim gelebt hatte und noch immer leben müsste, wäre sie nicht gekommen, um ihr ein wenig zur Hand zu gehen.

»Schämen sollte er sich«, dachte sie, faltete den Brief zusammen und schob ihn zurück in ihre Rocktasche.

Und da stand er plötzlich vor ihr, wie aus dem Nichts gezaubert:

»Jennerwein!« Sie sprang auf und fiel ihm um den Hals, klammerte sich an ihn, dass es ihm fast die Luft abschnürte. »Endlich! Ich hab ja so auf dich gewartet!«

Ursula trat aus der Hütte. Jennerwein befreite sich aus Annelies Umarmung und legte seinen Rucksack auf den Tisch. Sein Blick war finster.

»Was hast du denn?«, fragte die Alte.

»Auf der Baumgarten-Alm war ich, bin von dort weiter zu euch. Fast schon unten im Tal, da liegt auf einem Pfad, der von einer versteckten Lichtung zum Holzfleckl führt, eine verendete Ricke, den Hals in einer Messingschlinge, die irgend so ein Sauhund zwischen zwei Fichten gespannt hat, und zwei Kitze stehen daneben und röhren erbärmlich.« Er zog seinen Hut vom Kopf und knallte ihn neben den Rucksack. »So einer gehört an den Füßen aufgehängt, bis ihm der Kopf abfällt! Nicht Manns genug für einen ehrlichen Schuss! Und dann holt er den Kadaver noch nicht einmal ab, sondern lässt ihn verkommen!« Er griff in seinen Rucksack, zog eine Flasche heraus und setzte sie an die Lippen. »Kommt's her, trinkt's einen Enzian mit mir«, sagte er, nachdem er einen kräftigen Schluck genommen hatte, und stellte die Flasche auf den Tisch.

Annelie holte einen Stuhl aus der Stube, Jennerwein hockte sich rittlings darauf und wischte sich mit dem Ärmel die schweißnasse Stirn.

Die beiden Frauen setzten sich auf die Bank, und Annelie verbarg ihre Hände im Schoß, damit Jennerwein nicht sehen konnte, wie sie zitterten. »Auf der Baumgarten-Alm warst?«, fragte sie. »Etwa bei der Agathe?« Sie vermied es, ihn anzusehen.

Er nahm noch einen Schluck aus der Flasche, sah Annelie dann aufmerksam an. »Und wenn?«

»Es heißt, du hast was mit ihr.«

Er schwieg so lange, dass Annelie den Kopf hob, um zu sehen, warum er nicht antwortete. »Und wenn?«, wiederholte er mit einem kalten Blick in ihre Augen.

Sie senkte den Kopf wieder und er fuhr sie an: »Ich hab dir von Anfang an gesagt, dass ich meine Freiheit brauche.«

Annelie legte eine Hand auf ihren Bauch, die andere wie zu einem Gebet darüber. Sie wollte ihn anschreien, dass es aus war mit der Freiheit, dass sie ein Kind bekam und er doch auch etwas damit zu tun hatte. Dass er ihr einmal gesagt hatte, dass er sie liebte, und dass es Verantwortung gab, und ob er mit ihr weniger Mitleid hatte als mit einem mutterlosen Kitz. Aber ihre Kehle war wie zugeschnürt, die Worte blieben ihr im Halse stecken, und schließlich sprang sie auf und lief hinein.

Später kam Ursula und setzte sich zu ihr. »Er ist gegangen.« Sie nahm Annelie in die Arme und blieb bei ihr, bis sie sich ausgeweint hatte.

11. Kapitel

Der Weg führte in eine Schlucht, stieg wieder an und tauchte ein in den Wald. Hier, im immerwährenden Schatten hoher Felsen und dichter Bäume, hielten sich vereinzelte Schneefelder bis weit in den Sommer hinein. Kleine schmutziggraue, harschige Flechten, in die sich Spuren von Wild eingegraben hatten, auf denen zerbröselte Latschenzweige und Kiefernzapfen lagen.

Annelie blieb stehen und sah sich um. Auf ihrem Gesicht lag ein Ausdruck der Verzweiflung. Stunden war sie nun schon unterwegs, um Farne zu sammeln oder auf Lichtungen das Gras der Segge zu schneiden, doch die Kraxe auf ihrem Rücken war kaum halb voll.

Sie gab auf und schlug den Heimweg ein.

Inzwischen war es Anfang Oktober. Annelie hatte einen kleinen, festen Bauch bekommen, und es war ihr morgens nicht mehr übel. Hin und wieder glaubte sie zu fühlen, dass sich das Kind in ihrem Leib rührte. Es gab Tage, da hasste sie das fremde Wesen, das sich in ihr breit machte und ihre Zukunft bestimmte, und es gab Tage, da lauschte sie neugierig und mit leisem Herzklopfen nach innen und versuchte sich vorzustellen, wie ihr Kind wohl aussehen mochte.

Einmal war Jennerwein noch da gewesen. Früh in den Morgenstunden hatte er ein ausgeweidetes Gämsenböcklein auf den Tisch vor der Hütte gelegt, das Herz und die Leber dazu, alles in ein Tuch eingeschlagen, einen Korb darübergestülpt und ihn mit einem großen Stein beschwert. Sie waren aufgewacht, als es einen Schlag getan und die

Katze gekreischt hatte. Waren hinausgelaufen, hatten zuerst einmal nur den Korb gesehen, unter dem es wütend fauchte, daneben einen riesigen Stein. Vorsichtig hatten sie den Korb angehoben, die Katze war herausgeschossen und hinter der Hütte verschwunden. Als sie dann den Korb weggenommen, das Tuch aufgeschlagen und den Braten gesehen hatten, lachten sie. Da wollte sich die Katze an dem Fleisch gütlich tun, hatte sich unter dem Korb hindurchgezwängt und fand sich plötzlich in einem engen, dunklen Gefängnis wieder.

Dass sich Jennerwein in der Morgendämmerung an die Hütte geschlichen und wieder davongestohlen hatte, brachte Annelies Herz zum Rasen – zum ersten Mal nicht aus Trauer und Sehnsucht, sondern aus Wut. Er kam ihr vor wie der, der die Messingschlinge ausgelegt hatte. Nicht Manns genug, zu einer Frau zu stehen. Drei auf einmal gab er vor zu lieben, seine Freiheit und sein Vergnügen waren ihm mehr wert als jeder Schwur.

Sie ging noch einmal zwei Stunden, um wieder nach Hause zu gelangen. Dort fand sie Ursula vor der Hütte sitzend. Die Katze auf ihrem Schoß, den Kopf zur Seite gekippt, schlief sie fest und sah dabei zufrieden aus.

Annelie lächelte. Sie liebte die alte Frau wie eine Mutter, und wäre da nicht die Trauer und die Enttäuschung um Jennerwein, dann wäre auch sie glücklich und zufrieden gewesen. Sie hatte zu essen, sie musste sich nicht mehr schlagen lassen, und wenn Ursulas Hütte auch ärmlich war, so wusste sie doch, wo sie hingehörte.

Leise, um sie nicht aufzuwecken, setzte sich Annelie zu der Alten, schloss die Augen und dachte wie so oft an Lenz. Sah ihn vor sich, wie er sich unbekümmert und fröhlich im Schnee wälzte oder mit Kiefernzapfen nach Krähen warf. Wie er die Kuh jagte und dabei lachte vor Vergnügen und ganz darauf vergaß, wie zornig später der

Vater sein und wie weh seine Schläge tun würden. Und sie dachte darüber nach, ihn zu sich zu holen. Bestimmt würde der Vater ihn gehen lassen. Doch sie hatte Angst, zur Mühle zurückzukehren.

Ursula zuckte im Traum zusammen und wurde wach. »Ach, da bist du ja wieder, Kind!«

Mit einer Kopfbewegung deutete Annelie auf die Kraxe, die sie neben sich abgestellt hatte. »Ich hab wieder nicht viel Gras gefunden. Das bisschen Heu, das wir inzwischen getrocknet haben, wird nicht reichen, um die Ziege über den Winter zu bringen. Ich frage in Kühzagl nach, ob ich bei der Ernte helfen kann und ob man mir dafür Heu, Schmalz und Mehl gibt. Kann ich dich ein paar Wochen alleine lassen?«

Ursula verschränkte die Arme vor der Brust und nickte. Was sollte sie auch sagen? Heu, Schmalz und Mehl waren wichtiger als ihre Angst vor der Einsamkeit.

Diesmal saß die Bernloherin bei ihrem Mann in der Stube, sie strickte an einer Joppe.

»Helfen möchtest?«, sagte der Bernloher zu Annelie. »Gegen Heu, Schmalz und Mehl?« Er sah seine Frau an, die Annelie aufmerksam betrachtete. Dabei glitt ihr Blick über die breiten kräftigen Schultern hinunter zu ihrem Bauch. Dort blieb er eine Weile hängen, also ob sie etwas suchte, wanderte dann wieder aufwärts, und schließlich nickte sie und sagte: »Ich hätte schon Arbeit für zwei oder drei Wochen. Kannst mir im Haus und im Stall helfen, dann schicke ich die Liesl mit den anderen aufs Feld. Fleißig musst halt schon sein.«

»Fleißig bin ich, und ich könnte auch auf dem Feld arbeiten.«

»Besser nicht. Wir sind froh, dass du dich um die Ursula kümmerst, und ich möchte, dass du gesund wieder hinaufkommst zu ihr. Scheinst ein ordentliches Dirndl zu sein.« Sie war am Ende der Reihe angelangt, wendete die Strickarbeit, blickte noch einmal auf Annelies Bauch und fügte an: »Auch wennst ein lediges Kind bekommst.«

Annelie schoss das Blut in den Kopf. Sie sah vor sich auf den Boden. »Danke und 'gelts Gott«, sagte sie.

Die Arbeit ging Annelie gut von der Hand. Alles, was sie auf dem Bernloher Hof tun musste, kannte sie von zu Hause. Putzen, waschen, kochen, backen, die Öfen schüren, das Vieh füttern und ausmisten. Die Bernloherin, etwa sechzig Jahre alt, streng aber niemals ungerecht, half nach Kräften mit. Einzig die Liesl war ihr nicht gut gesonnen und stänkerte, wo es nur ging.

»Wegen dir muss ich aufs Feld! Und in meiner Kammer machst dich breit!«

»Ich wär ja selber aufs Feld hinaus, aber die Bernloherin wollt mich im Haus behalten.«

»Wo kommst überhaupt her? Von hier bist jedenfalls nicht. Die Mirl, die Magd vom Neureuther drüben, die sagt, du bist die Tochter vom Gerstenrieder, vom Holzmüller auf dem Setzberg.«

»Ich bin von der Kühzaglerlichtung und kümmere mich um die alte Haslingerin, alles andere geht dich nichts an.«

Als sie am Montag Wäsche wuschen, fragte Annelie die Bäuerin: »Wie hast du gewusst, dass ich ein Kind bekomme? Man sieht es doch noch gar nicht unter dem Kittel.«

Die Bernloherin lachte. »Ich hab selbst neun Kinder zur Welt gebracht, wenn auch nur noch vier davon am Leben sind, und bei den Nachbarinnen und im Dorf hab ich auch genug Schwangere gesehen. Da genügt ein Blick ins Gesicht und man weiß Bescheid.«

Während Annelie das Waschbrett in den viereckigen Zuber stellte, der mit frischer Lauge gefüllt war, und anfing, die Wäsche über das geriffelte Holz zu ziehen, stampfte die Bäuerin in einem anderen, runden Zuber die Leintücher, die dort eingeweicht waren. Es war heiß im Waschhaus und dampfte, und bald trieften Annelies Haare von der feuchten Luft. Sie selbst hätte ihren Kittel gerne mit ausgewaschen, aber sie hatte keinen zweiten zum Wechseln dabei.

»Von wem ist denn das Kind?«, fragte die Bernloherin plötzlich.

Annelie hob den Kopf so ruckartig, als hätte einer irgendwo einen Schuss abgegeben. Alles Blut wich auf einmal aus ihren Wangen, in ihren Augen lag ein gehetzter Ausdruck. »Das …«, sie stockte, »… das möcht ich nicht sagen.«

Die Bernloherin nickte. »Wenn dich keiner heiratet, dann brauchst einen Vormund für das Kind.«

»Einen Vormund?«

Sie nickte. »Wenn du magst, dann frag ich meinen Mann, ob er sich anbietet. Wär vielleicht besser für dich, die Ursula und das Kind – besser als ein Fremder, meine ich.«

Der Bernloher war einverstanden, das sagte ihr die Bäuerin am nächsten Tag. Dazu gab sie Annelie einen frischen Kittel, der zwar schon geflickt, aber sonst noch ganz gut war, und sie suchte ihr von den Enkelkindern ein paar Windeln, Bandagen, Hemdchen und ein Tragetuch heraus.

Als drei Wochen um waren, ließ der Bauer Heu auf einen Karren laden und einen Ochsen davor spannen. »Der Kurt, der Jungknecht, bringt dich rauf«, sagte er, »und wenn ihr etwas habt, das gerichtet werden muss, dann soll er das für euch tun. Meinethalber kann er auch ein oder zwei Tage bleiben.«

Die Bäuerin packte reichlich Eier, Mehl, Schmalz und Brot ein und legte Käse und eine Flasche Enzian dazu.

»Richtest der Ursula schöne Grüße von uns aus«, sagte sie zum Abschied. »Und wenn deine Zeit naht, dann kommst herunter zu uns, damit ich dir bei der Geburt helfen kann.«

Annelie nickte. »Dankeschön für alles.« Sie wollte der Bäuerin die Hand geben, aber die nahm sie in die Arme wie eine Tochter.

Zuerst ging es mit dem Hinauffahren einfach, aber dann wurde der Weg schmal und immer schlechter, und Kurt fluchte, was das Zeug herhielt. Einmal wäre der Karren beinahe umgekippt. Sie verloren Heu und mussten es wieder aufladen. Aber schließlich waren sie droben, und Ursula rief immer wieder: »Jesus, Maria und Josef! Da bist ja – und so viel Heu! Jesus, Maria …«

Kurt richtete das Dach, und er zog mit dem Ochsen einen jungen Baum aus dem Wald, den er zusammen mit Annelie in ofengerechte Stücke sägte. Es war schwere Arbeit, für eine Schwangere viel zu schwer, und Ursula sah bekümmert zu, wie sich das Dirndl so abmühen musste.

Noch eine Nacht schlief der Knecht bei der Ziege und dem Ochsen im Stall, dann machte er sich wieder auf den Heimweg. Beim Abschied reckte er die Nase Richtung Süden. Ein ungewöhnlich warmer Wind wehte vom Rofangebirge herüber. »Morgen«, sagte er und nickte weise, »morgen wird es schneien.«

12. Kapitel

Das neue Jahr war angebrochen. Der Schnee, der in den letzten fünf Tagen gefallen war, reichte bis ans Dach. Den Weg von der Haustür zur Holzlege und zum Aborthäusl freizuschaufeln, kostete Annelie große Mühe. Besser wäre es gewesen, das Holz im Stall aufzubewahren, aber mehr Platz als für die Ziege, das Heu und etwas Holz zum Vortrocknen war dort nicht.

Annelie hatte aus der Wolle, die sie aus Tegernsee mitbrachte, ein Mützchen und ein Jäckchen für das Kind und fünf Paar Socken gestrickt; eines für Ursula, eines für sie und drei zum Verkaufen. Auch ein Kissen, aus dem rotkarierten Stoff genäht und mit Heu ausgestopft, lag für das Kind bei den Sachen bereit, die sie von der Bernloherin geschenkt bekommen hatte.

Die Alte machte Annelie Sorgen. Sie war noch schmächtiger geworden, und sie hustete seit einigen Tagen. Es zog durch alle Ritzen und war vor allem nachts bitter kalt. Annelie legte deshalb mehr Holz auf das Feuer, als sie es für sich selbst getan hätte, und vor dem Schlafengehen heiße Steine in den Heukreister.

Tagsüber saßen sie in der Kuchl, und die Zeit kroch im Schneckentempo dahin. Manchmal, wenn Annelie von ihrer Strickarbeit aufsah, entdeckte sie Tränen auf Ursulas Wangen. Lautlos weinend saß sie da, hing ihren Gedanken nach.

Ob sie an Egon dachte?

Annelie vermied es, von ihm zu sprechen, weil sie Ursula nicht sagen wollte, was sie von ihm wusste, und weil sie im Lügen so schlecht war. Und Ursula wiederum vermied es, von Jennerwein zu reden. Nur einmal war er noch gekommen, und auch da hatte er nur heimlich einen Bock vor die Tür gelegt. Es würde wohl der letzte für lange Zeit bleiben, denn im Winter, wenn Schnee lag, war es mit dem Wildern vorbei. Zu leicht wäre es für die Jagdgehilfen, seine Spur zu verfolgen. Und hätte er auch etwas geschossen, im tiefen Schnee war der Weg vom Valepp zu ihnen zu beschwerlich.

Annelie war immer noch verbittert, wenn sie an Jennerwein dachte, doch sie dachte längst nicht mehr so oft an ihn wie früher. Ursula hatte damals gesagt: Man glaubt, die Liebe ist stärker als die Zeit, aber die Zeit ist stärker als die Liebe. So verhielt sich das auch mit dem Schmerz.

Gegen Ende Februar zeigten sich erste Frühjahrsboten. Sie sahen Eichkätzchen umherjagen und Lurche wandern. Die Katze rollte sich im Sonnenschein, gab Laute von sich, die wie Kindergreinen klangen. Krokusse und Weidenkätzchen blühten, die Luft war föhnig und brachte den Schnee in Windeseile zum Schmelzen.

Doch Ursula ließ sich nicht täuschen. Sie machte sich Sorgen und lag Annelie in den Ohren. »Jetzt ist der Weg frei! Du musst hinunter ins Tal, hier heroben hast du nur mich.« Sie streckte ihre verkrüppelten Hände über den Tisch und sah sie beschwörend an. »Und ich kann dir keine große Hilfe sein.«

Annelie schüttelte den Kopf. »Ich bleibe bei dir. Du hast ausgerechnet, dass das Kind wahrscheinlich Ende März kommen wird, also habe ich bis zur Niederkunft noch ein paar Wochen Zeit.«

Egal, ob Ursula schimpfte oder im Guten mit ihr redete, sie wollte nicht gehen – wusste sie doch, dass es den Tod der Alten bedeuten konnte, sie alleine in der Hütte zurückzulassen.

Beide sollten sie mit ihren Befürchtungen recht behalten.

Ursulas Husten wurde schlimmer, kaum dass sie noch Atem schöpfen konnte. Sie fand keinen Schlaf mehr, es zehrte an ihr. Bald kam Fieber hinzu. Sie glühte wie ein Topf auf dem Feuer und fror dabei, dass ihr die Zähne klapperten.

Verzweifelt versuchte Annelie ihr zu helfen. Sie wusch ihr den Schweiß ab, sie machte ihr kalte Umschläge oder legte ihr heiße Steine unter die Decke. Sie gab ihr einen Absud aus Hagebutten, Quendel, Königskerze und Gundelrebe – Kräuter, die sie das Jahr über gesammelt und getrocknet hatte. Nichts half.

»Um Himmels Willen, Kind, du musst ins Tal!«, flüsterte Ursula zwischen zwei Hustenanfällen.

»Ich kann dich doch jetzt nicht alleine lassen!«

»Du musst ins Tal!«

Annelie schüttelte den Kopf.

Am Nachmittag wehte wieder dieser warme Wind vom Rofan herüber, und Annelie wusste, was das bedeutete. Trotzdem wollte sie nicht gehen. Wenn Ursula schon sterben musste, dann sollte sie dabei nicht alleine sein.

Annelie legte sich zu ihr in den Heukreister. Sie umarmte und wärmte sie, wie Jennerwein sie einmal umarmt und gewärmt hatte. Sie sang ihr Lieder vor, erzählte ihr Geschichten. Sie weinte und drückte sie wieder an sich.

»Du musst gehen«, flehte die Alte.

»Ich bleibe.«

»Denk an dein Kind!«

»Ich denke an mein Kind. Und an dich. Du darfst nicht sterben, ich brauch dich doch noch!«

»Meine Zeit ist gekommen, da hab ich nichts zu bestimmen. Ich gehe gerne, nur um dich tut es mir leid. Du warst das Beste, was ich im Leben hatte. Ich hab dich gesehen und gewusst, Gott hat dich mir geschickt, um mich mit dem Leben zu versöhnen. Ich danke dir. Ich hab dich lieb. Aber jetzt musst du gehen!«

»Ich bleibe.«

Am Morgen war Ursula tot, und vor der Hütte lag Schnee. Hüfthoch. Für eine, die kurz vor der Niederkunft stand, zu viel, um ins Tal gehen zu können.

Das Kind kam noch am selben Tag. Plötzlich ergoss sich ein Schwall Flüssigkeit aus Annelies Unterleib, und sie dachte, jetzt treibt es ihr die Eingeweide heraus, und sie muss ebenfalls sterben. Bald danach setzten die Wehen ein. Ein Gefühl, als schnallte man ihr einen Gurt um den Unterleib und zog unbarmherzig zu. Und dann wieder war es ihr, als ob jemand in sie hineingriff, um ihr das Kind einfach herauszureißen.

Verzweifelt und vom Schmerz getrieben stieg Annelie in der kleinen Kuchl umher. Sie hatte der Katze dabei zugesehen, als sie ihre Jungen warf. Sie hatte Kühen geholfen, Kälber zur Welt zu bringen. Aber niemals einer Frau.

Ursula hatte gesagt, dass man das Kind herauspressen musste und dass sie selbst ihren Sohn im Bett liegend bekommen hatte. Sie hatte aber auch erzählt, dass sie einmal dabei gewesen war, als eine Nachbarin auf dem Feld niederkam, weil es so schnell ging, dass sie nicht mehr nach Hause konnte. Und dass sie sich dazu hingesetzt hatte, als müsste sie Wasser lassen, und gepresst hatte, und dass das Kind dann einfach herausgefallen war, wie bei einer Katze. Aber, hatte Ursula angefügt, bei der sei es das zwölfte gewesen, beim ersten würde es bestimmt nicht so einfach sein.

Ihr Leib drohte zu zerbersten, die Schmerzen wurden immer unerträglicher. Sie setzte sich auf den Stuhl. Sie stand wieder auf. Sie hielt sich den Bauch und schrie. Sie weinte und sie verfluchte Jennerwein.

Als es ihr schwarz vor Augen wurde, lehnte sie sich zitternd an die Wand, wehrte sich mit aller Kraft gegen die Ohnmacht.

Da war er plötzlich wieder – der Wolf! Still saß er im Schnee. Seine Augen leuchteten. Er hechelte und blickte sie an. Ruhig, als wartete er auf etwas.

»Was willst du von mir?«, flüsterte sie. »Willst du mir helfen? Willst du mich töten?«

Wieder riss und zerrte das Kind in ihr. Keuchend sank sie in die Knie, und es war ihr, als müsste sie ihren Darm entleeren. Sie presste und schrie und presste und war nahe daran, das Bewusstsein zu verlieren, als plötzlich etwas in ihr nachgab. Keuchend griff sie unter sich und fühlte den Kopf des Kindes, der aus ihrem Körper ragte. Es war mehr ein Reflex als eine bewusste Handlung, als sie den Kopf nahm und daran zog. Sie wollte das Kind loswerden! Es sollte heraus aus ihr. Sie war so erschöpft und sehnte sich danach, sterben zu dürfen.

Da lag es vor ihr auf den Bodenbrettern. Es war rot und schrumpelig, schleim- und blutverschmiert. Und es rührte sich nicht.

Annelie schrie auf. Es war tot! Ihr Kind, das sie so lange unter dem Herzen getragen, gehasst und geliebt hatte, lag tot da, und alles war umsonst gewesen! Sie riss es hoch und drückte es an sich, und da fing es plötzlich zu schreien an.

Annelie weinte ebenfalls. Vor Glück, vor Erleichterung und vor Verzweiflung.

Das Kind im Arm, quälte sie sich auf, wickelte es in ein Tuch und legte es in einen Korb. Dann stellte sie die große

Schüssel auf den Tisch und schöpfte aus dem Wasserkessel, der auf der Feuerstelle stand, Wasser hinein. Jede Bewegung schmerzte und fiel ihr so schwer, als müsste sie alleine einen Baum aus dem Wald zerren.

Sie wusch das Kind. Es war ein Mädchen. Annelie strich ihm vorsichtig über die Wangen und schob einen Finger in ihre winzige Hand. »Ursulina sollst du heißen«, flüsterte sie, »nach Ursula und Lina, wie meine beiden Mütter hießen.«

Kaum hatte sie das Kind gebadet, in Tücher gewickelt und wieder in den Korb gelegt, lief eine neue Welle des Schmerzes durch ihren Körper, und sie dachte, es wäre noch ein Kind in ihr. Doch es war nur ein dicker, blutiger Klumpen, den sie mit letzter Kraft aus sich herauspresste, bevor sie erschöpft auf die Bank sank und mit dem Kopf auf dem Tisch einschlief.

Sie wurde wach, weil das Kind schrie. Es war längst dunkel, und das Feuer war fast erloschen. Sie musste lange in der Asche stochern, bis sie etwas Glut fand, an der sie einen Kienspan entzünden konnte. Sie legte getrocknete Fichtenzapfen auf die Glut und blies, bis sie Feuer fingen, schichtete Holzspäne darüber und legte Scheite darauf. Dann nahm sie das Kind aus dem Korb und hielt es sich an die Brust.

Es schmerzte. Sie biss die Zähne zusammen und ertrug es – was sollte sie auch tun.

Als Lina satt und zufrieden war, ging sie mit ihr nach nebenan in die Kammer zu Ursula. Kaum größer als ein zwölfjähriges Mädchen erschien ihr die Tote, zart, durchsichtig und zerbrechlich. »Der Wolf war wieder da«, sagte sie. Und dann: »Schau, das ist meine Tochter.« Sie hielt ihr das Kind hin, als könnte sie es noch sehen, »Wenn sie alt genug ist und mich verstehen kann, dann werde ich ihr von dir erzählen.«

So blieb sie noch eine Weile bei der Toten sitzen, legte das Kind schließlich wieder in den Korb und schleppte sich in den Stall, um die Ziege zu melken und zu füttern. Danach füllte sie einen Sack mit Heu, schaffte ihn in die Stube und legte sich darauf schlafen.

Acht Tage eisige Kälte, danach drei Tage Föhn, der den Schnee bis auf Knöcheltiefe in sich zusammenfallen ließ. Endlich war der Weg ins Tal frei.

Annelie packte ein paar Sachen, band sich das Kind vor den Bauch, legte der Ziege einen Strick um und machte sich auf den Weg. Wäre Ursulas Leichnam nicht gewesen, sie hätte es nicht so eilig gehabt, ins Tal zu kommen. Hier oben in der Hütte war das Leben zwar hart, aber wenigstens gab es niemanden, der ihr Vorschriften machte. Was sie nun erwartete, blieb ungewiss.

Der Abstieg war beschwerlich. Dort wo die Sonne nicht hinkam, lag Eis, manchmal von einer dünnen Schneeschicht verdeckt, sodass sie es nicht sehen konnte und ins Rutschen geriet. Einmal fiel sie, dabei schlug Linas Kopf auf, und die Kleine schrie erbärmlich.

Annelie suchte im Wald nach einem Stock, auf den sie sich stützen konnte, und ging weiter.

Zur Mittagszeit kam sie im Bernloher Hof an, dort saß man gerade beim Essen.

»Ja, wen haben wir denn da!« Die Bernloherin sprang gleich auf, kam zu ihr und nahm ihr das Kind ab. »Ein Mädchen?«

Annelie nickte. »Ich will sie Ursulina taufen, aber ich nenne sie Lina.«

»Und Ursula?«

»Sie ist tot. Seit neun Tagen. Aber weil so viel Schnee lag, konnte ich nicht früher herunter.«

»Seit neun Tagen! Jesus Maria! Und das Kind? Wie alt ist es?«

Inzwischen hatten sich die Frauen zu den anderen gesetzt, und man sah Annelie und Lina neugierig an.

»Es ist, ein paar Stunden nachdem Ursula gestorben war, geboren.«

»Du hast es alleine bekommen?« Die Bernloherin sah sie entsetzt und gleichzeitig ehrfürchtig an.

»Was ist mir anderes übrig geblieben? Die Ursula hat mich gedrängt, ich soll ins Tal gehen, bevor wieder Schnee fällt, aber hätte ich sie etwa alleine dort droben lassen sollen? Sie konnte sich ja nicht mehr helfen. Sie hat gehustet bis zum Erbrechen, hatte Fieber – und dazu ihre verkrüppelten Hände! Ich hab ihr geholfen, so gut ich konnte, wenn auch bloß beim Sterben.«

Die Bernloherin strich Annelie übers Haar. Eine so zärtliche, liebevolle Geste hatte sie selten für jemanden übrig. »Eine Tochter wie dich hätte die Ursula gebraucht, nicht einen Sohn wie den Egon.«

Annelie legte ihre Sachen ab und aß mit den anderen. »Die Ziege habe ich mitgebracht, sie muss ja gefüttert und gemolken werden. Ich hab sie draußen am Gatter angebunden.«

»Wir kümmern uns darum«, sagte der Bauer, »jetzt ruhst dich erst einmal aus. Dann schick ich den Kurt und den Franz mit dem Schlitten rauf, damit sie die Ursula herunterholen. Und morgen gehen wir zum Pfarrer, damit wir alles regeln. Und ich mach deiner Lina den Vormund, hab schon mit dem Ortsvorsteher darüber geredet.«

Annelie nickte. »Ich dank dir recht schön, Bernloher.«

Still aßen sie weiter.

Begraben konnte man Ursula noch nicht, der Boden war gefroren, und es gab auch kein Familiengrab mehr. Man bahrte sie auf und schrieb nach München, um ihren Sohn zu benachrichtigen, dass er ihr ein Grab kaufen und auch die übrigen Kosten übernehmen sollte. Seine Adresse war dem Ortsvorsteher nicht bekannt, auch nicht dem Pfarrer, aber Annelie wusste ja, wie er zu erreichen war.

Maximilian Bernloher wurde zum Vormund für Ursulina bestellt, und der Pfarrer taufte das Kind. Den Vater wollte Annelie jedoch nicht angegeben. Und wenn sich manche auch die Mäuler darüber zerrissen, die Bernlohers nahmen ihre Entscheidung hin.

Annelie legte auch das Testament vor. Der Ortsvorsteher las es aufmerksam durch, schüttelte dann den Kopf. »Das werde ich weiterleiten«, sagte er, »allerdings muss ich dir gleich sagen, dass ein Testament mit Bleistift geschrieben, dann auch noch von dir selbst und ohne Zeugen, vermutlich nicht anerkannt werden wird.«

»Was heißt das?«, fragte Annelie erschrocken. »Darf ich nicht in der Hütte bleiben?«

»Das weiß ich nicht. Es liegt vermutlich beim Haslinger, der ist ja Ursulas Nachkomme und damit auch ihr Erbe.«

13. Kapitel

Es war Mai inzwischen, ein Jahr vergangen, seit Annelie die Mühle verlassen hatte.

Nachdem der Bernloher ein Begräbnis für Ursula bestellt, nach München geschrieben, das Kind und Annelies Erbansprüche angemeldet hatte, war die junge Mutter mit ihrer Tochter und der Ziege wieder in Ursulas Hütte zurückgekehrt.

Dort, auf der Bank neben der Tür, saß sie an diesem sonnigen Vormittag mit Lina auf dem Schoß, als vier Männer den Weg heraufkamen. Einer in einem feinen Lodenanzug, die anderen in bäuerlicher Arbeitskleidung.

Annelie wusste es sofort: Der im Lodenanzug, das war Ursulas Sohn! Nicht nur weil er ihr ähnlich sah, auch weil hier nur ein reicher Städter so vornehme Kleidung tragen würde.

Sie legte Lina in den Korb, der auf dem Tisch stand, trat auf Egon Haslinger zu und stellte sich ihm vor.

»So, die Gerstenrieder-Annelie bist?« Er sah sie von oben bis unten an. »Und meine Mutter hast gepflegt bis zu ihrem Ende? Na dann«, er griff in seine Jackentasche, zog einen Silbertaler heraus und hielt ihn ihr hin. »Das ist für dich. Aber jetzt packst deine Sachen, denn wir reißen die Hütte ab, ich bau mir ein Jagdhäusl her.«

»Was?« Annelie taumelte zurück und hielt sich am Tisch fest. »Aber die Hütte gehört doch mir! Die Ursula hat sie mir vermacht.«

Egon Haslinger lachte und warf dabei den Kopf in den Nacken, dass ihm fast der Hut heruntergerutscht wäre.

»Du meinst, das läppische Testament gilt etwas? Das werde ich mir zu Hause einrahmen und übers Bett hängen, damit ich jeden Morgen gleich beim Aufwachen was zum Lachen hab!«

»Aber ohne mich wäre Ursula hier heroben doch verreckt wie ein Tier. Die Hände hat sie zum Schluss nicht mehr gebrauchen können, und zum Essen hat sie nichts gehabt als ein bisschen Haferschleim jeden Tag!« Die Wut hatte sie gepackt, ihr Blick war voller Abscheu. »Und das, obwohl Sie in München leben wie ein Großkotz und weiß Gott genug Geld gehabt hätten, ihr ein würdiges Alter zu ermöglichen! Und jetzt wollen Sie auch noch ihre armselige Hütte für sich? Die brauchen Sie doch gar nicht!«

Seine Augen wurden schmal. »Was ich brauche und was nicht, geht dich gar nichts an!« Er schob den Silbertaler wieder ein, ließ Annelie einfach stehen und betrat die Hütte. Sie hörte es drinnen rumpeln und Klirren. Plötzlich flog der Stuhl durch die Tür nach draußen, dann Töpfe, der Holzkorb, und der Haslinger schrie: »So wie das Klump hier schmeiß ich dich auch hinaus, wenn du nicht freiwillig verschwindest!«

Als Annelie sich hilfesuchend nach ihnen umsah, blickten die drei Männer verlegen zu Boden. »Besser, du gehst«, sagte einer, »mit dem ist nicht zu spaßen.«

Annelie lief hinein. »Aufhören!«, rief sie, doch der Haslinger lachte nur, riss das Kreuz und das Bild der Mutter Gottes von der Wand und warf beides in die Glut auf der Kochstelle.

»Ich pack ja schon«, sagte Annelie, ihre Stimme bebte vor Zorn, ihre Hände krallten sich in den Rock, dass die Knöchel weiß hervortraten.

»Dann beeil dich!«, fuhr er sie an und ging hinaus.

Annelie holte ihr gutes Gewand, die paar Sachen, die sie sonst noch besaß, verschnürte alles zu einem Bündel, ging anschließend in den Stall, um den Schmuck und ihr Geld aus dem Versteck zu holen. Die Münzen schob sie in die Rocktasche, die Kette legte sie sich um und band ein Halstuch darüber.

Als sie sich umdrehte, schrie sie vor Schreck auf. Egon Haslinger stand hinter ihr. »Was hast denn da?«, fragte er gefährlich leise, packte sie am Arm und zog ihr das Tuch ab. »So! Eine Halskette!« Er stieß sie nieder, kniete sich auf ihren Rücken und nahm ihr die Kette ab.

»Das ist meine!«, schrie Annelie.

Er lachte. »Woher sollte denn eine wie du so ein wertvolles Schmuckstück haben? Die gehört meiner Mutter, du hast sie ihr gestohlen.« Er steckte die Kette in seine Tasche.

»Nein! Sie gehört mir! Sie ist von *meiner* Mutter!«

Er ließ sie los, stand auf und trat zurück, als Annelie aufsprang und versuchte, sich die Kette zurückzuholen. Seine Augen funkelten gefährlich. »Ich warne dich, Dirndl, mit mir brauchst du es nicht aufzunehmen, ich bin allemal mächtiger als du!«

»Aber die Kette gehört mir!«

»Mir gehört sie.« Er fasste sie an beiden Armen und schüttelte sie, dass ihr angst und bang wurde. »Alles, was in diesem Haus ist, gehört mir! Und jetzt schleich dich!«

Annelie holte das Bündel, band sich ihr Kind vor den Bauch und die Ziege vom Pflock los und ging. Sie würde es dem Bernloher erzählen, der würde ihr schon helfen!

Dort, wo der Weg in den Wald einbog, blieb sie stehen und drehte sich noch einmal um. Es war ihr, als sähe sie Ursula und den Wolf neben der Tür stehen. Die Alte weinte und hob die rechte verkrüppelte Hand um zu winken, die linke lag auf dem Kopf des Tieres.

Bekümmert sah der Bernloher sie an. »Ich kann dir da nicht helfen«, sagte er. »Das Testament ist ungültig, das hat mir der Ortsvorsteher bestätigt. Und wenn auch jeder hier dir die Hütte eher vergönnt als dem Haslinger, Gesetz ist Gesetz.«

»Und die Kette?«

»Wenn du ihn anzeigst, dann brauchst du einen Zeugen. Einen, der gesehen hat, dass er sie dir weggenommen hat, und einen, der bestätigt, dass sie dir gehört. Dein Vater müsste …«

»Mein Vater, nein!«, fiel sie ihm ins Wort. »Nimmermehr geh ich zur Mühle zurück. Erst recht nicht jetzt mit dem Kind!«

Der Bernloher zuckte die Schultern. »Dann kannst du nichts machen.«

Annelie sah auf ihre Hände. »Und hättest Arbeit für mich?«

Er tauschte Blicke mit seiner Frau, die am Fenster saß.

Die Bernloherin schüttelte den Kopf. »An Lichtmess hab ich noch eine Magd eingestellt, jetzt brauch ich niemanden mehr. Und mit dem Kind ginge es auch gar nicht, das gäbe nur böses Blut. Die Liesl hat auch ein Kind und musste es bei fremden Leuten lassen. Die würde gleich schreien, dass du bevorzugt wirst und würde Zwietracht säen und uns allen das Leben schwer machen. Du müsstest es schon in Pflege geben.«

Annelie stand auf. »Ja dann«, sagte sie, »dann geh ich halt.«

»Jetzt setz dich wieder hin!«, befahl ihr der Bernloher. »Heute Nacht bleibst hier, und bis morgen fällt uns vielleicht was ein.«

Nachdem sie die Morgensuppe gegessen hatten und alle ihrer Arbeit auf dem Feld, im Stall oder im Haus nachgingen, nahm die Bernloherin Annelie zur Seite.

»Ich hab mit meinem Mann und meiner Tochter gesprochen. Du kannst deine Lina bei uns lassen. Wir verlangen nichts dafür, doch das darfst du niemandem sagen. Wir tun das für die Ursula und weil du eine rechtschaffene Person bist.«

Erschrocken sah Annelie die Bernloherin an. »Aber ich will die Lina ja gar nicht weggeben! Sie ist mein Kind, ich kann doch nicht ...«

»Du musst«, fiel ihr die Bernloherin ins Wort. »Du bekommst keine Anstellung mit dem Kind, und dann landet ihr alle beide in der Gosse. Oder du gehst zurück nach Hause zu deinem Vater.«

Heftig schüttelte Annelie den Kopf. »Niemals! Nicht in die Mühle!«

Die Bernloherin legte ihre Hand auf Annelies Hand und sah ihr fest in die Augen. »Bei uns geht es deiner Lina gut. Wir erziehen sie wie ein eigenes Kind. Und einen Dienst wüsst ich dir auch schon.«

Annelie wischte sich die Tränen ab. »Einen Dienst?«

»Ja. Die Wandingerin hat erzählt, dass ihre Schwägerin letzte Woche am Schlagfluss gestorben ist. Die war in Sonnenmoos bei einem Kleinbauern und seiner Mutter in Dienst. Leitmeier heißen die Leute. Die Mutter ist krank. Jetzt sucht der Sohn jemanden, der sie pflegt und die Hausarbeit macht.«

»In Sonnenmoos? So nah bei der Mühle!«

Die Bernloherin seufzte. »Mein Gott, Kind, du musst halt nehmen, was du kriegen kannst. Und weglaufen kannst ohnehin nicht auf ewig.«

Lina, die in einem Korb auf dem Tisch geschlafen hatte, war wach geworden und weinte leise. Annelie nahm sie heraus, um sie an die Brust zu legen.

»Mit dem Stillen musst dann natürlich aufhören«, sagte die Bernloherin. »Wir geben der Lina Ziegenmilch. Und ein Dienstbuch brauchst. Mein Mann bringt dich zum Ortsvorsteher, damit er dir eins ausstellt. Ich quittier dir den Dienst für die Zeit, in der du bei mir und bei der Ursula warst und schreib dir ein gutes Zeugnis hinein.«

Annelies Augen füllten sich neuerlich mit Tränen. Sie tropften auf Lina, die an ihrer Brust trank und zufriedene Schmatzgeräusche von sich gab. Und gleich, wenn sie satt sein würde, würde sie lachen und strampeln vor Vergnügen, würde nach Annelies ausgestrecktem Finger greifen, um sich daran hochzuziehen und mit ihren leuchtend blauen Augen die Welt zu erkunden.

Schon jetzt zerriss der Abschiedsschmerz Annelies Herz. Sie hatte ihre Mutter verloren, sie hatte Lenz verlassen, sie musste die Trennung von Martin und von Jennerwein ertragen und Ursula beim Sterben zusehen. Und jetzt sollte sie also auch ihr Kind hergeben, das Liebste, das Beste auf der Welt.

»Es ist halt so, wenn man nichts hat und niemand ist«, sagte die Bernloherin. »Da gibt es kein Pardon.«

Aber war sie denn niemand? Eine Mutter hatte sie geboren, ihr einen Namen gegeben. Sie war ein Geschöpf Gottes und immer fleißig und rechtschaffen gewesen. Wieso sollte sie also ein Niemand sein? Dass sie nichts hatte, ja das stimmte allerdings, und hierin lag das wirkliche Problem. Sie dachte an Ursulas Hütte und was ihr der Haslinger angetan hatte. Dass er ihr alles genommen hatte, selbst die Kette ihrer Mutter! Wie sie ihn hasste, diesen Ruach, diesen schäbigen Unmenschen ohne Herz und Gefühl.

Die Bernloherin verließ die Stube, ging draußen an den Fenstern vorbei Richtung Stall.

Annelie hob Lina hoch, küsste und herzte sie. Eine neuerliche Sturzflut von Tränen brach aus ihr heraus.

14. Kapitel

Annelie ging über Ellmösl und Wolfsgrub nach Sonnenmoos. Von hier war es nicht mehr weit bis Oberach, wo Martin wohnte, und nach Trinis oder gar hinauf zur Mühle. Die Leute kannten einander, und vielleicht kannten die aus Sonnenmoos auch sie, Annelie, ganz sicher aber kannte man ihren Namen.

Das Gütel, in dem die Leitmeiers wohnten, lag zwischen zwei weitaus größeren Höfen. Es war ein Haus mit einem Kniestock, ein kleiner Stall drangebaut, eine windschiefe Hütte daneben, um Gerät aufzubewahren, und ein kleiner verwilderter Garten. Alles war schmutzig und wirkte verwahrlost.

Annelie fasste sich ein Herz und schob die Tür auf. »Ist jemand zu Hause?«, rief sie.

Es war dunkel im Fletz, und es stank nach faulendem Fleisch!

Droben, auf der schmalen Treppe, erschienen Männerbeine, die in zerschlissenen Hosen steckten, und nach und nach auch der ganze Kerl. Lang und dürr war er, das Kinn unrasiert, die Haare standen ihm borstig vom Kopf, eine Nase hatte er wie ein Adler und einen Mund ohne Lippen. Fünfunddreißig Jahre mochte er zählen, vielleicht auch etwas weniger.

»Was willst?«, fuhr er sie an.

»Ich …« Annelie schluckte. »Ich such eine Arbeit.«

»So.« Er forschte in dem wenigen Licht, das durch die geöffnete Tür in den Fletz fiel, in ihrem Gesicht. »Arbeit hätt ich schon«, murrte er, öffnete die Tür zur Stube und schob Annelie hinein.

Drinnen, wo es heller war, betrachtete er sie wieder. Annelie senkte den Blick, sie mochte es nicht, so angestarrt zu werden.

»Und wie heißt du?«, wollte er wissen.

Annelie holte das neue Dienstbuch aus ihrem Bündel und gab es ihm.

»Wiest heißt, hab ich dich gefragt!«, wetterte er. »Glaubst etwa, ich kann lesen?«

»Gerstenrieder-Annelie. Ich komm aus Kühzagl«, fügte sie schnell an, in der Hoffnung, dass er sie so nicht mit der Mühle in Verbindung brachte.

»Aha. Gerstenrieder Annelie. Aus Kühzagl.«

»Ich hab beim Bernloher und bei der Haslinger Ursula gedient.«

»Beim Bernloher?« Er verzog das Gesicht. »Bei so einem reichen Bauern? Und wieso kommst da jetzt zu mir, mitten unterm Jahr?«

»Zuletzt war ich bei der Haslingerin, aber die ist gestorben. Der Bernloher hat keine Arbeit für mich. Doch seine Frau hat mir erzählt, dass du jemanden brauchst, weil dir deine Magd gestorben ist.«

»Stimmt.« Er deutete auf die Eckbank. »Kannst dich niedersetzen. Magst einen Schluck Wasser?«

Annelie nickte. Milch wäre ihr allerdings lieber gewesen, als sich mit Wasser abspeisen zu lassen.

Er ging mit einem Krug zum Brunnen, stellte ihn gefüllt auf den Tisch und holte aus der Kuchl zwei Becher.

Während Annelie trank, sah sie sich um. Die Stube maß nur vier auf vier Schritte. Eine Eckbank mit Tisch, eine lieblos zusammengezimmerte Bank davor, ein kleiner Wandschrank und ein Herrgottswinkel. Das war alles. Durch die offen stehende Tür sah sie ein Stück von der

Kuchl, die gleich nebenan lag. Doch mehr als ein Brettlholz mit ein paar angeschlagenen Tellern und eine rußige Wand konnte sie nicht erkennen.

»Die Mutter ist krank«, sagte Otto Leitmeier, bediente sich währenddessen ebenfalls aus dem Krug, »sie hat ein offenes Bein. Sie braucht Pflege, und das kann ich nicht. Und den Haushalt musst machen und im Stall musst helfen.«

»Und was krieg ich dafür?«

Er dachte lange nach, bevor er antwortete: »15 Reichstaler im Jahr.«

Annelie wurde zuerst blass, dann stand sie auf. »Dann geh ich wieder. Die Magd beim Bernloher verdient 35 Reichstaler. Für einen Hungerlohn kann ich überall arbeiten.«

Er stellte sich ihr in den Weg. »Gut, 20 Reichstaler bis Lichtmess, dann reden wir weiter.«

Mit einem Seufzen rang sich Annelie durch. Bis Lichtmess – also gut. Danach konnte sie sich eine andere Arbeit suchen. »Aber nur, wenn ich eine eigene Kammer bekomme, ich schlaf nicht bei dir oder bei der Bäuerin.«

Er lachte auf. »Eine eigene Kammer will die Madame!«

»Oder ich geh.«

»Einen Verschlag kannst haben. Komm mit, ich zeig ihn dir.«

Er führte sie durchs Haus. Die Stube lag rechts, dahinter die Kuchl. Der Fletz führte geradeaus in den Stall. Auf die Kuchl folgte eine Speisekammer, dahinter der Verschlag, in dem allerhand Gerät herumlag.

»Den kannst dir leerräumen, für die Sachen musst halt einen anderen Platz suchen.«

Annelie dachte an die Kammer in der Mühle, die sie sich mit Lenz geteilt hatte. Groß war sie nicht gewesen, aber ein Fenster und eine ordentliche Tür hatte sie wenigstens gehabt. Dieser Verschlag hatte beides nicht und war gerade einmal breit genug, einen Strohsack hineinzulegen; aber besser war es allemal, als bei den Bauersleuten zu schlafen.

Otto Leitmeier zeigte ihr als Nächstes den Stall, in dem zwei Kühe und ein Ochse standen und eine Muttersau mit acht neugeborenen Ferkeln.

»Die Hühner und zwei Gänse«, erklärte er Annelie, »laufen draußen herum, am Abend sperrst du sie in den Schuppen dort drüben.«

Wieder im Haus, stiegen sie auf der schmalen Treppe nach oben. »Da ist meine Kammer«, sagte der Bauer, ging an der Tür vorbei und stieß die nächste auf, »und das ist die von der Mutter.«

Annelie presste die Hand vor Mund und Nase, so widerlich war der Gestank, der ihr entgegenschlug. Eine der Scheiben des kleinen Fensters war zerbrochen und nicht ersetzt worden, sondern mit Stroh ausgestopft, so fiel nur wenig Licht herein.

Als sie sich an die Dunkelheit gewöhnt hatte, erkannte sie eine Alte, die in hoch aufgetürmten Kissen im Bett saß und an die 70 Jahre zählen mochte. Ihre dünnen grauen Haare fielen ihr offen und strähnig über die Schultern. Aus ihrem runzeligen, dicken Gesicht blickte sie Annelie mit zusammengekniffenen Augen an.

»Mutter«, sagte der Bauer, »wir haben eine neue Magd.«

»So«, keifte die Alte, »schon wieder so ein Luder!«

»Geh Mama, du kennst sie doch noch gar nicht. Sei froh, dass du jemanden hast, der sich um dich kümmert und ums Haus.«

»Und wie heißt sie?«, fragte die Alte.

»Gerstenrieder-Annelie heiß ich.« Sie trat vor und gab der Bäuerin ihr neues Dienstbuch. »Die Bernloherin aus Kühzagl hat mir ein Zeugnis hineingeschrieben.«

Annelie sah zu, wie die Alte mit zusammengekniffenen Augen den Eintrag studierte. Dass sie das Dienstbuch dabei falsch herum hielt, entlockte ihr ein Schmunzeln.

»Meinetwegen, dann soll sie halt bleiben.« Die Alte gab Annelie das Dienstbuch zurück. Sie sah ihren Sohn an. »Kannst ihr einen Strohsack in mein Zimmer legen.«

»Sie schläft drunten im Verschlag«, entgegnete der, und bevor seine Mutter etwas einwenden konnte: »Die Kuh, die uns im letzten Jahr fast verreckt wäre, kalbt bald, ich will, dass sie ein Auge drauf wirft.«

Die Alte murrte etwas Unverständliches, gab sich dann aber drein.

Annelie begann damit, den Verschlag auszuräumen. Alte Körbe und Blecheimer, kaputte Tonnen, ein zerbrochenes Spinnrad und eine Käsepresse aus Weißblech kamen zum Vorschein. Alles war von Spinnweben und Mäusekot verdreckt und das meiste nicht mehr zu gebrauchen. Sie stellte was kaputt war hinter der Scheune ordentlich zusammen, wusch das andere und räumte es auf, fegte den Verschlag aus und füllte einen Jutesack mit Stroh, auf dem sie schlafen konnte.

Zwischendurch ging sie zweimal nach oben, weil die Bäuerin nach ihr gerufen hatte. Das erste Mal sollte sie ihr ein Haferl Milch bringen, das zweite Mal den Verband wechseln.

Letzteres war für Annelie eine Tortur. Das offene Fleisch stank, der Verband war von Wundsekret durchnässt, und es ekelte sie, ihn zu berühren. Zudem hatte die Alte an allem, was sie tat, etwas auszusetzen!

Annelie nahm eine frische Binde, wickelte damit den Fuß vom Knöchel über die Ferse bis zu den Zehen und wieder zurück. Immer wieder zog die Leitmeierin den Fuß weg, die Binde fiel Annelie aus der Hand, die Alte zeterte und beschimpfte sie. Und doch war es die leichtere Übung gewesen, denn als Annelie nun den offenen Unterschenkel verbinden wollte, sausten neben Schimpftiraden auch Stockschläge auf sie nieder.

»Pass auf, du blöde Hadan! Du tust mir weh, du Trampel!«

Annelie nahm es hin, sie war solche Behandlung von ihrem Vater gewöhnt. Erst als sie sich schlafen legte und alleine war, weinte sie aus Verzweiflung und vor Sehnsucht nach ihrem Kind. Ein langgezogenes klägliches Schluchzen, in dem ihr Elend ertrank. Da hätte sie ja gleich in der Mühle bleiben können!

Nachts wurde sie wach, weil ihr die Brust so weh tat. Sie hatte Durst, aber die Bernloherin hatte ihr geraten, möglichst wenig zu trinken, damit sich die Milch zurückbildete. Und kühlen sollte sie die Brust. Deshalb quälte sie sich nun aus ihrem Verschlag und ging hinaus zum Brunnen. Das Wasser war nachtkalt. Sie tauchte einen Lappen ein, wrang ihn aus, schob ihn sich unters Hemd, das sie mit einer Schnur unter der Brust festband, damit die Lappen nicht herunterrutschten. Dass droben am Fenster der Bauer stand und sie beobachtete, bemerkte sie nicht.

Der Hahnenschrei weckte Annelie. Sie brauchte einen Moment, um sich zu erinnern, wo sie war. Der süßlich-faulige Geruch nach verwesendem Fleisch, der in jedem Winkel dieses Hauses hing, half ihr dabei.

Sie richtete sich auf und streckte ihre steifen Glieder, dann zog sie ihr Hemd hoch und betrachtete ihre Brüste. Sie waren rot und heiß, Milch tropfte heraus. Als sie die Brustwarzen berührte, stöhnte sie auf vor Schmerz.

»Wo bleibst denn, Hadan!«, keifte die Alte von oben herunter, kaum dass Annelie aufgestanden war.

Sie ließ sie keifen, ging in die Kuchl, um das Feuer zu schüren. Als es brannte, sah sie sich um. Die Töpfe und Kannen waren dreckig und verklebt, der kleine Tisch in der Ecke nicht minder, und auch hier fand sich überall Mäusekot.

Sie schwenkte den Kochgalgen so weit nach links, dass der Wasserkessel über der Flamme hing, nahm dann den Aschekübel und trug ihn nach draußen.

Der Bauer war beim Ausmisten im Stall. »Wohin soll die Asche?«, fragte Annelie.

»Im Schuppen steht eine Tonne. Hast der Mutter schon einen Milchbrei gebracht?«

»Nein. Ich hab ja noch keine Milch.«

»Die Milchkanne stell ich dir immer auf den Schemel bei der Tür.« Der Bauer deutete mit einer Kopfbewegung hinter sich. »Dort holst du sie dir und machst der Mutter als Erstes ihren Brei. Sonst schreit sie bloß wieder.« Er hievte eine Gabel voll Mist auf die Schubkarre und wischte sich mit dem Ärmel den Schweiß von der Stirn.

»Habt ihr keine Katzen?«, fragte Annelie.

»Wozu?«

»Weil bei euch überall die Mäuse hausen.«

»Drüben, beim Schausterbauern«, er deutete auf den Nachbarhof, »da haben sie Junge, da kannst dir eine oder zwei holen.«

Annelie nahm die Kanne und ging zurück in die Kuchl. Kaum dass sie wieder an der Herdstelle stand, erschien auf einen Gehstock gestützt, die Bäuerin. Erst jetzt sah Annelie, wie dick sie war. Ihr Hemd stand vor Dreck, die Haare hingen ihr wirr vom Kopf.

»Wo bleibt mein Brei!« Sie zog mit dem Stock aus, doch diesmal war Annelie schneller. Sie fing ihn ab und hielt ihn mit beiden Händen fest.

Die Frauen maßen sich mit Blicken.

»Du wartest jetzt, Bäuerin, bis ich fertig bin, oder ich geh augenblicklich wieder, dann kannst schaun, wer dir deinen Brei macht.« Annelie ließ den Stock los und griff nach einem Milchtopf, der auf dem Balken über der Herdstelle stand.

»Freches Luder!«, schimpfte die Alte, stampfte dabei mit dem Stock auf.

Annelie goss etwas von der Milch in den Topf. »Wie magst denn deinen Milchbrei?«, fragte sie versöhnlich.

»Was fragst so blöd? Du kochst Milch auf, rührst Mehl hinein und gibst etwas Salz dazu.«

»Vielleicht hast ja auch einen Grieß? Mit Grieß schmeckt es besser. Oder man kann den Brei mit Hafergrütze machen oder mit getrocknetem, zerstoßenem Brot. Ich könnte dir einen Apfel hineinreiben, falls welche da sind. Oder getrocknete Zwetschgen fein schneiden und unterrühren.«

»Grieß! Getrocknete Zwetschgen! Was glaubst, wo wir hier sind!«, zeterte die Alte, aber nach einer Weile schürzte sie die Lippen und sagte: »Beim Otto in der Kammer, da lagern wir Äpfel. Und Hafer hätten wir auch.«

Annelie stützte die Hände in die Hüften. »Hast auch einen Grützenschneider?«

Die Alte schüttelte den Kopf.

»Dann müsst ich den Hafer zerstoßen, aber dafür hab ich jetzt nicht die Zeit. Vielleicht kommt ja mal ein Hausierer vorbei, der euch einen Grützenschneider verkauft.«

Die Milch war inzwischen heiß. Annelie rührte etwas von dem Mehl hinein, das sie in einem Sack in der Speisekammer gefunden hatte, holte einen Apfel, den sie rieb und ebenfalls unterrührte. Dann stellte sie den Topf auf den Tisch und rief nach Otto.

»Wenn du magst«, sagte sie zur Bäuerin, »mach ich nach dem Essen Wasser warm und wasch dir die Haare.«

Ohne auf ihren Sohn zu warten, fing die Alte mit dem Essen an. Gierig löffelte sie den Brei in sich hinein. »Warum«, sagte sie dabei, »sollte ich mir die Haare waschen?«

»Weil es gut tut, und weil dann die Läuse nicht so beißen. Und ich wasch dir auch dein Hemd und dein Bett. Hast ein zweites Hemd, das noch sauber ist?«

»Ja freilich, was glaubst denn du!«

Otto trat ein. Von dem Brei war inzwischen nicht mehr viel übrig. Er aß den Rest, für Annelie blieb gar nichts im Topf. Sie nahm sich vor, nächstes Mal erst aufzutragen, wenn auch der Bauer und sie selbst sich an den Tisch setzen konnten.

»Wo ist denn das saubere Hemd?«, fragte Annelie die Bäuerin.

»Im Schrank, der im Fletz steht.« Die Alte stand auf. »Ich leg mich wieder ins Bett.«

»Warum gehst nicht ein bisschen vors Haus?«, fragte Annelie.

»Wegen dem Bein, das tut weh.«

»Meine Großmutter hatte auch ein offenes Bein«, Annelie griff nach dem leergegessenen Topf, um ihn in die Kuchl zu tragen, »und bei ihr ist es besser geworden, wenn sie sich bewegt hat. Und weniger essen musst, davon wird es auch besser.«

Die Alte zog ihr im Hinausgehen den Stock über. »Was weißt denn du schon, blöde Hadan!«

Als Annelie die Bäuerin gewaschen, ihr die Haare zu einem Zopf geflochten, frische Bettwäsche aus dem Kasten geholt und die Kammer gelüftet hatte, stank es nicht mehr gar so entsetzlich im Haus. Die schmutzige Wäsche weichte sie draußen in einem Zuber ein, dann machte sie sich daran, die Kuchl zu putzen. Holte Töpfe und Kannen, Siebe und Rahmschüsseln von den Balken und Borden, seifte Löffel und Kellen, Messer und Modeln ein. Die Fettkrusten, die auf allem plackten, ließen sich nur mit Mühe und durch langes Schrubben lösen, das Abwaschwasser war bald dunkel vom Schmutz.

Während Annelie arbeitete, wanderten ihre Gedanken hinauf zur Mühle, die auf einmal wieder so nah war. Nicht dass sie Sehnsucht nach zu Hause gehabt hätte, aber an Lenz musste sie denken, sah ihn vor sich, wie er die Kuh jagte oder einen eigenartigen Tanz aufführte, wie er zu fliegen versuchte, Holz sägte oder mit Jennerwein um die Wette Fichtenzapfen in den Korb am Kachelofen warf. Einmal glaubte sie gar, ihn rufen zu hören, hob den Kopf und lauschte hinaus: Annele, Annele, wo bist denn so lang!

Aber dann war es doch bloß der Bauer, der nach ihr rief.

Sie fand ihn beim Schuppen. »Ja, was brauchst?«

Er fragte: »Hast schon einmal eingesät?«

Annelie schüttelte den Kopf.

»Dann lernst das jetzt. Ich spann den Ochsen ein und häng die Egge an, und dann gehst mit mir aufs Feld. Bringst die Saat aus, ich zieh mit dem Ochsen die Egge hinter dir her.«

»Und die Mutter?«

»Die kommt auch mal allein zurecht.«

Das Einsäen war nicht schwer, aber von der steten Bewegung mit dem Arm – von links nach rechts, in den Saatkorb greifen und wieder von links nach rechts – tat ihr die pralle und entzündete Brust weh. Zudem war sie müde, denn in der Nacht hatte sie wegen der Schmerzen kaum geschlafen. Immer und immer wieder hatte sie kalte Lappen aufgelegt, aber schnell waren sie von der Hitze ihres Körpers warm geworden, und sie musste wieder aufstehen und sie in kaltes Wasser tauchen.

»Was ist«, schimpfte der Bauer, »du schläfst mir noch ein bei der Arbeit!«

»Ich hab mir weh getan am Arm«, behauptete sie.

»So, am Arm.« Er sah sie an, als wüsste er mehr, aber er sagte nichts. Erst als sie auf dem Heimweg waren, fragte er:

»Hast ein Kind, gell?«

Annelie blieb ihm die Antwort schuldig in der Hoffnung, er ließe sie dann in Ruhe, aber der Bauer hakte nach:

»Das hat mir die Wandingerin erzählt, die mit meiner verstorbenen Magd verschwägert war, und dass du dein Kind beim Bernloher gelassen hast. Da wirst viel zahlen müssen für das Kind, wenn du es in so gute Hände gibst.«

»Was geht's dich an?«

»Ich mein ja bloß.« Er schnäuzte sich mit zwei Fingern die Nase und spuckte vor sich aus.

Zum Glück hatten sie nur noch ein paar Schritte bis zum Hof. Sie sahen auch schon die Alte, wie sie auf ihrem Stock vom Haus zum Gemüsegarten humpelte, um neugierig über den Zaun zu sehen.

Annelie eilte dem Bauern voraus.

»Was willst denn da anbauen?«, empfing die Leitmeierin sie und deutete mit dem Stock auf ein frisch umgegrabenes Beet.

»Dort drüben Zwiebeln, Stengelkohl und Gelbe Rüben, da am Zaun entlang verschiedene Kräuter«, gab Annelie Auskunft. »Engelwurz, Ringelblume, Parselkraut und ...«

»Parselkraut muss siebenmal zum Teufel fahren, bevor es keimt!«, fuhr ihr die Alte über den Mund. Und dann: »Hast nichts Besseres zu tun, als so was anzupflanzen?«

»Hab's gut gemeint. Dachte, du willst vielleicht nicht immer bloß ein Muas oder einen gesalzenen Brei essen.«

Die Alte schob die Unterlippe vor. »Wennst dich nächstes Mal im Garten wichtig machst, fragst mich gefälligst vorher!«

Inzwischen war auch der Bauer mit dem Ochsen angekommen.

»Hast jetzt erst das Oberfeld eingesät?«, fuhr seine Mutter ihn an.

»Früher bin ich halt nicht dazugekommen«, entgegnete er.

»Was tust denn dann den ganzen Tag, du fauler Sack, du fauler!« Ihr Stock fuhr auf ihn nieder. Er hob die Hand zum Schutz vors Gesicht, der Schlag traf ihn am Unterarm.

Annelie ging schnell ins Haus. Sie wünschte, sie wäre nie hier hergekommen.

15. Kapitel

Eine Weile schien es, als würde die offene Wunde am Bein der Bäuerin langsam verheilen. Annelie hatte alles getan, sie sauber zu halten und das Bein fest zu wickeln, was oft schwer gewesen war, weil die Bäuerin die Schmerzen nicht ertragen wollte und Annelie bei jeder Berührung den Stock überzog. Doch dann schwoll das Bein wieder an, die Wunde öffnete sich weiter, das Fleisch faulte und stank. So schlimm wurde es, dass die Alte das Bett nicht mehr verlassen konnte. Und weil sonst niemand da war, dem die Bäuerin die Schuld für ihr Leiden geben konnte, schlug und schimpfte sie auf Annelie ein.

Es war auf den Tag genau vier Wochen, nachdem Annelie auf den Hof gekommen war, da verlangte die Bäuerin nach dem Pfarrer.

Als Annelie ihn vom Fenster aus kommen sah, in seinem schwarzen Talar, den Hut mit der breiten Tellerkrempe auf dem Kopf, ein Gebetbuch und eine kleine schwarze Tasche in der Hand, lief sie durch den Fletz in den Stall und schlich sich von dort Richtung Wald davon, wo sie sich hinter einem Holzstoß versteckte. Denn wusste der Pfarrer erst einmal, dass sie beim Leitmeier in Dienst war, würde es bald auch der Vater wissen, und der würde Max oder Johannes schicken, sie nach Hause zu holen.

Von ihrem Posten aus konnte sie den Weg beobachten, der am Leitmeierschen Gütel vorbei zu den Nachbarhöfen und dann nach Rottach führte. Es dauerte fast eine

Stunde, ehe der Pfarrer wieder aus dem Haus trat und seiner Wege ging.

Erst jetzt wagte sich Annelie nach Hause.

Otto lief ihr schon schimpfend entgegen. »Ja, wo kommst denn jetzt her? Gesucht haben wir dich und gerufen, aber du warst wie vom Erdboden verschluckt!«

»Waldbeeren wollte ich pflücken, für den Brei der Bäuerin, aber ich hab keine gefunden.«

Otto sah sie aus dünnen Augenschlitzen an. »Geh rauf zur Mutter, die wartet schon! Und mach dich auf was gefasst!«

»Was hat sie denn wieder für Beschwerden«, murrte Annelie.

»Wirst schon sehen.«

Otto folgte ihr, und als sie in die Kammer getreten war, stellte er sich breitbeinig und mit verschränkten Armen in die Tür, so als wollte er dafür sorgen, dass sie nicht fliehen konnte.

»Was willst, Bäuerin?« Annelies Herz klopfte, sie spürte, dass Unheil in der Luft lag.

»Was ich will?« Die Alte zog mit dem Stock aus, doch Annelie hatte damit gerechnet und war im selben Moment einen Schritt zurückgetreten. »Meinen Rosenkranz will ich wieder haben!«

»Deinen Rosenkranz?« Annelies Blick ging zum Bettpfosten, an dem er für gewöhnlich hing. »Ja, wenn er nicht da ist, wo er immer ist, dann weiß ich es auch nicht«, sagte sie.

»Du scheinheiliges Luder! Frech lügen und nicht mal rot werden dabei!« Die Stimme der Alten überschlug sich schier. »Du Hadan, du Diebin! Gestohlen hast du ihn mir!«

Annelie riss die Augen auf vor Schreck und Empörung über diese Anschuldigung. Der Rosenkranz war schön und wertvoll – das Wertvollste im ganzen Haus. Die Perlen aus Rosenquarz, die Kettenglieder aus Silber, ein silbernes Kreuz, fein ziseliert, hing an der letzten Perle. Und natürlich hatte sie ihn nicht gestohlen!

»Ich hab ihn nicht«, sagte sie mit fester Stimme. »Vielleicht ist er dir ins Bett gefallen.«

»Ha!« Die Alte lachte auf. »Mir ins Bett gefallen! Das zeig mir mal!«

Annelie ging einen Schritt näher. Die Leitmeierin hob den Stock, Annelie schützte ihr Gesicht mit beiden Armen. Als er zum dritten Mal auf sie niederfuhr, griff sie danach.

»Lass meinen Stock los, du Hadan, du Schucksn!« Die Bäuerin zog und zerrte daran.

»Ich lass mich nicht immer schlagen von dir«, begehrte Annelie auf. »Irgendwann einmal schlag ich zurück!«

»Das kannst probieren, aber dann!«

Endlich rang Annelie der Bäuerin den Stock ab. Sie stellte ihn ins Eck, weit genug vom Bett weg, zog das Plumeau zurück und fing an, nach dem Rosenkranz zu suchen.

Die Alte schrie auf, als Annelie ihr das Kissen wegzog, um es auszuschütteln, dann an ihrem Arm zerrte und sie anfuhr: »Steh auf, damit ich die Matratze absuchen kann.«

Die Bäuerin wimmerte vor Schmerzen, aber es war Annelie egal. Auch von Otto ließ sie sich nicht zurückhalten. »Ich lass sie nicht eher los, als bis sie aufgestanden ist, damit ich hier alles absuchen kann!«, schrie sie. Und zur Bäuerin: »Jetzt steh endlich auf!«

Unter Protest und Wehklagen rutschte die Alte aus dem Bett. Annelie kehrte das Unterste zu oberst, aber vom Rosenkranz keine Spur.

Triumphierend sah die Leitmeierin sie an. »Kannst ihn ja auch nicht finden, wenn du ihn gestohlen hast, du Badhur du!« Plötzlich packte sie Annelies Zopf und zog daran mit einer Kraft, die man einer Sterbenden nicht zugetraut hätte.

Annelie schubste die Leitmeierin so fest, dass sie gegen ihr Bett taumelte und rückwärts hineinsank. »Nenn mich nie wieder Badhur! Du alte Krucken, du Giftnudel!«

Sie wollte die Kammer verlassen, aber Otto stellte sich ihr in den Weg. Doch ihre Wut reichte auch für ihn noch. Sie stieß ihn zur Seite und polterte die Treppe hinunter.

»Und warum bist dann abgehauen, wie der Pfarrer da war?«, schrie die Bäuerin ihr giftgeifernd nach. »Hast Angst gehabt, ihm in die Augen zu schauen, bei all deinen Lügen und deinen Verbrechen!«

Annelie wäre an diesem Tag gegangen, doch sie wusste, man würde es ihr als Schuldeingeständnis auslegen. Also blieb sie, aber sie sprach kein Wort mehr mit der Bäuerin und auch mit Otto nur das Nötigste.

Die Kuh kalbte in der folgenden Nacht. Annelie hörte sie brüllen vor Schmerzen, deshalb stand sie auf und sah nach. Schweißnass, die Augen verdreht, lag sie im Stroh.

Annelie holte den Bauern. Er zog das Hemd aus und fuhr mit der Hand in das Tier, sein Arm verschwand bis zur Schulter. Die Kuh hob dabei den Kopf und verdrehte in panischer Angst die Augen, ließ dann den Kopf wieder aufs Stroh sinken und stieß einen langanhaltenden Schmerzenslaut aus.

Eine Ewigkeit schien Otto in dem Tier zu wühlen, bis endlich zwei Hufe zum Vorschein kamen. Dann zog er mit aller Kraft an, und mit einem Rutsch flutschte das Kalb vor ihm ins Stroh. Bewegungslos, den Kopf zwischen den Vorderbeinen, schleim- und blutverschmiert lag es da, sah aus, als wäre es tot.

»Hol kaltes Wasser aus dem Trog«, befahl der Bauer.

Als Annelie mit dem Eimer kam, hatte er das Kalb auf der Stallgasse abgelegt. Er goss das kalte Wasser über dem leblosen Körper aus, und endlich zuckten die Beine und bewegte sich der Kopf.

Annelie schlug ein Kreuz, nahm ein Büschel Stroh und rieb das Kalb trocken. Danach legte der Bauer es wieder zur Kuh, und sie sahen zu, wie es taumelnd aufstand, um das Euter zu suchen.

»Woher kannst du das, ein Kalb in der Kuh drehen?«, fragte Annelie. Zum ersten Mal, seit sie Otto kannte, hatte sie Respekt vor ihm.

»Vom Vater. Der hat oft geholfen, wenn bei den großen Bauern im Stall eine schwere Geburt angestanden ist.«

Er nahm seinen Kittel, ging zum Brunnen und wusch sich, Annelie folgte ihm.

»Und was ist mit deinem Vater? Ist er tot?«

Otto nickte. »Ein durchgehendes Ross wollte er aufhalten, ist dabei rückwärts über einen Findling gestolpert und mit dem Rücken auf einem anderen Stein aufgeschlagen. Danach konnte er sich nicht mehr rühren und nicht mehr reden. Fünf Tage hat er noch gelebt. Sechsundfünfzig Jahre ist er alt geworden, und ich war damals achtzehn. Meine beiden Brüder lagen schon auf dem Kirchhof, da haben wir ihn dann dazugelegt.«

Damit ging Otto, und Annelie hörte, wie er oben die Tür zuschlug.

Am Abend brachte Annelie der Bäuerin ihren Brei und fand sie wimmernd am Boden liegen. Sie hatte versucht, aus dem Bett zu steigen, um an ihren Stock zu kommen, der noch immer in der Ecke lehnte.

Annelie griff der Alten unter die Arme, um sie auf die Beine zu stellen. Wie ein nasser Sack hing sie an ihr. »Jetzt hilf halt mit, oder willst auf dem Boden liegen bleiben?«

»Gib mir meinen Stock, du Luder!«

»Deinen Stock kriegst nicht mehr.«

Endlich lag der massige Oberkörper auf dem Bett. Annelie schob nach, bis auch die Beine droben waren.

»Es tut so weh«, wimmerte die Alte, und dann keifend: »Meinen Stock gib her!«

Keuchend von der Anstrengung schüttelte Annelie den Kopf. »Sterben wirst bald, und noch immer willst uns schlagen, uns, die dir helfen und ohne die du verloren wärst. Hast denn gar kein Gewissen? Und schämst dich gar nicht ein bisschen vor dem lieben Herrgott, dem du bald gegenübertreten wirst?«

»Ich schäm mich nicht! Ich brauch mich nicht zu schämen! Hab mir nie was zuschulden kommen lassen!«

»Bös bist und voller Hass. Kein gutes Wort hast für nichts und niemanden!«

Weil sie keinen Stock hatte, versuchte die Bäuerin Annelie mit den Händen zu schlagen, aber sie wehrte die Schläge ab und drückte die Alte mit drohendem Blick in die Kissen. Erst als sie spürte, dass sie nachgab, ließ Annelie wieder los, nahm den Stock und verließ damit die Kammer.

Am folgenden Morgen fand sie die Bäuerin tot in ihrem Bett. Der Teller mit dem Brei lag zerschlagen auf dem Boden, die Hände hatte sie in ihr Hemd gekrallt.

Annelie bekreuzigte sich und rief Otto.

Der Bauer holte die Nachbarinnen, damit sie, zusammen mit Annelie, die Mutter wuschen und ihr das Totenhemd anzogen.

»Gott, wie es hier stinkt!« Anna riss das Fenster auf.

»Es kommt von ihrem Bein«, sagte Annelie, »und weil sie nicht wollte, dass man lüftet.«

»Wir bahren sie heroben auf, in der Stube ist zu wenig Platz. Den Nachttisch tragen wir auf den Flur und rücken das Bett von der Wand.«

Sie packten an, zwei am Kopfende, eine am Fußende. Die Alte und das Bett waren schwer wie fünf Sack Mehl.

Maria wischte sich den Schweiß von der Stirn. Plötzlich bückte sie sich, und als sie sich wieder aufrichtete, hielt sie einen Rosenkranz in der Hand. »Ah, da schau her! Der hat doch der Theresia gehört, habt's den nicht schon gesucht?«

Annelie biss die Zähne zusammen. »Doch«, sagte sie. Sie ging zur Treppe und rief hinunter: »Bauer, magst mal bittschön raufkommen!«

Als er in die Kammer trat, deutete Annelie auf den Rosenkranz, den Maria noch immer in der Hand hielt. »Da, den hat sie hinterm Bett gefunden.«

Otto nickte verlegen. »Ich hab eh nie geglaubt, dass du ihn gestohlen hast.«

»Und warum wolltest mir dann nicht beistehen?«

»Ja mei, du weißt ja, wie sie war, die Mutter, es hätte ja nichts geholfen.«

Annelie drückte sich an ihm vorbei und verließ das Haus. Draußen trat sie mit einem Schrei gegen einen Eimer, der krachend an die Hauswand flog. Dann setzte sie sich hinter den Schuppen und heulte sich das ganze Elend von der Seele. Die Trennung von Lina war das Schlimmste für sie! Jede Nacht lag sie wach und versuchte, sich das kleine Gesichtchen ins Gedächtnis zu rufen, aber mehr und mehr verblasste das Bild. Bestimmt war sie in den sechs Wochen ein ganzes Stück gewachsen! Bestimmt war ihre Stimme kräftiger geworden und klang ihr Lachen inzwischen noch fröhlicher! Und vielleicht war ihr die Bernloherin jetzt schon vertrauter als sie, ihre eigene Mutter.

Plötzlich stand der Bauer hinter ihr. Er hatte sein bestes Hemd angezogen, den Hut hielt er in den Händen. »Ich geh nach Egern zum Pfarrer, damit er die Totenglocken läuten lässt.«

Annelie reagierte nicht.

»Jetzt heul doch nicht so! Bloß wegen dem Rosenkranz.«

Annelie sprang auf und sah ihm zornig in die Augen. »Nicht wegen dem Rosenkranz. Weil sie mich behandelt hat wie Dreck. Und du bist auch nicht besser!«

Er schüttelte den Kopf. »Ich hab doch nicht anders können. Der Hof hat ja ihr gehört, und übergeben wollte sie nicht.«

»Das hab ich früher auch gesagt, dass ich nicht anders kann und dass ich mich in mein Schicksal dreinfügen muss. Aber das stimmt nicht! Wenigstens nicht, wenn man ein Mann ist. Du hättest ja gehen können, dann wäre sie allein da gestanden und hätte dich ganz schnell zurückgeholt und dir Zugeständnisse gemacht. Aber du bist halt schwach – ein Schwächling, jawohl!«

Sie ließ ihn stehen und lief zurück ins Haus.

Die Nachbarinnen hatten inzwischen das Bett frisch aufgemacht, der Leitmeierin das Totenhemd übergezogen, sie in die Kissen gebettet, ihr die Hände gefaltet und den Rosenkranz unter die Finger geschoben.

»Jetzt schaut sie aus, als ob sie nie jemandem etwas zu Leide getan hätte«, sagte Maria.

»Wie ein Engel«, bestätigte Anna.

Annelie schwieg verbissen.

»Vielleicht heißt es deshalb: Im Tod sind alle gleich. Weilst ihnen dann nimmer ansiehst, ob sie bös oder geizig waren, ob sie gelogen, gestohlen oder gar gemordet haben.«

»Trotz allem war sie bedauernswürdig«, sagte Maria. »Ich hab sie gekannt, als sie noch ein junges Mädchen war. Da war sie freundlich gegen jeden und hat viel gelacht. Einmal hat sie sogar ein Kind aus der Rottach gezogen und dabei ihr eigenes Leben riskiert. Dann hat sie ihr Vater an den Leitmeier verheiratet, obwohl sie den Wandinger-Schorsch wollte. Und später sind ihr die zwei älteren Buben gestorben, und so ist ihr am Schluss nur noch der Otto geblieben, den sie nie gemocht hat. Er sei ihr mit Gewalt in den Leib gelegt worden, hat sie mir einmal anvertraut.«

»Geh, das passiert uns doch allen zu gegebener Zeit, dass wir müssen, was wir nicht wollen.«

»Ja, aber bei ihr war's ein anderer, nicht ihr eigener Mann. Der war zu der Zeit nämlich mit Herzog Albrecht in den Krieg gezogen. Und sie war schon im achtunddreißigsten Jahr und hat sich wegen der Schwangerschaft so sehr geschämt.«

»Ach? Das hab ich nicht gewusst!« Anna sah die Tote an, als könne sie in ihrem Gesicht erforschen, ob Maria die Wahrheit gesprochen hatte.

»Keiner hat's gewusst. Nur mir hat sie es mal gesagt, da war der Otto noch kein Jahr alt. Ich hab den Mund gehalten. Ich wollt nicht, dass sie auch noch Schande leiden muss. Aber jetzt kann ich's ja sagen. Damit ihr versteht, warum sie gar so bös geworden ist.«

»Und Otto?«

»Dem hat sie es auch gesagt, da war ihr Mann aber schon tot. Hältst trotzdem deinen Mund.« Sie sah Annelie an. »Und du auch.«

»Ich hab noch nie geratscht und getratscht.« Annelie drehte sich um und verließ die Kammer.

Der Bauer saß in der Stube, ein Schnapsstamperl neben sich.

»Hat deine Mutter eine Taufkerze, die wir für sie anzünden können?«, fragte Annelie.

»Eine Taufkerze nicht. Aber sie hat sich einmal eine aus Altötting mitgebracht. Da hat sie sie hineingelegt.« Er deutete auf den Wandschrank. »Magst auch einen Enzian?«

Annelie wunderte sich. Noch nie hatte sie den Bauern trinken gesehen, und jetzt bot er sogar ihr einen Schnaps an. Sie nickte, holte die Kerze, stellte sie auf den Tisch, setzte sich, nahm das Stamperl, das Otto eingegossen hatte, und nippte daran. Es brannte zuerst auf der Zunge, dann im Magen.

»So doch nicht«, sagte Otto. »Du musst den Schnaps kippen. Zack, und weg damit!«

Annelie tat es, hustete und schnappte nach Luft. »Jesus, ist der scharf!« Ihre Augen füllten sich mit Tränen.

Der Bauer lachte, goss noch mal ein und trank selbst. »Schnaps trinken hast bei der Mutter nicht dürfen. Den hab ich verstecken müssen. Droben hinterm Kasten hab ich ein Brett von der Verschalung gelöst, dann ein Loch in die Wand geschlagen und das Brett wieder draufgedrückt. Das Versteck hat sie nie gefunden. Aber jetzt brauch ich keins mehr, jetzt hab ich hier selbst das Sagen.«

Er fuhr sich mit seinen klobigen Fingern durchs Haar. »Sie hat mich nie leiden können, die Mutter. Bloß der Vater war gut zu mir, obwohl ich doch gar nicht sein Kind war. Wenn er auch nie darüber geredet hat, niemand hat je darüber geredet, hat er's doch gewusst. Nicht bloß, weil ich ganz aus der Art geschlagen bin, auch weil er rechnen konnte. Ich bin ja erst elf Monate, nachdem er von zu Haus weg war, auf die Welt gekommen. Die Mutter hat mir einmal gesagt, dass einer ihr Gewalt angetan hat, und daraus bin ich entstanden.« Er zuckte die Schultern. »Vielleicht hätte ich mich da auch nicht leiden können an ihrer Stelle.«

Er schwieg eine Weile, dann blickte er auf und sah Annelie an. »Und du – hat dir auch einer Gewalt angetan? Oder warum hast ein lediges Bankert?«

»Mein Kind ist kein Bankert!« Annelie funkelte ihn zornig an und stand auf.

Er hielt sie an der Hand fest. »Jetzt sei halt nicht immer gleich so empfindlich! Also warum hast ein uneheliches Kind?«

Sie entzog ihm ihre Hand. »Das geht niemanden etwas an. Ich hab's halt, und ich hab's gern. Es ist ein Mädchen, Lina heißt sie. Und ich würd alles für sie tun!«

»Und wenn du sie herholen würdest?«

»Die Lina? Hier her?« Annelie zog die Stirn in Falten. »Das würdest du erlauben?«

»Ja schon. Halt wennst mich heiraten tätest.«

Ihre Lippen bewegten sich mehrmals, ohne dass sie Worte fand. Sie nahm die Kerze und ging.

Am dritten Tag erschien der Pfarrer mit zwei Ministranten, um die Tote auf ihrem letzten Weg zu begleiten. Er segnete den Leichnam, dann trugen Otto und die Männer der beiden Nachbarhöfe den Sarg vors Haus. Dazu legten sie zwei Stangen auf die steile Treppe, schlangen zwei Seile um den Sarg, stellten ihn auf die Stangen und ließen ihn langsam hinuntergleiten. Fast wäre er ihnen ausgekommen, dann wäre er drunten zerschellt und die Leitmeierin herausgequollen wie Hefeteig aus einer Schüssel. Geflucht hatten sie wie die Bierkutscher, bis der Pfarrer sie zurechtwies – im Angesicht des Todes, sie sollten sich schämen!

Als sie den Sarg nach draußen geschafft hatten, luden sie ihn auf einen Leiterwagen, vor den Marias Mann sein Ross gespannt hatte, und der Trauerzug setzte sich in Bewegung. Der Pfarrer und die Ministranten gingen dem Sarg voran, das Weihrauchfass wurde kräftig geschwenkt.

Es waren nicht viele, die der Toten die Ehre erwiesen. Otto und Annelie, Maria und Hans mit ihren Kindern, einem Knecht und der Magd, der Schauster Simmerl und Anna, ihr Großvater und die beiden Mägde vom Schausterhof. Und drei Totenfrauen, die Otto bestellt hatte, damit sie für die Seele der Mutter Abbitte leisteten.

Auf ihrem Weg zur Kirche beteten sie das Vaterunser, und »Herr, gib ihr die ewige Ruhe« und wieder das Vaterunser. Und die Männer, die am Straßenrand standen, zogen den Hut und die Frauen bekreuzigten sich.

Die Messe war feierlich, kein Auge blieb dabei trocken, obwohl der Leitmeierin eigentlich keiner eine Träne nachweinte. Aber über eine Tote durfte man nichts Schlechtes sagen.

»Zum Paradiese mögen Engel Dich geleiten, bei Deiner Ankunft die Martyrer Dich begrüßen und Dich führen in die heilige Stadt Jerusalem. – Chöre der Engel mögen Dich empfangen, und mit Lazarus, dem einst so Armen, soll ewige Ruhe Dich erfreuen.«

Auch Annelie schlug wie alle ihr Kreuz und spürte dabei noch die letzten Schläge mit dem Stock, die Striemen auf ihrem Unterarm hinterlassen hatten.

Dann wurde der Sarg von der Kirche zum geöffneten Grab getragen, und der Pfarrer sprach noch einmal einen Segen.

Annelie hatte plötzlich das Gefühl, beobachtet zu werden. Sie blickte sich um und entdeckte zwischen den Kreuzen die Schönhuberin, die Frau des Lehrers, die sie damals auf dem Weg nach Tegernsee getroffen und der sie erzählt hatte, sie wäre nach Gmund in Dienst gegangen.

»Die schlichten Herzen behütet der Herr; ich war in Not, und er brachte mir Heil. So kehre denn, meine Seele,

zu Deiner Ruh, der Herr hat Gutes an Dir getan. Er hat mir die Seele vom Tode befreit, die Augen vom Weinen, die Füße vom Sturz.«

Sie wandte sich wieder dem Grab zu, schloss die Augen und weinte. Aber nicht um die Leitmeierin, sondern um ihr Kind, das sie nicht im Arm halten konnte, und um Lenz, den sie im Stich gelassen hatte, und aus Angst, dass die Schönhuberin und der Pfarrer sie verklatschen würden.

»*O Herr, gib ihr die ewige Ruhe, und das ewige Licht leuchte ihr – Amen.«*

Bevor Annelie den anderen zum Leichentrank folgte, ging sie ans Grab ihrer Mutter. Wie lange war sie schon nicht mehr hier gewesen! Zum letzten Mal im April vor einem Jahr, als sie Magdalena getroffen hatte.

Der Rosenstrauch war gut angewachsen und trieb Blüten in Hülle und Fülle. Die drei Steine, die ihr Lenz damals für die Mutter mitgegeben hatte, lagen immer noch darunter. Gerne wäre sie eine Weile hier geblieben, doch sie fand keine Ruhe zum Beten. Immer wieder sah sie sich um, ob ihr die Schönhuberin gefolgt war – und wirklich, dort drüben stand sie und starrte herüber.

Annelie nickte ihr zu, den Kirchhof verließ sie durch den Seitenausgang.

Als sie in die Wirtsstube trat, tranken die anderen schon ihren Kaffee und ließen sich das Schmalzgebäck schmecken. Der Pfarrer saß neben Otto, er redete auf ihn ein. Als sie Annelie sahen, schwiegen sie plötzlich und tauschten Blicke.

Es half nichts, Annelie musste den Pfarrer begrüßen. »Kannst ja nicht ewig davonlaufen«, hörte sie die Bernloherin im Geiste sagen.

Sie trat vor ihn hin, verneigte sich, nahm die Hand, die er ihr reichte.

»Grüß Gott, Hochwürden.«

Sein Blick lag lange auf ihr, bevor er ihren Gruß endlich erwiderte. »Grüß Gott, Annelie. Da bist ja auf einmal wieder. Aufgetaucht wie aus dem Nichts! Lange haben sie nach dir gesucht, dein Vater und dein Bruder. Hast ihnen viel Sorgen bereitet.«

»Das glaube ich Ihnen schon, Hochwürden«, Annelie setzte sich. »Aber nicht, weil sie sich Sorgen um mich gemacht hätten, sondern weil ich ihnen als Hausmagd abgegangen bin.«

»Geh, was redest denn da! Freilich haben sie sich Sorgen um dich gemacht. Ein anständiges Dirndl, das alleine herumzieht, bleibt nicht lang ein anständiges Dirndl! Erst recht, weil sich damals der Wildschütz vom Schliersee, der Jennerwein, bei euch droben herumgetrieben hat.«

»Ich bin nicht herumgezogen, ich war bei einer alten Frau in Dienst und hab mich um sie gekümmert. Und nachdem sie gestorben ist, hat mich der Leitmeier in Dienst genommen.«

»Und ein Kind hast«, sagte der Pfarrer mit strengem Blick.

Annelie wurde rot. Sie schaute auf ihre Hände im Schoß. »Das ist meine Sache, Hochwürden.«

»So, findest du?« Seine Stimme klang scharf. »Dein Bruder wird jedenfalls wissen wollen, wo du jetzt bist.«

»Mein Bruder?« Langsam aber mit Bestimmtheit schüttelte Annelie den Kopf. »Dem bin ich keine Rechenschaft schuldig! Dann schon eher meinem Vater.«

»Du weißt es also noch nicht?«, fragte der Pfarrer.

»Was soll ich wissen?«

»Dein Vater ist gestern gestorben. Übermorgen wird er begraben. Wenn der Totengräber das Grab von der Leitmeierin zugeschaufelt hat, muss er das eure ausheben.«

Alles Blut war aus Annelies Augen gewichen. »Der Vater? Gestern?«

»Gestern früh haben sie mich in die Mühle geholt, damit ich ihm die letzte Ölung gebe. Vor Kummer ist er gestorben, grad noch Haut und Knochen war er.«

Annelies Augen füllten sich mit Tränen. Sie schluchzte auf und ließ den Kopf auf die Brust sinken. »Jetzt soll ich auch daran noch schuld sein, dass mein Vater gestorben ist? Vor Kummer um mich?« Und nach einer Weile sagte sie: »Nein, Hochwürden, ich geh nimmer rauf zur Mühle; wenn der Vater tot ist, erst recht nicht! Der Johannes stellt mir nach, und der Max hilft mir nicht.« Sie zog ihr Sacktuch aus dem Ärmel und fuhr sich über die Augen. Dann fasste sie sich ein Herz und fragte: »Wissen Sie, wie es dem Lenz geht? Haben sie ihn gesehen, droben in der Mühle?«

»Nein, gesehen hab ich ihn nicht. Auch nicht an Allerheiligen. Da waren dein Vater und der Max am Grab deiner Mutter, aber der Lenz war nicht dabei. Er wollte nicht so weit gehen, hat es geheißen, als ich mich nach ihm erkundigt hab.«

Das glaubte Annelie nicht. Lenz war immer gerne mit ihr ins Tal gegangen, egal wie weit, es war für ihn ein Abenteuer.

Otto schob Annelie Schmalzgebäck und eine Tasse hin und wollte ihr Kaffee eingießen, aber sie schüttelte den Kopf. Erst später, als er eine Runde Enzian bestellte, trank sie mit, und als der Pfarrer fort war, sogar einen zweiten. Er brannte im Magen, und er tröstete sie.

Beim Heimgehen schwankte sie und musste sich an Otto festhalten. Als Anna über sie lachte, lachte sie zuerst mit, doch als Hans, Marias Mann, im nächsten Moment den Schluss zog, dass es doch besser sei, den Tod für das Leben zu halten als das Leben für den Tod, musste sie plötzlich weinen.

Maria legte einen Arm um ihre Schulter. »Ich hab gehört, was der Pfarrer zu dir gesagt hat. Ich mein nicht, dass dein Vater gestorben ist, sondern dass du ein Kind hast. Ich hab auch mal ein uneheliches gehabt, das ich in Pflege geben musste. Es war ein Bub. Als der Hans mich dann geheiratet hat, haben wir ihn zu uns genommen, aber da war er schon sieben Jahre alt und war mir so fremd geworden. Er hat immer nach ‚seiner Mama' gefragt. Ich hab ihm gesagt: Geh, ich bin doch deine Mama! Aber das wollte er mir nicht glauben und hat gebrüllt und geheult, und irgendwann habe ich ihn wieder zu seiner Ziehmutter zurückgebracht, um ihn nicht länger zu quälen. Er ist dann aber zwei Jahre später an Diphterie gestorben.« Maria seufzte. »So gesehen war's vielleicht ganz gut, dass ich mich nicht mehr an ihn gewöhnt hab.«

Als Annelie das hörte, brach sie in lautes Schluchzen aus. Wie entsetzlich der Gedanke, dass ihr das eigene Kind fremd werden würde! Dass sie es vielleicht einmal lieber der Bernloherin überlassen wollte, um es nicht länger zu quälen!

Zu Hause ging sie mit Otto in den Stall. Er fuhr den Mist weg und warf dem Vieh Futter hin, sie melkte die Kühe und weinte dabei.

»Geh, hör auf, da wird mir ja die Milch salzig von so vielen Tränen.« Er legte seine Hand auf ihre Schulter, drückte sie sanft. »Hab dir ja gesagt, du kannst deine Kleine herholen, aber heiraten musst mich dann.«

Annelie sprang auf. Sie ließ Otto und die Kuh und den Eimer mit der Milch einfach stehen und lief in die Dämmerung hinaus.

Als sie zurückkam, war es längst dunkel. Sie hatte damit gerechnet, dass Otto bereits ins Bett gegangen war, aber er saß noch in der Stube und wartete auf sie.

Er hatte die Kerze aus Altötting angezündet. Vor ihm lagen das Gebetbuch seiner Mutter und der Rosenkranz. Als Annelie näher kam, um sich zu ihm zu setzen, flackerte die Flamme und tanzte ihr Schatten im Schein der Kerze an der Wand.

Er hob den Kopf und sah sie an. Sein Blick war dumpf und hoffnungslos. »Was soll ich tun, wenn du einmal gehst? Dann hat das Haus keine Seele mehr!«

»Ich bleibe«, sagte Annelie. Sie faltete ihre Hände im Schoß. »Ich heirate dich, wenn ich die Lina und den Lenz herholen darf.«

»Deinen depperten Bruder?«

»Er tut keinem was. Bloß schlagen darfst ihn nicht. Keinen von uns. Wenn du einmal einen schlägst, dann bin ich weg.«

»Wohin willst denn dann gehen mit einem unehelichen Kind und einem depperten Bruder?«

»Die Lina kommt zur Bernloherin, den Lenz und mich bring ich um.«

Erschrocken riss Otto die Augen auf. Er wusste, dass Annelie die Drohung wahr machen würde.

»Ich schlag euch nicht«, sagte er.

16. Kapitel

Jetzt, wo einmal der Entschluss gefasst war, drängte Annelie darauf, recht schnell zu heiraten. Den Vater brauchte Otto nicht mehr zu fragen, der war tot, und eine Aussteuer besaß sie auch nicht. Dass ihr Max ein Heiratsgut geben würde, darauf brauchte sie nicht zu hoffen, im Gegenzug konnte ihr Otto auch kein Darangeld bezahlen. Sie waren keine reichen Bauern, sie mussten froh sein, wenn sie zu viert und bald vielleicht auch zu fünft oder sechst irgendwie über die Runden kommen würden.

Schon gleich am nächsten Tag gingen sie zum Gericht und reichten das Verehelichungsgesuch ein. Maria und Hans begleiteten sie als Zeugen. Danach zum Pfarrer, der bedächtig nickte und sagte, dass dieser Schritt für alle wohl das Beste sei, und als sie auch beim Pfarrer fertig waren, gingen sie ins Wirtshaus zum Krautessen, was als Verlobungsmahl galt.

»Heut trink ich aber keinen Enzian«, sagte Annelie, und alle lachten herzlich.

Am Sonntag nach dem Gottesdienst begleitete Otto sie zum Bernloher, um Lina abzuholen. Die Bernloherin seufzte, als sie den langen ›Dürrhaken‹ sah, und bedachte Annelie mit mitleidigem Blick.

»Und wird er gut zu deiner Tochter sein?«, fragte sie.

»Er hat es mir versprochen.«

»Mei«, sagte die Bernloherin, »Männer versprechen viel, wenn der Tag lang ist.«

Nur das mit Lenz schob Annelie noch auf, in die Mühle wollte sie erst gehen, wenn sie die Leitmeierin war, weil ihr dann weder Max noch Johannes ankonnten.

Einstweilen schlief sie in der Kammer der Bäuerin. Für Lina bekam sie von Maria eine Wiege und für draußen einen Stubenwagen, einen Korb auf vier Rädern. Otto ersetzte die kaputte Scheibe im Fenster und kaufte für die Kuchl einiges neues Geschirr, auch einen Kasten für die Stube und eine Truhe für die Kammer, in die später Lenz einziehen sollte, bestellte er beim Ebner-Schreiner in Oberach.

»Hast den Martin gesehen?«, fragte Annelie, als er von dort nach Hause kam.

»Den Martin? Wer soll das sein?«

»Der Sohn vom Schreiner.« Annelie versuchte so gleichgültig wie möglich zu wirken. »Mit dem war ich in der Sonntagsschule.« Sie stellte die Pfanne mit gebratenen Semmelknödeln auf den Tisch und setzte sich Otto gegenüber.

Er schüttelte den Kopf. »Da war bloß der Alte in der Werkstatt.«

Annelie presste die Lippen zusammen. Es tat immer noch weh, an Martin zu denken. Der Geruch von Holz wäre ihr lieber gewesen als der von Odel; wie schön hätte sie es an seiner Seite haben können! Sie hob den Kopf und sah Otto an. Sein langer, faltiger Hals, seine spitze Nase, die dünnen, strähnigen Haare ... Sie seufzte. Ja, weiß Gott, Martin wäre ihr lieber gewesen! Aber der hatte die Burgel, und sie, Annelie, hatte ein Kind von einem Wildschütz, der jagte und gejagt wurde und für den der Gedanke, treu sein zu müssen, erschreckender war als der Tod. Da durfte man nicht wählerisch sein, und alles, was sie sich noch wünschte, war, dass es Lina einmal besser gehen sollte als ihr.

»Wennst magst«, sagte Otto, »dann kann uns der Sonnleitner aus Oberach den neuen Kasten bemalen. Der malt viele Truhen und Kästen für den Ebner-Schreiner an. Aber erst im Winter, im Sommer hat er für so etwas keine Zeit.«

»Wird das nicht teuer?«

»Ein viertel Schwein will er für den Kasten und eine Gans und eine Henne für die Truhe.«

»Ein viertel Schwein, eine Gans und eine Henne? Das ist schon viel!«

»Aber ein nackerter Kasten ist halt nicht schön.«

Als Annelie die leergegessene Pfanne abgeräumt hatte und wieder in die Stube kam, griff Otto nach ihrer Hand. Er zog sie an sich, umfasste mit einem Arm ihre Taille, presste sein Gesicht gegen ihren Leib und fuhr mit der anderen Hand unter ihren Rock. Wie erstarrt stand sie da, fühlte ihr Herz klopfen vor Widerwillen, stieß ihn mit einem Mal heftig von sich und rief voller Abscheu: »Damit musst schon noch warten bis nach der Hochzeit!«

Sie stürzte hinaus, und er sah ihr mit traurigem Blick nach. Dass sie ihn nicht liebte, hatte er gewusst. Dass sie sich vor ihm ekelte, wusste er jetzt.

Lina wieder bei sich zu haben, war das größte Glück für Annelie. In den ersten Tagen wollte sie das Kind kaum loslassen, trug es bei sich, wann immer sie konnte. Selbst als sie mit Otto aufs Feld musste, band sie sich die Kleine um, statt sie zu Maria zu bringen, die gerne auf sie aufgepasst hätte.

Otto bemühte sich, alles recht zu machen. Er kam Annelie vor wie ein junger Hund, der gerade die Augen geöffnet hatte und eine fremde Welt erkunden wollte. Neugierig und ängstlich zugleich betrachtete er das Gesicht seiner zukünftigen Stieftochter, griff mit seiner groben, von der schweren Arbeit zerschundenen Hand nach ihren winzigen Füßen, zog sie erschrocken zurück, als das Kind zu strampeln begann. So klein, so zerbrechlich war sie und er ein so großes, klobiges Mannsbild!

Einmal, als Annelie ihm Lina in die Arme legte, damit er sie hielt, bis sie aus der Kuchl die Milch geholt hatte, blieb er ganz steif sitzen. Sie musste lachen, als sie ihn so erstarrt und ängstlich sah. Ein Mann, der ein Kalb im Leib des Muttertieres drehen konnte und dabei keine Angst hatte, ihm die Beine zu brechen, glaubte, ein kleines Kind könne zu Schaden kommen, wenn er sich bloß rührte.

Eine Woche vor der Hochzeit zeigte Otto ihr einen goldenen Ehering. »Magst ihn anpassen?«

»Von wem ist der denn?«

»Von der Mutter. Sie hat ihn lange nicht mehr getragen, weil er ihr zu eng geworden war.«

»Aber das bringt doch Unglück, wenn ich den Ring von deiner Mutter ansteck.« Sie schob ihre Hände unter die Achseln, wie um sie zu schützen.

»Du sollst ihn doch bloß anpassen. Ich bring ihn zum Goldschmied und tausch ihn gegen einen neuen ein. Freilich werd ich was drauflegen müssen, aber einen Ring sollst du wenigstens haben.«

Annelie steckte ihn sich an den Finger. Er war ein wenig zu weit. Otto nahm ihn zurück, wickelte ihn in ein Sacktuch und schob ihn in die Hosentasche.

Etwa zweihundert Meter vom Haus entfernt besaß Otto ein kleines Stück Grasland, das er Saumwies'n nannte und das Annelie zum Einsäen von Saubohnen nutzen wollte. Sie hatte schon bei Ursula solche Bohnen gezogen, getrocknet und den ganzen Winter über davon gegessen.

»Ich könnte mehr anbauen, als wir brauchen und sie auf dem Markt verkaufen«, schlug Annelie vor.

Otto war einverstanden. Er sah es gerne, wenn sie Pläne schmiedete, denn es verlieh ihm ein wenig Sicherheit, dass sie tatsächlich vorhatte zu bleiben und ihn heiraten wollte, was er im tiefsten Inneren noch immer nicht glauben konnte.

Mit Lina auf dem Arm gingen sie am nächsten Vormittag zur Saumwies'n. Dort legte Annelie das Kind ins Gras und half Otto, einen Zaun um das Grundstück zu ziehen. Sie hielt die Pfosten fest, Otto schwang den großen Schmiedehammer, und bei jedem Schlag fuhr das Holz tiefer in die Erde.

Zu Beginn ging den beiden die Arbeit gut von der Hand, doch beim fünften Pfosten hatte Annelie auf einmal ein ungutes Gefühl. Immer wieder sah sie sich nach Lina um, aber alles schien in Ordnung zu sein. Die Kleine spielte zufrieden mit einem Beißring aus Holz, und auch sonst konnte Annelie nichts Ungewöhnliches entdecken.

Trotzdem blieb dieses Unbehagen. Abgelenkt, wie sie war, kippte ihr einmal der noch lose Pfosten ein Stück zur Seite, wodurch Otto mit dem Hammer abrutschte und sie, wenn auch nur leicht, an der Hand verletzte.

»Du musst schon stillhalten«, rief er schreckensbleich aus, und Annelie versuchte sich wieder auf die Arbeit zu konzentrieren.

Bis zum Mittagsläuten waren sie mit den Pfosten fertig. Sie gingen nach Hause, wo Annelie einen Schmarren zubereitete, den sie schweigend aßen. Erst als die Pfanne leer war, sagte sie:

»Vorhin, da hab ich so ein ungutes Gefühl gehabt. Als ob uns jemand beobachten würde. Hast du nichts bemerkt?«

Otto schüttelte den Kopf. »Der Hans war einmal hinterm Haus, hat die Sense gedengelt. Sonst wär mir niemand aufgefallen.«

»Den Hans hab ich auch gesehen, aber das meine ich nicht. Es war ...« Sie suchte nach Worten, »... es war irgendetwas Bedrohliches! Wie ein Unwetter, von dem du weißt, dass es aufziehen wird, obwohl noch kaum eine Wolke am Himmel zu sehen ist.«

Otto zuckte die Schultern. »Lass uns mit der Arbeit weitermachen«, sagte er.

In dieser Nacht träumte Annelie wieder vom Wolf.

Im Traum trieb sie die Schweine auf die Saumwies'n, damit sie mit ihren kräftigen Rüsseln den Boden umpflügten. Mit Lina setzte sie sich daneben ins Gras. Das Kind spielte zufrieden, sie selbst wand einen Brautkranz. Da war plötzlich der Wolf. Geduckt, mit gefletschten Zähnen, stand er vor ihr, machte sich zum Sprung bereit. In panischer Angst riss sie Lina an sich, der Wolf spurtet los, doch er sprang über Annelie hinweg. Als sie sich nach ihm umsah, stand Johannes hinter ihr, der Wolf war verschwunden.

Benommen wurde sie wach. Das erste Morgenlicht fiel bereits durchs Fenster und streifte die Wiege, in der Lina selig schlief. Obwohl Annelie erkannte, dass alles nur ein Traum gewesen war, wollte die Angst nicht von ihr weichen, und ihr Herz pochte laut gegen ihre Brust.

Ein paar Tage später, als sie mit Otto nach Egern ging, um das Hochzeitsessen zu bestellen, überfiel sie wieder diese Unruhe. Alle paar Schritte sah sie hinter sich, und im Gasthaus blickte sie unentwegt aus dem Fenster. Doch sie konnte nichts Außergewöhnliches entdecken.

Otto hatte sich nicht lumpen lassen. Sechs Richten hatte er bestellt, von den Vorsuppen über diverse Braten bis hin zur dicken Gerstensuppe, mit der sie, wie es Brauch war, das Hochzeitsessen abschließen wollten. Doch Annelie hatte vor lauter Zagen vom ganzen Handel kaum etwas mitbekommen, und als sie den Weg zur Kirche einschlugen, um noch einmal um Gottes Segen zu bitten, drehte sie sich wieder um, sah hinter sich und sagte: »Otto, ich fühl, da ist etwas! Ich werd diese Angst nicht los.«

Er blieb stehen und legte seine Hände auf ihre Schultern. »Das darfst du mir glauben«, sagte er mit einem festen Blick in ihre Augen, »auf dich und die Lina werd ich aufpassen wie ein Schießhund, euch darf keiner etwas tun! Und sei's, dass ich mein eigenes Leben für euch hingeben müsst'!«

Annelie ließ ihre Stirn an seine Brust sinken und dachte bei sich: Ach, wenn ich ihn doch nur lieben könnte!

Am Montag sollte Hochzeit sein, am Freitag, gleich in aller Herrgottsfrühe, ging Otto nach Tegernsee, um den Ring abzuholen, den er beim Goldschmied bestellt hatte. Lina kitzelte er zum Abschied den Bauch, bis sie lachte, Annelie nickte er zu. Dabei lag auf seinem Mund, diesem lippenlosen Strich in einem schmalen, viel zu langen Gesicht, ein fast schon verklärtes Lächeln. So froh sah er aus, so voller Stolz und Zuversicht war er, dass sie sich plötzlich schämte, weil sie nicht mehr für ihn empfinden konnte als ein bisschen Freundschaft.

»Dann geh ich jetzt.« Er öffnete die Stubentür, trat auf den Fletz.

»Warte noch!« Annelie lief zu ihm hin und küsste ihn zum Abschied auf den Mund. Ein Hauch war's nur, und doch, das sah sie in seinen Augen, machte sie ihn ganz und gar glücklich damit – so glücklich, wie er vielleicht noch nie in seinem Leben gewesen war. Er, der ungeliebte Sohn, der Hässliche, vom Schicksal Geschundene mit den großen Händen und dem großen, einsamen Herzen.

Die Zeit verging ihr schnell, sie hatte Arbeit genug. Das Vieh versorgen, die Saubohnen setzen, das Haus musste geputzt werden, denn schließlich war Hochzeit, und die Nachbarinnen würden kommen und in alle Kammern und Kästen sehen, so war das nun einmal üblich.

Kaum kam sie vom Feld nach Hause, läutete es auch schon Mittag. Sie fütterte Lina, aß selbst nur einen Kanten Brot, dann ging sie in den Hühnerstall, um nach Eiern zu suchen.

Als sie durch die niedrige Tür des Verschlags wieder auf den Hof trat, fiel ihr vor Schreck der Korb aus den Händen, ein Ei zerbrach. Dort am Hauseck lehnte Johannes!

»Grüß dich, Annelie.« Er zog seinen Hut, stieß sich ab und ging langsam auf sie zu.

»Was willst du denn hier?« Sie fasste hinter sich, wie um Halt zu suchen.

Er deutete auf das zerschlagene Ei. »Da ist dir eins kaputt gegangen.«

»Was du willst, hab ich gefragt!«

»Wir haben gehört, dass du jetzt hier Dienst tust und den Leitmeier heiraten willst.«

Die beiden jungen Katzen kamen angelaufen und schleckten am Dotter.

»Na und? Was geht's dich an!« Annelie hob den Korb auf, ging an Johannes vorbei zum Haus, er folgte ihr.

»Dein Bruder schickt mich, der Max. Wir brauchen deine Hilfe.«

»Meine Hilfe?« Sie schüttelte den Kopf. »Auf mich könnt ihr nicht mehr zählen! Ich helf euch nimmermehr!« Sie blieb so plötzlich stehen, dass Johannes auflief. »Bloß den Lenz, damit ihr's gleich wisst, den komme ich nächste Woche holen.«

Johannes nickte. Sein Blick war kalt wie eh und je. »Der Lenz, um den geht's ja! Seit du weg bist, ist er gar nicht mehr zu haben. Aber seit gestern ...« Er schwieg bedeutungsvoll.

»Seit gestern? Was ist seit gestern?« Annelie sah Johannes beunruhigt an.

»Er ist krank. Er spuckt. Er haut seinen Kopf gegen die Wand. Er schreit immerzu nach dir. Wir wissen nimmer, was wir mit ihm anfangen sollen. Dass er renitent ist, das kennen wir ja schon, aber jetzt tut er sich gar noch selbst etwas an! Und wo du doch jetzt hier wohnst ... da dachten wir, wir sagen dir besser Bescheid, damit du dich um ihn kümmern kannst.«

Annelie zog ein besorgtes Gesicht. Nie war Lenz renitent gewesen! Nie hatte er sich selbst oder einem anderen etwas getan!

»Was habt ihr nur mit ihm gemacht?«

»Das musst du mich nicht fragen. Du bist schließlich fortgegangen, hast ihn zurückgelassen, obwohl du doch genau gewusst hast, wie abhängig er von dir ist!«

Tränen traten ihr in die Augen. Ja, Johannes hatte recht! Sie hatte Lenz verlassen, und wenn er unglücklich war, dann war es allein ihre Schuld.

Annelies Blick ging zum Wagen, mit dem Johannes gekommen war. Er hatte ihn beim Hausgarten abgestellt. Das Ross, das sie selbst viele Jahre versorgt hatte, scharrte ungeduldig mit den Hufen, warf den Kopf hoch und schnaubte.

Annelie wandte sich wieder an Johannes. »Aber ich kann jetzt nicht mit dir kommen.« Sie betrat das Haus, legte die Eier auf die Truhe im Fletz und stellte sich so vor die Tür zur Stube, dass Johannes nicht hineinkonnte. »Der Otto, ich mein der Leitmeier, ist nach Tegernsee gegangen. Wenn er zurück ist, dann meinetwegen fahr ich mit ihm hinauf zur Mühle.«

»Bis der aus Tegernsee zurückkommt, ist's wahrscheinlich schon zu spät! Wie ich fort bin, vor einer Stunde, da hat der Lenz schon geblutet übers ganze Gesicht, und der

Max weiß sich mit ihm nicht zu helfen. Er hat ihn in die Kammer gesperrt. Aber was er da drin tut ...« Johannes zuckte die Schultern. »Vielleicht hat er sich seinen blöden Kopf auch schon zerdeppert vor lauter Dummheit!«

Annelie blickte über die Schulter zurück auf Lina, die im Stubenwagen lag und mit ihren nackten Füßchen spielte. Das Kind konnte sie zu Maria bringen, aber ohne Otto wollte sie nicht in die Mühle fahren.

Als sie immer noch zögerte, sagte Johannes: »Na gut, dann geh ich halt wieder. Hab bloß gedacht, das mit dem Lenz, das interessiert dich.« Er trat vor die Tür, setzte seinen Hut auf und kletterte auf den Wagen.

»Warte!«, rief Annelie. Da griff er bereits nach den Fahrleinen. »Ich komme mit, aber zuerst muss ich noch zur Nachbarin.«

Sie holte Lina, schloss die Tür hinter sich und lief zu Maria hinüber. »Kannst mir auf das Kind aufpassen?«

»Ja freilich.« Maria nahm die Kleine auf den Arm. »Wo willst denn so plötzlich hin?«

»Auf die Mühle. Es ist wegen meinem Bruder, dem Lenz, ich hab dir ja beim Krautessen von ihm erzählt. Otto muss jeden Moment aus Tegernsee zurückkommen. Sagst ihm Bescheid?«

»Fahr nur.«

Annelie küsste das Kind zum Abschied. An der Tür drehte sie sich noch einmal um. Maria winkte, Lina hob das Köpfchen und lachte.

17. Kapitel

Sie fuhren nach Lohbichl und von dort auf den Wallberg.

Als sie am letzten Lohbichler Hof vorbei waren, hatten sie freie Sicht bis Oberach, und noch ein Stück weiter konnten sie einen Blick auf die Holzmüllerlichtung mit der Mühle erhaschen. Da war es Annelie ganz seltsam zumute. Ihr Weg zur Schule hatte sie an diesen Häusern vorbeigeführt. An der Hand des Vaters hatte sie von dort droben aus in die Berge geschaut und beim Glaslwirt in Oberach mit Lenz ein Kracherl getrunken und eine Brezel gegessen und gelacht über seine kindische Freude daran. Und als ihr die Natherin in Trinis ein neues G'wand anmaß, da hatte sie sich schon an Martins Seite als die junge Ebner-Schreinerin gesehen.

Bald ging es in den Wald hinein und ein Stück steil bergauf. Johannes ließ die Peitsche knallen, damit das Ross anzog. Es roch nach Pilzen, und die Vögel sangen. Breitwegerich und Lungenkraut säumten den Weg, Holunder zwängte sich zwischen verkrüppelte Fichten und Lärchen, an denen kleine rundliche Zapfen hingen.

Bis hierher hatten sie und Johannes kein Wort gewechselt, was hätten sie sich auch zu sagen gehabt. Doch jetzt sprach er sie plötzlich an.

»Hast du's schon lang mit dem Jennerwein getrieben?« Sein Blick war kalt und voller Hass.

Sie zuckte zusammen wie unter einem Hieb. »Was willst von mir? Ich bin nicht hier, um mit dir über so etwas zu reden.«

»Nein, deswegen nicht.« Er lachte hart. »Du bist hier, weil ich mit dir abrechnen will.«

»Abrechnen?« Sie rückte ein Stück von ihm weg. »Was gäb's zwischen uns abzurechnen? Ich hab dir nie etwas getan!«

Seine Augen wurden schmal, seine Backenmuskeln spielten. »Ich mag's halt nicht, wenn mich eine zurückweist, und dann macht sie sich mit so einem Haderlump davon! Bei mir hättest du's gut gehabt, aber der hat dich sitzen lassen.«

Annelie lachte auf. »Gut gehabt? Ich bei dir? Das glaubst ja selber nicht! Um mich ist es dir doch nie gegangen, immer nur um die Mühle. Und wären wir erst einmal verheiratet gewesen, hättest mich wie einen Fußabstreifer behandelt! Das hast du ja ohnehin schon getan!«

Er ließ das Ross anhalten und drehte die Bremse ein. »Die Mühle«, sagte er dabei, »die krieg ich schon noch, auch ohne dein Zutun. So, und jetzt steig ab!«

Annelie sah über die Schulter zurück. Sie waren an der Stelle, von der aus man einen Blick auf die Weissach werfen konnte, die sich weit unter ihnen durch die Felder von Trinis und Enterbach schlängelte. Hier war sie einmal mit Lenz gestanden, um ihm die Berge zu erklären. Den Leonhardsberg, den Hirschberg, den Ringberg hatte sie ihm gezeigt.

Steil ging es hinunter, wenn man sich bis zum Felsvorsprung wagte, der wie ein Mahnfinger aus dem Wald ragte. Acht Meter vielleicht oder zehn, und drunten lag alles voller Findlinge – wer da runterstürzte, würde sich alle Knochen brechen.

»Ich steig nicht ab«, sagte Annelie. »Du bringst mich jetzt zum Lenz, und dann fährst du mich mit ihm nach Sonnenmoos zurück.«

Johannes lachte, er versetzte ihr einen Stoß und noch einen, bis sie freiwillig vom Wagen kletterte.

»Dem Lenz geht's gut«, sagte er dabei, »dem fehlt gar nichts. Hockt rum wie immer und schaut blöd vor sich hin.« Er ging auf Annelie zu, sie wich zurück. »Hast wirklich geglaubt, auch nur einer von uns hätte dich vermisst? Nicht einmal dem Lenz bist du abgegangen!«

»Dann hättest mich auch nicht zu holen brauchen.«

Sie stolperte rückwärts über einen herumliegenden Ast, fing sich wieder, sah sich um. Johannes drängte sie immer weiter zurück, dem Abhang entgegen. Annelies Herz schlug zum Zerbersten.

»Ich hab's schon gesagt, warum ich dich geholt hab: weil ich mit dir abrechnen werd!« Sein Lachen klang höhnisch, seine Augen waren voller Hass. »Dein Vater lebt nimmer, und mit dem Max werd ich auch noch fertig.«

Wieder stolperte Annelie, diesmal fiel sie hin. Längst hatte sie begriffen, worum es ging. Bis zum Felsvorsprung waren es nur noch ein paar Schritte – Johannes wollte, dass sie abstürzte! Und dann würde er sie drunten liegen lassen. Wäre sie nicht ohnehin schon tot, würde sie jämmerlich verrecken, denn keiner würde sie je finden. Wer käme schon darauf, sie dort zu suchen! Und für die Wölfe und Geier wäre sie ein gefundenes Fressen.

Annelie rollte sich herum und versuchte, auf die Beine zu kommen. Auf Knien und Händen verharrte sie einen Moment, rang nach Atem, sah sich nach einem Ausweg um.

Hinter sich hörte sie Johannes lachen. »Jetzt brauch ich dir nur noch in den Hintern treten, und du liegst dort drunten, und der Teufel holt dich! Oder ich gönn mir noch einen kleinen Spaß mit dir! Was der Wilddieb kann, kann ich schon lang, und in der richtigen Stellung wärst ja bereits.«

Fast zum Greifen nah sah Annelie vor sich einen Ast liegen, er war armdick und etwa eine Elle lang. Sie kroch vorwärts, warf sich über den Prügel.

Johannes packte sie am Mieder, zog sie hoch, bis sie wieder auf Knien und Händen war, schob ihr den Rock über die Hüften und fing an, an seinem Hosenlatz zu nesteln.

Jetzt oder nie, das war Annelie klar. Sie fasste all ihren Mut zusammen, griff nach dem Prügel, fuhr herum und schlug zu. Sie traf Johannes am Schienbein, er sackte in sich zusammen, und da schlug Annelie noch einmal und noch einmal zu.

Aufjaulend wie ein getretener Hund lag er vor ihr, das Gesicht schmerzverzogen, Blut rann aus einer Wunde am Kopf.

Als er plötzlich versuchte, nach ihrem Fuß zu greifen, sprang sie zur Seite, warf den Prügel hin und lief davon, so schnell sie konnte. Drei-, vierhundert Meter auf dem Weg, dann wurde das Gelände flacher, und sie bog ab in den Wald, sprang über einen Baumstamm, über einen Bachlauf, kam auf eine Lichtung, und dann lag bereits offenes Gelände vor ihr – ein Wiesenhang, an seinem unteren Saum die Häuser von Trinis!

Vor einem Gartenzaun blieb sie stehen, sank in sich zusammen und brach in Tränen aus.

Ein kleines Mädchen kam aus dem Haus. »Warum heulst denn so?«, fragte es.

Annelie blickte auf. Die Zöpfe der Kleinen wurden von roten Schleifen zusammengehalten, sie trug einen blaukarierten Kittel, der ihr viel zu groß war.

»Ach, nichts«, antwortete sie und wischte sich mit dem Ärmel die Tränen ab. »Bin hingefallen und hab mir den Fuß verdreht. Aber jetzt geht's schon wieder.«

Sie stand auf und schlug den Weg nach Hause ein.

Als Annelie in Sonnenmoos ankam, hörte sie das Abendläuten. Das Ross von Hans und die Kühe vom Simmerl standen bereits auf dem Anger, die von Otto waren nicht dabei. Zuerst wunderte sich Annelie, dann spürte sie auf einmal ein ängstliches Unbehagen. War Otto etwa immer noch nicht aus Tegernsee zurück?

Sie fand ihn weder im Haus noch im Stall. Auch waren die Kühe nicht gefüttert und gemolken.

Annelie lief zu Maria hinüber. Lina lag auf dem Kanapee, Marias Enkelin spielte mit ihr.

»War der Otto hier?«

Maria schüttelte den Kopf. Sie sah Annelie forschend an. »Wie schaust denn du aus? Ganz zerrupft! Den Rock hast dir zerrissen, und Flecken hast überall!«

Annelie sah an sich hinunter. Erst jetzt entdeckte sie den Riss im Gewand und wie schmutzig sie war.

Maria gab ihrer Enkelin ein Zeichen, dass sie die Stube verlassen sollte und drückte Annelie auf einen Stuhl. »Was ist dir denn passiert?«

Sie brach in Tränen aus und erzählte stockend, was Johannes ihr antun wollte, und wie ihr gerade noch die Flucht gelungen war.

»Ja, da musst den Gendarm auf die Mühle schicken! So geht's schließlich nicht!«

Annelie lachte bitter. »Gibt's etwa Zeugen dafür? Nein! Und was glaubst, was der Johannes erzählen wird? Ich kenn ihn, der erzählt genau das Gegenteil von der Wahrheit.«

»Dass du ihm mitten im Wald auf einmal ans Leder wolltest? Geh, wer glaubt denn so etwas!«

»Du hast ja keine Ahnung, wie gut der lügen kann! Und der Max glaubt ihm sowieso alles, und der Gendarm ist sein Oheim.« Sie schüttelte heftig den Kopf. »Lass gut sein, Maria. Nach der Hochzeit, da holen der Otto und ich den Lenz zu uns, und dann will ich nie mehr etwas mit denen dort droben zu tun haben!«

Sie wischte sich die Tränen ab, schnäuzte sich und sah auf die Uhr, die über dem Kanapee hing. »So spät schon! Wo bleibt denn nur der Otto? Gleich in der Früh ist er losgegangen, wollte nur den Ring vom Goldschmied abholen und noch in der Wirtschaft vorbeischauen, der Wirtin sagen, wie viele Leut' wir zum Hochzeitsessen sein werden. Um zwei, halb drei bin ich zurück, hat er gesagt. Und jetzt ist's gleich sieben!«

»Seltsam ist das schon«, gab Maria zu.

Annelie nahm Lina hoch, küsste sie, legte sie aufs Kanapee zurück und ging zur Tür. »Ich melk jetzt die Kühe, wenn er dann noch nicht da ist, geh ich den Otto suchen!«

»Gib uns Bescheid«, sagte Maria. »Der Hans fährt dich mit dem Wagen.«

Als Otto auch um acht Uhr noch nicht zu Hause war, spannte Hans sein Ross ein. Zuerst fuhren sie in die Wirtschaft.

»Ja«, sagte der Wirt, »der Leitmeier ist da gewesen. Er hat eine Suppe gegessen und ein Bier getrunken. Wie er gegangen ist, hat es grad zwei Uhr geläutet. Er wollte noch zum Pfarrer rüber und dann nach Hause.«

Der Pfarrer bestätigte die Aussage des Wirten. »So um zwei Uhr etwa war er bei mir. Wir haben ausgemacht, wann ihr morgen zum Brautunterricht da sein sollt, dann ist er wieder gegangen.«

Annelie und Hans tauschten Blicke. »Haben Sie gesehen, welchen Weg er eingeschlagen hat?«

»Richtung Aigner ist er, mehr weiß ich nicht.«

Diesen Weg waren sie gekommen, aber von Otto hatten sie nichts gesehen. Langsam fuhren sie zurück, hielten Ausschau und beratschlagten, was zu tun sei.

Beim Stöcklbauern kam ihnen ein Bub entgegen. Er rannte, als ob der Teufel hinter ihm her sei.

»Was ist denn? Was hast es denn so eilig?«, rief ihm Hans zu.

»Muss zum Gendarm! Beim Stöcklbauer hinterm Haus haben s' einen im Teich gefunden! Tot ist er, ersoffen!«

»Hoh!« Hans zog an den Leinen, bis das Ross stehen blieb. »Und wisst ihr auch, wer der Tote ist?«

»Der Vater hat gesagt, der Leitmeier aus Sonnenmoos ist's.«

Annelie griff neben sich, um sich am Bock festzuhalten. Ihr Herz raste, in ihrem Kopf schien ein ganzer Bienenschwarm los zu sein.

Der Bub wollte weiterlaufen, aber Hans pfiff ihn zurück. »Und wo ist der Teich vom Stöcklbauer?«

»Gleich dort vorne bei dem Hof, da müsst ihr reinfahren, dann noch am nächsten Hof vorbei, und dann seht ihr's schon.«

Hans blickte Annelie an. »Kannst auch hier warten. Reicht ja, wenn ich nachschau, ob er's wirklich ist.«

Sie schüttelte den Kopf. »Ich fahr schon mit!« Aber als Hans an der Unglücksstelle vom Bock sprang, wollte sie doch lieber sitzen bleiben.

Einen Steinwurf entfernt, am Rand eines kleinen Ententeichs, lag einer am Boden, neun Frauen und Männer standen um ihn herum. Als Hans ihnen sagte, dass er der Nachbar vom Leitmeier sei und dass er ihn bereits gesucht habe, traten sie beiseite.

Annelie konnte auch vom Bock aus sehen, dass es Otto war. Jemand hatte ihm die Augen geschlossen und die Hände über der Brust gefaltet.

Wieder einmal schnürte Annelie ihr Bündel. Der Hof fiel an einen Neffen der Leitmeierin, der in Wiessee wohnte und der mit seiner Tante so wenig zurechtgekommen war wie alle anderen. Jahrelang hatte er sich bei ihr nicht mehr blicken lassen und hatte es nicht einmal für nötig befunden, zu ihrer Beerdigung zu erscheinen. Aber wen interessierte das schon. Annelie jedenfalls stand das Anwesen nicht zu, es wäre ihr erst mit der Hochzeit zugefallen.

Im »Seegeist« hatte über Ottos Tod gestanden:

»Gestern, am Freitag, den 28. Juli, wollte der jüngste Sohn vom Stöcklbauer wie immer am Abend die Gänse nach Hause treiben. Da fand er am Ententeich hinter der hofeigenen Scheune einen Mann, der mit den Beinen und dem Unterleib noch auf dem Ufer, mit dem Gesicht aber im Wasser lag und sich nicht mehr rührte.

Sofort lief der Bub nach Hause, um den Vater zu holen, doch jede Hilfe kam zu spät. Offensichtlich war der Ertrunkene schon seit Stunden tot, denn sein Körper war bereits erkaltet. Wie sich herausstellte, handelte es sich bei dem Mann um einen Kleinbauern aus Sonnenmoos. Er wurde von seiner Verlobten bereits gesucht, am Montag wollten sie heiraten.

Wie es zu dem Unglück kam, kann sich niemand denken. Zwar war der Mann zuvor noch im Wirtshaus, dort hat er aber nur eine Suppe gegessen und ein Bier getrunken. Auch ist unklar, was er überhaupt bei dem Ententeich wollte, denn er lag abseits von seinem Nachhauseweg. Der Vorfall wird wohl für immer ein Rätsel bleiben.«

Annelie selbst glaubte nicht an ein Unglück. Sie glaubte, dass Johannes dahinter steckte. Wenn sie es auch nicht erklären oder beweisen konnte, ihr Gefühl sagte es ihr.

Ein paar Tage lang war sie herumgegangen und hatte gefragt, ob jemand Johannes am Freitag in Rottach oder Egern gesehen hatte, aber niemand konnte sich an ihn erinnern. Schließlich war der Gendarm zu ihr gekommen und hatte sie verwarnt. Rufmord sei das, hatte er gesagt, und dass Johannes sie verklagen würde, wenn sie nicht aufhörte, gegen ihn zu hetzen.

Nun war alles wieder beim Alten. Annelie wusste nicht wohin. Also wieder zur Bernloherin. Vielleicht würde sie Lina ein zweites Mal zu sich nehmen, damit Annelie irgendwo in Dienst gehen konnte.

Die Bernloherin hörte sich ihre Geschichte an. Einiges wusste sie bereits aus der Zeitung oder vom Hörensagen, anderes hatte sie sich selbst zusammengereimt.

»Freilich tät ich dir die Lina wieder nehmen«, sagte sie, »aber ich weiß dir etwas Besseres! Du gehst nach Schliers zu meiner Nichte. Scharrer-Barbara heißt sie, sie ist die Neuwirtin. Die Barbara ist Anfang vierzig, eine liebe und gute Frau. Sie ist kinderlos geblieben. Vor zwei Monaten war eine Rauferei bei ihr im Wirtshaus. Einer ist mit einem zerbrochenen Bierkrug auf den Michl, ihren Mann, losgegangen. Da ist sie dazwischen, und eh sie sich's versah, hat ihr der Raufbold die Sehne von der rechten Hand durchschnitten. Gestorben ist sie nicht daran, der Bader hat sie wieder zusammengeflickt, aber die schwere Arbeit in der Schankstube, die kann sie nicht mehr erledigen. Ihr Mann macht jetzt zusammen mit einer Tante alles allein, aber auf die Dauer geht das nicht. Sie brauchen jemanden – jemanden wie dich. Und das Kind, das kannst du dort bestimmt behalten, die Barbara hat sich immer eins gewünscht.«

»Nach Schliers.« Annelie, die Lina auf dem Schoß hielt, sah sie erschrocken an. Dass Jennerwein oft in Schliers war, hatte er ihr erzählt. Sie wollte ihn nicht wiedersehen, und sie wollte nicht, dass er wusste, dass sie ein Kind von ihm hatte.

»Was ist?« Die Bernloherin runzelte die Stirn. »Ich hab gedacht, du freust dich, dass ich dir eine so gute Stellung weiß.«

Annelie seufzte. »Ich freu mich ja!« Sie versuchte zu lächeln und behauptete: »Es ist bloß, weil ich dort gar niemanden kenne.«

»Du wirst die Barbara mögen, und sie dich und dein Kind.« Die Bernloherin stand auf. »Und die Ziege, die du uns dagelassen hast, als du zum Leitmeier bist, die tauschen wir dir gegen eine andere um, die sich einspannen lässt, dazu geben wir dir ein Geschirr und ein Wagerl, dann brauchst nicht alles zu schleppen. Wenn du Geschirr und Wagerl einmal nicht mehr brauchst, dann kannst uns ja beides wieder zurückgeben.«

Annelie legte ihre Bündel in das kleine Gefährt, bettete das Kind drauf, deckte es zu und bedankte sich noch einmal.

»Du gehst nach Gmund, von dort nach Hausham und weiter nach Schliers«, erklärte die Bernloherin. Sie gab Annelie ein Bschoad, eine deftige Brotzeit, mit auf den Weg und wünschte ihr viel Glück.

Annelie schlug den Pfad zur Rottach ein. Bevor sie sich nach Norden wendete, um dem kleinen Fluss zu folgen, sah sie sich noch einmal nach der Bernloherin um, und sie blickte hinauf zur Lichtung, auf der sie ein Jahr lang ein zufriedenes, wenn auch bescheidenes Leben geführt hatte. Dann setzte sie entschlossen ihren Weg fort.

18. Kapitel

Nach drei Stunden hatte Annelie eine Pause eingelegt, war dann noch einmal drei Stunden gegangen, bis endlich, in einem Tal zu ihren Füßen zwischen grünen Bergen und nicht weit vom Seeufer entfernt, das kleine Dorf Schliers auftauchte. Das Wasser funkelte in der Abendsonne, eine Insel lag im See, und in der Ferne ragten die weißen, schneebestäubten Bergspitzen des Hochgebirges auf.

Als sie die ersten Häuser von Schliers erreichte, ging die Sonne bereits unter. Bei der Fischerliesel kam sie vorbei – das Gasthaus Zur Post. Gegenüber ein großes, recht schmuckloses Haus, das, wie sie später erfuhr, König Maximilian einst als Sommerresidenz erbauen ließ. Ein paar kleinere und größere Höfe, eine Kirche, von einer Mauer umgeben, auf der ein Bub saß und einen Apfel aß. Dahinter Gräber mit Kreuzen aus Holz oder aus Eisen geschmiedet. Die Namen der Verstorbenen waren kunstvoll auf Tafeln gemalt, manchmal auch Sprüche, und hier und da waren die Kreuze von Efeu oder Rosen umrankt. Auf der Straße liefen Gänse und Hühner, ein Mann mit einer Schubkarre kam ihr entgegen, ein Hund bellte Annelie an und kläffte noch hinter ihr her, als sie bereits vor dem Gasthaus »Zum Neuwirt« stand.

Eine Frau in Schlierseer Tracht, schlank und mit dunklem Haar, das Gesicht blass, ihr Mund ein wenig verkniffen, trat aus dem Haus. »Bist wohl unterwegs, suchst eine Unterkunft für die Nacht?«, fragte sie.

»Nein«, Annelie schüttelte den Kopf. Ihr Blick fiel auf die Hand der Frau. Vom Puls über den Daumenballen bis hin zum Zeigefinger verlief eine wulstige Narbe. »Ich such die Neuwirtin, die Nichte von der Bernloherin aus Kühzagl.«

Die Frau nickte. »Ja, die bin ich. Und wer bist du, und was willst du von mir?«

»Annelie heiß ich, bin die Tochter vom Gerstenrieder-Holzmüller auf dem Setzberg. Die Bernloherin schickt mich, sie sagt, du brauchst eine, die zuverlässig ist und dir zur Hand gehen kann. Die Bernloherin hat gemeint, dass du mit mir zufrieden wärst.«

Barbara Scharrer sah auf das schlafende Kind im Ziegenwägelchen. »Ist das deins?«

»Ja, das ist meins. Und ich will es auch nicht fortgeben.«

Barbara trat zur Seite und deutete auf die Tür. »Komm erst mal rein.«

»Kann ich die Ziege irgendwo anpflocken, damit sie ein wenig zu fressen hat?«

»Bring sie hinten in den Stall, dort kannst sie anbinden. In der Scheune findest Heu, gib ihr was davon.«

»Danke.« Annelie erinnerte sich daran, dass die Bernloherin erzählt hatte, dass ihre Nichte keine eigenen Kinder bekommen konnte, sich aber immer welche gewünscht hatte. »Magst die Lina so lange halten?«, fragte sie darum.

Ein Lächeln ging über Barbaras Gesicht. »Freilich, gib sie mir nur!«

Annelie hob Lina aus dem Wagen und küsste sie. Die Kleine brauchte ein bisschen, um wach zu werden, aber dann lachte sie und babbelte fröhlich.

Barbara streckte die Arme nach Lina aus, zog sie zärtlich an sich und ging mit ihr hinein.

Als Annelie die Wirtsstube betrat, saßen an einem langen Tisch ein paar Bauern zusammen, an einem kleineren ein Ehepaar – Städter, Reisende aus München vielleicht.

Die Wirtsstube war hell und freundlich eingerichtet. Links gab es vier Fenster, gegenüber der Tür zwei; bunte Vorhänge zierten sie, und in der Ecke hing ein Herrgottswinkel. An allen Wänden standen Bänke, davor Tische mit blankgewienerten Ahornplatten. Rechts, an der fensterlosen Wand, war über jeder Bank ein Rückenpolster angebracht. Eine Durchreiche führte von der Wirtsstube zur Küche, und in der Ecke daneben stand ein grüner Kachelofen mit einer Ofenbank davor.

Dort saß Barbara mit dem Kind im Arm. Lina weinte. »Vielleicht hat sie Hunger«, sagte Barbara und gab sie Annelie.

»Nein, sie fremdelt nur ein bisserl.«

Eine ältere Frau blickte im selben Moment aus der Durchreiche. »Musst helfen kommen, Barbara!«

Die Wirtin stand auf und ging in die Küche hinüber. Kurz darauf betrat ein blonder Mann das Gastzimmer. Wie es schien, war er der Wirt, denn er trug fünf Bierkrüge, die er vor den Bauern auf dem Tisch abstellte.

»Hast etwa ein neues Weiberleut, Michl?« Ein Junger mit einem Schnauzbart deutete mit einer Kopfbewegung zu Annelie, die mit dem Kind auf der Ofenbank saß. »Und g'schnackelt hat's auch gleich!«

Der Wirt antwortete im selben Ton: »Und wenn's so wär? Bist vielleicht neidisch?«

Die Männer lachten, und Michl trat zu Annelie. »Die Barbara hat mir grad von dir erzählt. Komm mit.« Er brachte sie in einen kleineren Nebenraum. Hier stand nur ein Tisch, ein Korb mit Flickzeug darauf, eine Pfeife lag daneben. An der Wand hing ein Bild der Mutter Gottes, auf einem Brettlholz lehnten Teller.

»Und dich hat die Bernloherin geschickt?«, begann er.

»Ja.« Annelie hutschte Lina, damit sie wieder einschlief. »Ich habe mich ein Jahr lang um die alte Haslingerin gekümmert, in ihrer Hütte auf der Kühzaglerlichtung, aber dann ist sie gestorben, und ich bin für drei Monate nach Sonnenmoos in Dienst gegangen. Dort hab ich eine totkranke Bäuerin auf ihre letzten Tage gepflegt und den Haushalt gemacht. Jetzt hat mich die Bernloherin zu euch geschickt. Sie sagt, dass ihr jemanden brauchen könnt, der fleißig ist, und weil sie meint, dass ich hier mein Kind behalten kann. Denn keinesfalls will ich es noch einmal weggeben«, fügte sie mit Bestimmtheit an, und wie zum Beweis drückte sie Lina fest an sich.

Michl Scharrer schwieg. Sein Blick ruhte lange auf Annelie, dann auf dem Kind. Gerade wollte er etwas antworten, als Barbara hereinkam.

Annelie wiederholte, was sie gerade zu Michl gesagt hatte.

»Ach, bei der Haslingerin warst du?« Barbara kannte Ursula und ihr Schicksal, sie war ja in Kühzagl aufgewachsen und nur fünf Jahre jünger als der Egon.

Das Paar tauschte Blicke, wobei die von Barbara wie ein stilles Flehen wirkten.

»Gut«, war Michl endlich einverstanden. »Vorerst kannst bleiben. Ein paar Tage. Dann sehen wir weiter. Hast schon einmal in einem Wirtshaus gearbeitet?«

»Nein«, gab Annelie zu. »Aber im Stall und im Haus kann ich alles!«

Er seufzte. »Die Barbara bringt dir bei, was du wissen musst.« Er verließ den Raum.

Als die Tür zu war, ging ein breites, warmes Lächeln in Barbaras Gesicht auf. »Aber fleißig musst sein!«, sagte sie. »Und auf dein Kind pass ich dir schon auf.«

Annelie lernte schnell. Bald war sie in der Gaststube so unentbehrlich wie in der Küche, wo Zenzi, Michls Tante, das Regiment führte; auch im Haushalt und selbst im Stall wurde sie manchmal gebraucht. Es war viel Arbeit, aber daran war Annelie gewöhnt, und diesmal hatte sie für sich und Lina sogar eine eigene Kammer.

Barbara, die zuvor blass und unglücklich wirkte, blühte auf und ebenso Michl, der sich die Schuld an Barbaras Schicksal gab und deshalb oft mürrisch und verschlossen gewesen war. Auch mit Zenzi kam Annelie gut zurecht, nur mit den Männern in der Wirtsstube hatte sie manchmal ihre Probleme. Wenn eine mit einem ledigen Kind in einem Wirtshaus bedient, dann ist sie Freiwild, schienen sie zu denken.

Einmal hatte ihr einer der Gäste nachts, als sie nach einer kalbenden Kuh schauen wollte, auf dem Weg zum Stall aufgelauert. Doch da hatte sie ihm, mehr aus Versehen als wissend, in seine Männlichkeit getreten, worauf er aufjaulte wie ein geschlagener Hund und von ihr ließ. Seither haftete ihr der Spitzname »die heilige Jungfrau« an, weil sie, so spröde, wie sie sich gab, ihr Kind wohl unbefleckt empfangen haben musste. Aber ihr war es egal, nun ließen sie sie wenigstens in Ruhe.

Wenn es sonst nichts zu tun gab, meist nach der Stall- und Hausarbeit am Vormittag, saß Annelie mit Lina und Barbara in dem kleinen Raum hinter der Küche, den sie »Privatstüberl« nannten, flickte oder strickte oder spielte mit Lina.

Manchmal erzählten sich die Frauen auch, was sie bewegte, waren wie Schwestern inzwischen, die sich Geheimnisse anvertrauten.

An so einem Vormittag, während sie das Kind schaukelte, das in einem Korb lag, der an vier langen Bändern an der Decke befestigt war, konnte Barbara sich einfach nicht länger zurückhalten: »Und wer ist ihr Vater?«, platzte sie heraus.

Es kam so überraschend, dass Annelie sich mit der Nadel stach. Sie schob ihren Finger in den Mund und sah Barbara erschrocken an. »Das sag ich nicht.«

Barbara blickte zu Boden. »Entschuldige. Das war dumm von mir, es geht mich nichts an.«

Annelie legte das Flickzeug zur Seite. »Du dürftest es schon wissen, aber ich will einfach nicht darüber reden.«

Barbara nickte. Sie nahm Lina aus dem Korb und drückte sie zärtlich an sich. »Bestimmt hat er dir sehr weh getan. Trotzdem ist es gut, dass ihr euch begegnet seid«, sie lächelte und strich Lina übers Haar, »denn um das Kind wäre es schade. Und vielleicht wird ja noch alles gut.«

»Du meinst mit dem Vater?«

Barbara blickte ihr in die Augen und nickte.

»Nein, das glaub ich nicht. Er weiß ja nicht einmal von dem Kind. Und wenn er es auch wüsste …« Annelie brach ab. Die Enttäuschung ließ ihr Gesicht hart werden. Mit einem Ruck nahm sie den Kittel, an dem sie gearbeitet hatte, wieder auf und flickte weiter.

Barbara setzte sich neben sie und nahm sie in die Arme. »Ich wünsch dir einen Mann, der gut zu dir ist. Einen wie den Michl. Du findest bestimmt noch einen!«

»Einen wie den Michl gibt's kein zweites Mal.« Aus Annelies Augen blitzte der Trotz. »Außerdem will ich auch gar keinen mehr. Zwei, die mich belogen und hintergangen haben, einer der umgekommen ist, das muss reichen! Von Liebe reden sie und schwören dir, und dann gehen sie zu einer anderen oder ertrinken drei Tage vor der Hochzeit, als wollten sie sich klammheimlich davonstehlen!« Heftig schüttelte sie den Kopf.

Nach einer Weile legte sie ihre Arbeit wieder nieder und erzählte Barbara von ihrem jähzornigen Vater, von Max, von Johannes und seinen Übergriffen. »Mit keinem von denen möchte ich verheiratet sein! Und die Kerle, die hierher ins Wirtshaus kommen? Die sind doch auch nicht besser. Der liebste Mann, den ich je kennengelernt hab, das ist mein depperter Bruder Lenz.« Sie senkte den Kopf vor Scham. »Und den hab *ich* verlassen. Ich weiß nicht, ob ich mir das je verzeihen kann.«

»Und Otto?«

Annelie zuckte die Schultern. »Ich hab ihn ja kaum gekannt, hätte ihn bloß wegen Lina geheiratet, damit ich sie wieder zu mir nehmen kann. Das hat er auch gewusst. So lange seine Mutter noch lebte, war er ein feiger Duckmäuser, danach hat er sich Mühe gegeben mit mir.«

Barbara strich ihr liebevoll die Wangen. »Hast bestimmt kein leichtes Leben gehabt und mit den Männern kein Glück. Aber verzweifeln darfst trotzdem nicht!«

»Ich verzweifle doch nicht. Ich hab ja jetzt euch, und ich hab meine Lina und eine gute Arbeit, da brauch ich keinen Mann.« Annelie griff nach Barbaras Hand, die mit der Narbe. Sie strich mit zwei Fingern darüber. »Jetzt bist du dran – erzähl mir, wie sich das zugetragen hat.«

»Da war einer im Wirtshaus, den wirst du nicht kennen. Ein berüchtigter Wilddieb, der Georg Jennerwein.«

Annelie erstarrte. Sie zuckte von Barbaras Hand weg, als hätte sie sich verbrannt.

»Der hat mit der Zither gespielt und gesungen und mit einem Dirndl gebusselt. Dann ist der Anderl dazugekommen, das ist einer von den Holzknechten, die beim Forst angestellt sind, und der hat es auf den Jennerwein abgesehen gehabt. Erzfeinde sind sie seit Jahren, der eine so stur und rechthaberisch wie der andere. Bloß glaubt halt der Anderl, weil er für den Förster arbeitet, steht er auf der

Seite vom Gesetz und kann sich was rausnehmen. Der Jennerwein wiederum stichelt und reizt ihn oft bis aufs Blut, macht sich lustig über ihn, und dann sieht der Anderl rot. Ein Wort gibt das andere, und schon fliegen die Stühle. Das war nicht die erste Schlägerei von den beiden. Der Anderl hat den Jennerwein am Krawattl gepackt und über den Tisch gezogen. Als der wieder auf den Beinen war, hat er dem Anderl eine reingehauen, dass der einen Zahn ausgespuckt hat. Dann hielt der Anderl plötzlich einen Krug in der Hand. Der Michl ahnte schon, was kommen würde: Der haut den Krug zusammen, und dann fließt Blut! Also wollte er eingreifen und ihn zum Abkühlen an die frische Luft setzen. Aber da war der Krug auch schon zerschlagen und der Wahnsinnige hat sich sich auf den Michl gestürzt. Ich hab den scharfkantigen Scherben in seiner Hand gesehen, ganz nah am Hals vom Michl, da hab ich geschrien und wollte dem Anderl seine Hand packen und wegziehen, aber im selben Moment hat er sich umgedreht und mich dabei mit dem Scherben erwischt.«

Beide sahen sie auf die Narbe an Barbaras rechtem Handgelenk.

»Und jetzt kann ich halt nichts mehr machen mit der Hand, die Finger sind steif. Und das in einem Wirtshaus! Andererseits hab ich Glück, dass ich noch leb. Das hätte Wundbrand geben können, und verbluten hätt ich können. Aber zum Glück war gerade ein Bader aus Miesbach bei der Fischerliesl zu Gast, ein wirklich guter, der hat mich wieder zusammengeflickt.«

Noch immer starrte Annelie auf die Wunde. Sie wollte Barbara nicht in die Augen sehen. Wie furchtbar, dass ausgerechnet Jennerwein mit an ihrem Unglück schuldig war!

»Und den Anderl, hat man den bestraft dafür?«

Barbara schüttelte den Kopf. »Es war ja keine Absicht, das haben ihm alle bestätigt, und auch dass ihn der Jennerwein bis aufs Blut gereizt hat. Eine Verwarnung hat er bekommen. Und der Michl hat allen beiden Hausverbot erteilt.«

»Sie dürfen nimmer zu euch in die Wirtsstube?«

Barbara nickte, und Annelie atmete erleichtert auf.

19. Kapitel

Der Neuwirt hatte heute geschlossen, denn es war St. Leonhardi, und Jung und Alt fuhr oder ritt mit prächtig geschmückten Tieren von Schliers zur St. Leonhardskirche nach Fischhausen, um sie dort segnen zu lassen und den Tag festlich zu begehen. Es war ein großes Ereignis, das sich keiner entgehen lassen wollte.

Weil Barbara und Michl nach der Segnung Verwandte aus Neuhaus treffen und bis zum Abend bleiben wollten, hatte sich Annelie mit Lina im Ziegenwagerl alleine auf den Weg gemacht. Sie hatte Minna, ihrer Ziege, Blumen zwischen die Hörner gebunden, und der alte Felix, ein Witwer, dem Annelie hin und wieder einen Kittel flickte, hatte ihr das Wagerl mit Heiligenbildern bunt bemalt. So umrundete sie im Kreise der stolzen Reiter und Gespanne dreimal die Kirche und ließ sich und ihr Gefährt von Hochwürden mit Weihwasser besprenkeln. Darauf folgte das Rossamt, und schließlich sang man für den heiligen Leonhard ein Lied.

Heiliger Leonhard, der du den Weizen gebaut,
Da dir unser lieber Herrgott selber zuagschaut ...

Es war ein erhebendes Gefühl, dabei zu sein! Die vornehmen »Leonhardstruhen« – Leiterwagen, die für den Festtag mit reich bemalten Holzbrettern verkleidet, dazu mit Laubbögen und Girlanden verziert waren – wurden teils vierspännig gezogen. Auch die Reiter hatten ihre Pferde geschmückt, hatten rote Bänder und bunte Blumen in die Mähnen gebunden. An der Mauer vor der Kirche hatten sich neben dem Pfarrer und seinen Messdienern die

Fahnenträger und Honoratioren aufgestellt. Die Männer zogen, während sie an ihnen vorbeidefilierten, demütig ihre Hüte, die Mädchen in ihren farbenprächtigen Gewändern hatten vor Aufregung ganz rote Wangen. Dazu wieherten die Pferde und läuteten die Glocken der Kirche, dass es vom Wendelstein, vom Jägerkamp und der Brecherspitze echote.

Nie zuvor hatte Annelie an einer Leonhardifahrt teilgenommen oder auch nur zugesehen. Zuerst war die Mutter zu krank gewesen, und als sie tot war, hatte sie sich zu Hause um das Vieh und um Lenz kümmern müssen, während der Vater mit seinen Söhnen nach Kreuth gegangen war.

Nach dem Gottesdienst schlenderte Annelie über den Ross- und Jahrmarkt, der beim Neuhauswirt aufgeschlagen war. Sie kaufte für Lina ein Windrad, das befestigte sie am Wagen. Wenn die Kleine mit ihrem Händchen dagegenstupste und es sich drehte, dann lachte sie, und Annelie musste ebenfalls lachen.

Für sich kaufte sie einen Stoff, aus dem sie eine Schürze nähen würde. Das hatte ihr Barbara beigebracht, und wenn sie noch ein wenig übte, dann konnte sie vielleicht bald auch einen Rock nähen.

Vor der Bühne, die beim Neuhauswirt aufgebaut war, blieb sie stehen und sah den Paaren beim Tanzen zu. Die Musikanten spielten einen Ländler, eine Polka, einen Walzer, und sie dachte an Jennerwein, der ihr auf der Lichtung vor dem Kobel die Schritte beigebracht hatte. Wie glücklich sie damals gewesen war! Gelacht hatten sie und sich danach geliebt, und irgendwie hatte sie geglaubt, dass es immer so bleiben würde. Aber das Glück war ein verhexter Ort, den man, wie es schien, immer nur mit einem Fuß betreten konnte.

Annelie hätte nicht an Jennerwein denken sollen. Plötzlich legte sich ein Schatten über ihr Herz, ein ungutes Gefühl. Er war ja vielleicht hier! Er würde feiern, tanzen und trinken wie alle anderen auch. Aber sie wollte ihn nicht sehen, und sie wollte vor allem nicht, dass er sie mit ihrem Kind sah.

An den Bänken und Tischen vorm Neuhauswirt saßen Barbara und Michl mit ihren Verwandten und tranken Bier. Annelie rief ihnen von Weitem zu, dass sie nach Hause gehen würde. Barbara machte ein enttäuschtes Gesicht, doch dann winkte sie einen Gruß zurück und sah Annelie noch nach, bis sie im Getümmel der vielen Leute verschwunden war.

Nach etwa einer Viertelstunde erreichte sie einen Pfad, der rechts in den Wald und weiter zur düster anmutenden Ruine der Burg Hohenwaldeck auf den Rohnberg führte. Annelie beschloss, ein Stück hinaufzugehen, um von oben die Aussicht über den See zu genießen.

Bergauf musste sich die Ziege mächtig ins Zeug legen, um das Wagerl mit dem Kind zu ziehen. Der Weg über Stock und Stein war holprig, der Wagen sprang, dass es rumpelte, und Lina lachte vor Vergnügen.

Sie war inzwischen acht Monate alt.

Bald teilte sich der Weg. Geradeaus wurde er steiler, zu steil für den Wagen, links führte er wieder aus dem Wald auf eine Wiese. Sie ging links, spannte am Waldrand die Ziege aus, band sie an und nahm Lina auf den Arm.

Von hier hatte sie einen weiten Blick über das Tal. Der Schliersee, der sich im Sonnenlicht spiegelte, lag ihr zu Füßen. In seiner Mitte die Insel Wörth, rechts am Ende des Sees die Höfe von Schliers und gegenüber die bewaldeten Hänge des Brustkogels.

Es war ein wunderbarer Herbsttag. Die Nebelschwaden, die am Morgen noch über dem See und zwischen den

Tälern gehangen waren, hatten sich verzogen, nun war der Himmel in ein sattes Blau getaucht. Das Laub der Bäume in den Gärten schillerte in allen erdenklichen Gelb- und Rottönen, aufgebrochene Erdschollen glänzten schwarzbraun. Es roch nach faulendem Obst und Dung, und von drunten, von der Straße her, hörte man das Pferdegetrappel der Heimwärtsziehenden, das Rufen und das Jodeln junger Burschen, die sich vor den Mädchen wichtig machen wollten. Und über alldem, in windiger Höhe, kreisten drei Bussarde und ließen ihre schrillen Pfiffe hören.

Annelie breitete eine Decke aus, um sich mit ihrem Kind zu setzen. Die Kleine spielte mit dem Ball, den Annelie aus bunten Sofffetzen für sie genäht hatte. Sie griff danach, führte ihn zum Mund und biss hinein. Zwei Zähne hatte sie bereits, ein dritter machte sich bemerkbar.

Lina warf den Ball fort, Annelie fasste danach und hielt ihn ihr wieder hin. Dieses Spiel wiederholten sie, bis plötzlich ein Schatten über das Kind fiel.

Annelie fuhr herum. Ihr Herz machte einen Satz, so sehr erschrak sie, als sie Jennerwein hinter sich sah, nur zwei oder drei Schritte entfernt. Er stand da in seiner kurzen Lederhose, der grauen Joppe, einen Rucksack auf dem Rücken, den Hut mit dem Spielhahnstoß leicht in den Nacken geschoben, und starrte das Kind an.

»Ist das mein Kind?«, fragte er ohne Grüß Gott, ohne ein einleitendes Wort.

Annelie sprang auf, packte Lina und presste sie an sich, als hätte sie Angst, Jennerwein könnte sie ihr wegnehmen. »Mein Kind ist es«, fauchte sie ihn an, »und sonst von keinem!«

Jennerwein zog den Hut ab, strich sich mit der freien Hand durchs Haar und setzte sich neben die Decke. Als

Annelie stehen blieb, griff er nach ihrem Rock und zog dran. »Jetzt setz dich halt wieder hin!«

»Wozu?«

»Zum Reden.«

»Wir haben bis jetzt nicht geredet, dann brauchen wir auch in Zukunft nicht zu reden.«

Lange und still sah er sie an. Seine Augen glänzten, so wie sie immer geglänzt hatten. Ein Funkeln, ein Sprühen, ein Lachen war in ihnen, dass Annelie sich plötzlich wie ein dummes Mädel fühlte, wie ein eifersüchtiges Trutscherl, das kleinlich und nachtragend war.

Verschämt und ärgerlich zugleich setzte sie sich, behielt Lina aber fest im Arm.

»Was tust denn hier heroben?«, fuhr sie ihn an. »Alle sind drunten beim Neuhauswirt und feiern, und im Feiern, da bist du doch groß!«

»Da war ich ja auch. Dann hab ich dich gesehen, dich und das Kind, und bin dir nach.«

Lina wandte sich Jennerwein zu. Sie betrachtete ihn neugierig, lachte plötzlich und streckte ihm eine Hand entgegen, so als wollte sie zu ihm hin. Er fasste auch gleich nach ihr, um sie auf seinen Arm zu nehmen.

Annelies Herz wurde dabei ganz eng. Sie wollte nicht, dass Lina Jennerwein mochte. Sie wollte nicht, dass er sie anfasste und fröhlich mit ihr war. Er hatte kein Recht dazu, nachdem er sie, Annelie, verlassen, gedemütigt und gekränkt hatte.

»Jetzt gib mir das Kind halt schon!« Jennerwein zog an Lina, und Annelie ließ sie widerstrebend los.

»Bist ein Dirndl?« Er hob sie hoch und schüttelte sie, bis sie lachte. »Und ein hübsches auch noch dazu! Die Augen und die Nase hast von mir, den Mund und die dunklen Locken von deiner Mutter.«

»Hör auf!«, schrie Annelie ihn an. Sie riss ihm Lina wieder weg. Die Kleine erschrak vor so viel Heftigkeit und fing zu weinen an. Tröstend drückte Annelie sie an sich, hutschte und küsste sie.

»Im Juni, da wollt ich dich besuchen«, sagte Jennerwein. »Aber die Hütte war verschwunden, das Abbruchholz aufgeschichtet, ein Haufen Findlinge daneben, so als wollt einer neu bauen.«

»Die Ursula ist im März gestorben, ihr Sohn hat die Hütte abgerissen.« Abrupt sah Annelie Jennerwein an. »Hättest dich wohl wieder heimlich davongestohlen, was? Aus Angst, dass du mir in die Augen schauen müsstest!«

»Ich hab mich nie davongestohlen. Ich hab bloß keine Zeit gehabt zu bleiben.«

»Ha!« Annelie lachte auf. »Keine Zeit gehabt!«

»Nachts hab ich mich auf den Weg gemacht«, sagte er unbeirrt. »In der Morgendämmerung bin ich im Anstand gelegen und hab aufs Wild gewartet. Hab geschossen und hab es zu euch gebracht und geschaut, dass ich fortkomm. Oder hätte ich mich etwa erwischen lassen sollen mit dem Wild?«

»Du hättest ja auch einmal nur so kommen können. Einfach nach mir schauen. Dann hättest auch gesehen, dass ich schwanger bin. Aber du brauchst ja deine Freiheit!«

»Ich hab dir immer gesagt, dass ich nicht zum Heiraten tauge«, antwortete er ganz ruhig.

»Ja. Das hast du immer gesagt. Aber dann lass mich jetzt auch in Ruh. Hast ja genug andere, brauchst mich nicht.« Sie stand auf, legte die Decke in den Wagen, Lina darauf und band die Ziege los.

Jennerwein trat hinter sie. »Und wo bist jetzt? Wo kann ich dich finden?«

»Gar nicht.« Annelie legte Minna das Geschirr um, schnallte es fest und nahm den Strick. Ohne ein weiteres Wort ging sie über die Wiese Richtung Tal.

Nach einer Weile konnte sie es doch nicht lassen, sich umzudrehen und den Hang hinaufzublicken, ob Jennerwein noch dort stand oder ihr gar nachkam. Doch er war verschwunden. Spurlos wie immer, so als hätte ihn der Wind verweht.

In dieser Nacht träumte Annelie wieder vom Wolf. Still saß er da und blickte sie an. Hinter ihm ein Nebelschleier. Auf einmal erhob er sich, drehte sich um und verschwand im Dunkel des Waldes. Es schien ihr, als wäre er angeschossen.

Beim Aufwachen wischte sie sich über die Stirn, so als könnte sie damit das Bild aus ihrer Erinnerung vertreiben. Sie blickte in den Stubenwagen, in dem Lina lag, atmete erleichtert auf, als sie sah, wie zufrieden sie schlief.

Es war noch früh, vielleicht fünf Uhr morgens. Von der Straße hörte Annelie Geräusche. Sie ging zum Fenster, sah hinunter. Es war der Knecht vom Rothmesner. Betrunken kehrte er aus Fischhausen zurück. Das Licht der Laterne, die er vor sich hertrug, tanzte über die Wand der Friedhofsmauer. Bei der Kirche verglühte es im Dunkeln.

20. Kapitel

Besorgt sah Barbara Annelie an. »Es ist etwas mit dir, das spüre ich.« Sie saß mit Lina auf den Knien am Kachelofen in der Wirtsstube und sah zu, wie Annelie die Tische scheuerte.

»Was soll schon sein«, antwortete Annelie, ohne von ihrer Arbeit aufzusehen.

»Seit einer Woche, seit der Leonhardifahrt, schaust mir nicht mehr in die Augen!«

Annelie unterbrach ihre Arbeit, als wolle sie etwas sagen, scheuerte dann aber wortlos weiter.

»Bist bös auf mich? Hab ich dir etwas getan?«

Annelie warf die Bürste hin und sah Barbara entsetzt an. »Aber nein! Warum sollte ich böse sein auf dich?« Sie ging zu ihr, küsste Lina und setzte sich neben die beiden. Ihre Hände, rot und zerschunden von der Arbeit, lagen in ihrem Schoß. »Ich kann nicht darüber reden.«

»Warum hast du vor der Wahrheit mehr Angst als vor der Lüge?«

»Lüge? Aber ich lüge doch nicht, wenn ich schweige!«

»Doch. Eines Tages wirst du erfahren, dass es besser gewesen wäre zu reden. Erst die Wahrheit, wie schlimm sie auch sein mag, macht uns frei.«

»Aber es gibt Dinge, die gehen niemanden etwas an.«

Barbara sah ihr in die Augen. »Geht es mich nichts an, wenn du so bedrückt bist? Wenn dich etwas so quält, dass du mich nicht mehr anschauen magst? Geht es dein Kind nichts an, wer sein Vater ist? Du hast ihn wiedergesehen, nicht wahr?«

Abrupt stand Annelie auf und scheuerte weiter. Eine Antwort blieb sie schuldig.

Doch das Gespräch ließ sie nicht mehr los.

Konnte Schweigen wirklich Lüge sein?

Gehörten ihre Gedanken nicht ihr, ihr ganz alleine? Und brachte nicht manchmal erst die Wahrheit das Unglück über die Menschen?

Es war Samstag. Wie immer ging Annelie am Abend in den Stall, um die Ziege zu melken. Die Holzknechte würden gleich aus den Bergen kommen, um zu trinken, zu musizieren und Karten zu spielen. Sie würden Fingerhakeln und Wetten abschließen, und vielleicht würden sie auch wieder raufen, wenn sie sich wegen der Mädchen in die Haare kriegten. Deshalb beeilte sie sich, holte Minna aus dem Garten, wo sie angepflockt war, führte sie auf die Melkrampe in den Stall, gab ihr etwas Heu, damit sie stillhielt, und fing mit ihrer Arbeit an.

Der Topf war halb voll, als sie plötzlich ein Geräusch an der Tür hörte. Sie sah sich um und wurde blass.

»Hast geglaubt, ich find dich nicht?« Jennerwein kam zu ihr, sah ihr in die Augen. »War nicht schwer, hab bloß ein wenig herumgefragt.«

Annelie melkte weiter, aber ihr Griff war wohl zu hart, denn die Ziege trat nach ihrer Hand.

Jennerwein ging neben ihr in die Hocke und strich Annelie durchs Haar. »Sei mir halt nimmer bös! Schau, im Winter, da müssen wir die Stämme ins Tal bringen, die wir gefällt haben. Außerdem ist der Seppi beim Triften umgekommen und wir waren bloß noch zu dritt. Da kann ich nicht einfach weg. Und bei so viel Schnee wär es auch gar nicht möglich gewesen, an einem Tag vom Valepp bis zu euch zu gehen und am nächsten gleich wieder zurück.« Er beugte sich vor und drückte ihr einen Kuss auf den Mund.

»Und wie es dann gegangen ist, bin ich ja auch gleich los, aber da war die Hütte abgerissen, und ich hab nicht gewusst, was passiert ist und wo du bist.«

»Das sagst jetzt bloß, weil du dich bei mir einschmeicheln willst.« Annelie wollte ihn wegstoßen, aber er hielt ihre Hände fest. »Ich weiß nicht, was du von mir willst!«, fuhr sie ihn an. »Heiraten magst mich ja nicht, und dein Gspusi werd ich nimmer sein.«

Um seinen Mund spielte ein Lächeln. Er zog sie an sich und drückte ihr noch einen Kuss auf den Mund. Im nächsten Moment wurde er hochgerissen und gegen die Stallwand geschleudert. Michl stand vor ihm, hielt ihn mit beiden Händen an der Joppe fest, und starrte ihn hasserfüllt an. »Hast nicht Hausverbot bei uns?« Er presste ihn gegen die Wand. »Glaubst wohl, das gilt für den Stall nicht?«

»Lass mich los, Scharrer!«, brüllte Jennerwein. »Mich packt keiner am Kragen, du auch nicht!«

»Lass ihn los, Michl«, flehte Annelie – nicht um Jennerweins Willen, sondern seinethalben.

Er ließ nicht los, im Gegenteil. In blinder Wut schlug er Jennerweins Kopf gegen die Wand. Das ließ der sich nicht gefallen. Mit einem Aufschrei und ganzer Kraft stemmte er sich Michl entgegen. Sie taumelten über die Stallgasse und landeten bei den Kühen, die in Panik gerieten und nach den beiden traten. Ein Tritt ging direkt in Michls Seite, er schrie auf und ließ Jennerwein los. Vor Schmerz gekrümmt blieb er liegen.

Annelie ging neben Michl in die Knie. Er stöhnte, er japste nach Atem.

»Geh weg!«, schrie sie Jennerwein an. »Verschwind!« Sie sprang wieder auf, stieß ihn zur Seite. »Verschwind endlich aus meinem Leben!« Damit rannte sie ins Haus, um Hilfe zu holen.

Als sie mit Barbara und zwei Männern zurückkam, war Jennerwein nicht mehr da. Michl lehnte käsweiß und schwer atmend an der Wand und hielt sich die Seite. Die Männer brachten ihn hinein. Bevor Barbara ihnen folgte, sah sie Annelie aus schmalen Augen an. Es war ein Blick voller Wut und Enttäuschung.

Der Bader sagte, Michl hätte sich zwei Rippen gebrochen. Dazu kam ein riesiger Bluterguss. Das konnte dauern. Sechs Wochen, meinte der Bader, vielleicht auch länger.

»Wenn wir dich nicht grad jetzt so dringend brauchen täten, ich würd dich aus dem Haus werfen!«, schrie Michl Annelie an. »Ausgerechnet mit dem machst du rum! Der Haderlump, der elende! Geh mir aus den Augen, du ...« Er brach ab, bevor er sagte, was ihm auf den Lippen lag.

Annelies Wangen waren bleich, sie zitterte am ganzen Leib. Sie wusste nicht, wie sie sich erklären sollte, deshalb verließ sie die Stube ohne ein Widerwort.

Weder Zenzi noch Barbara sprachen mit ihr, es sei denn das Nötigste, was zur Arbeit wichtig war. So ging das nun schon eine Woche lang.

Abends saß Annelie mit Lina in ihrer Kammer und weinte. Warum verlor sie alle, die sie lieb hatte? Es war wie ein Fluch! Während sie das dachte, presste sie ihr Kind an sich. Von allen das Liebste war ihr Lina. Der Gedanke, sie könnte auch die Kleine einmal verlieren oder müsste sie wieder weggeben, weil man sie hier nicht länger anstellen wollte, versetzte sie in Panik. So laut war ihr Schluchzen, dass sie nicht hörte, wie die Tür aufging. Erst als Barbara ihr eine Hand auf die Schulter legte, merkte sie, dass sie nicht mehr alleine war.

»Hast mir was zu sagen?« Barbara sah ihr in die von Tränen verschleierten Augen.

Annelie schnäuzte sich. Sie schüttelte den Kopf, aber dann brach es doch aus ihr heraus. »Er ist der Vater! Jetzt weißt du's! Der, der an deinem Unglück schuld ist, hat die Lina gezeugt. Aber dass er hier hergekommen ist, dafür kann ich nichts, ich hab ihn nicht darum gebeten. Ganz im Gegenteil. Ich hab ihm gesagt, er soll mich in Ruh lassen.«

»Aber der Michl hat gesehen, dass ihr euch im Stall geküsst habt.«

Eine neue Tränenflut brach aus Annelie heraus. »Nicht immer sind die Dinge so, wie sie aussehen. Er wollt' mich küssen, und ich hab ihm gesagt, er soll mich in Ruh lassen. Aber warum erzähl ich dir das, wo du mir doch nicht glauben magst!«

»Ich weiß nicht, was ich glauben soll.«

Barbara ging.

Am nächsten Tag zum Mittagsläuten, Annelie war gerade im Stall, rief Barbara nach ihr. Sie stellte die Mistgabel zur Seite und ging ins Haus.

Barbara wartete mit Lina auf dem Arm im Flur und deutete mit einer Kopfbewegung auf die Tür zur Wirtsstube. »Da ist einer für dich.«

»Für mich?«

»Er sagt, er muss dich dringend sprechen.«

Annelie wusch sich die Hände in einem Eimer, der dafür im Fletz bereitstand, trocknete sie an einem Lappen ab und schaute nach, wer da war.

»Ja, Martin! Du?« Sie riss die Augen auf. »Wie kommst du denn hier her?«

Er zog den Hut, sah sie nur schweigend an.

»Komm, setz dich.« Annelie deutete auf einen Stuhl. »Magst was trinken? Magst eine Brotzeit? Bestimmt warst lang unterwegs! Und das bei der Kälte!«

»Wenn du einen Becher warme Milch für mich hättest.«

Annelie ging in die Küche. »Es ist der Martin, der Sohn vom Ebner-Schreiner aus Oberach«, beantwortete sie Barbaras stumme Frage. »Ich hab dir von ihm erzählt. Ich weiß nicht, was er hier will. Einen Becher Milch möcht ich ihm anbieten. Darf ich?«

»Ja freilich.« Zum ersten Mal seit dem Vorfall mit Jennerwein klang Barbaras Stimme etwas freundlicher. »Soll ich in der Nähe bleiben? Falls du Hilfe brauchst?«

Annelie schüttelte den Kopf. »Der Martin tut mir nichts. Aber dass er hier ist ...«, wunderte sie sich.

Als sie die Wirtsstube wieder betrat, hatte er seinen Hut abgelegt und sich gesetzt. Ernst sah er ihr entgegen. »Geht's dir gut?«

Annelie nickte. »Es geht schon. Besser als in der Mühle allemal.«

Plötzlich griff er nach Annelies Hand und neigte sich vor, um ihr in die Augen zu sehen. Sie wollte sie ihm entziehen, doch er hielt sie fest. »Hör mir zu, Annelie. Seit du weg bist von der Mühle, suche ich nach dir. Die Füße hab ich mir wundgelaufen, den Mund habe ich mir fransig geredet. Gefragt habe ich alle und jeden. Einmal hab ich die Schönhuberin getroffen, die Frau von unserem Schullehrer, und sie hat mir gesagt, du bist in Gmund. Sofort bin ich hingefahren, aber auch dort hat dich niemand gekannt. Dann hab ich gedacht, du bist an Leonhardi vielleicht in Kreuth, hab gehofft, dich auf dem Jahrmarkt zu finden. Du warst nicht da, aber die Mirl hab ich getroffen, die Magd vom Neureuther in Kühzagl, die stammt ja aus Oberach. Und die hat mir dann erzählt, dass du ein Jahr auf der Kühzaglerlichtung gewohnt hast, danach beim

Leitmeier in Dienst warst, und dann nach Schliers gegangen bist. Ja, und jetzt bin ich hier.«

Schweigend und mit einem Herz voller Zorn hatte sie ihm zugehört. »Und wozu das alles?«, platzte sie heraus. »Und was sagt die Burgl dazu, dass du mir bis Schliers nachläufst?«

Wieder wollte sie ihm ihre Hand entziehen, aber er gab sie nicht frei.

»Annelie – kennst du den Spruch: Liebe vertraut? Du hast mir nicht vertraut und bist blind in dein Unglück gerannt, bloß weil dir der Johannes eine gemeine Lüge über mich erzählt hat. Also hast mich auch nicht geliebt. Oder doch? Hat deine Liebe zu mir nur nicht gereicht?«

»Eine Lüge? Ja, aber ...«

»Es war der Aigner-Martin, der die Burgl vom Aschenriederhof geheiratet hat, nicht ich!«

Annelie schüttelte den Kopf. Sie wollte nicht glauben, was sie da hörte. »Der Julius hat es doch bestätigt, und der würd mich niemals anlügen!«

»Erinnerst dich, was er genau gesagt hat? Er hat es mir nämlich später erzählt.«

»Wie er mit dem Vater aus dem Haus gekommen ist, da hat der Johannes ihm zugerufen: Gell, Hartmann, der Martin ...« Annelie brach ab. Sie schlug die Hände vors Gesicht und gab einen Laut von sich wie ein geprügelter Hund. »Der Martin heiratet die Burgl vom Aschenriederhof«, flüsterte sie.

Martin nickte. »Und das hat ja auch gestimmt. Bloß eben ein anderer Martin, nicht ich. Du kannst mir glauben«, sagte er bitter, »im ersten Moment, als ich gehört hab, dass du mit diesem Wilddieb durchgebrannt bist, da habe ich dich verflucht! Aber dann ... je länger ich über dich und dein Schicksal nachgedacht hab, desto mehr hab ich dich für deinen Mut bewundert. Und ich hab mir Sorgen um dich gemacht, große Sorgen.«

Annelie richtete sich auf. Sie sah Martin verzweifelt an. »Und Lenz?«, fragte sie. »Was ist mit ihm?«

»Er ist herumgelaufen und hat dich gesucht. Gebrüllt hat er wie ein Stier, hat deinen Namen geschrien, immer wieder: Annele, Annele, Annele. Dann haben sie ihn nicht mehr gefunden. Tagelang war er verschollen, bis die Jäger ihn auf dem Plankenstein gesehen und eingefangen haben wie ein wildes Tier. Gefesselt haben sie ihn zurückgeführt zur Mühle, und dort ist er in seine Schlafkammer eingesperrt worden. Er war renitent, hat die Möbel zerschlagen, und einmal hat er den Max halb totgeprügelt, als er ihm sein Essen gebracht hat. Doch irgendwann hat er sich dreingegeben. Er lebt in seiner Kammer wie in einem Gefängnis. Er wollte auch nicht mehr heraus, sie haben die Tür offen stehen lassen, aber er hat sich nicht vom Fleck gerührt. Einmal hab ich mich heimlich ins Haus und zu ihm hinaufgeschlichen. Was ich gesehen hab, war ein Bild des Jammers. Völlig verwahrlost und abgemagert ist er auf dem Bett gelegen, und wie ich ihn angesprochen hab, hat er nur gesagt: Annele.«

»Um Gottes Willen!« Das Entsetzen stand in Annelies Augen, ihre Schultern wurden vom Schluchzen geschüttelt. »Was hab ich nur angerichtet!«

Martin zog ein Sacktuch aus der Tasche und gab es ihr, damit sie sich die Tränen abwischen konnte.

»Dass dein Vater tot ist«, fuhr er mit seinem Bericht fort, »das weißt du ja sicher schon. Aber jetzt haben sie auch den Max begraben müssen! Vor drei Wochen ist er bei einer Schlägerei umgekommen. Ein Raufbold ist aus ihm geworden und nicht mehr zu bändigen war er, und daran hat der Johannes viel Schuld gehabt. Er hat ihn aufgestachelt und gegen jeden gehetzt – als ob er's drauf angelegt hätte, dass er bei einer Rauferei mal draufgeht.«

Fassungslos sah Annelie Martin an. »Der Max – tot? Ja, um Himmels Willen! Und was ist dann mit der Mühle? Und mit Lenz?«

»Nachdem du weg warst, haben sie sich eine aus Egern als Magd heraufgeholt. Rieder-Emma heißt sie, bestimmt kennst du sie. Solange dein Vater noch gelebt hat, hat sie sich Mühe gegeben und sich leidlich auch um den Lenz gekümmert. Wenigstens Essen und Trinken hat sie ihm gebracht. Aber jetzt, wo sie freie Hand haben ... Der Johannes und sie sitzen dort droben wie die Schmeißfliegen auf einem fetten Braten und sehen sich schon als die neuen Besitzer der Mühle! Emmas Bruder, den Toni, haben sie als Holzarbeiter eingestellt, und bald kommt auch noch ihr anderer Bruder.« Martin fasste sie an den Schultern und sah sie beschwörend an. »Annelie, du musst dein Erbe antreten und dich um den Lenz kümmern. Der Julius hat herausgefunden, dass der Johannes die Vormundschaft für den Lenz beantragt hat, und es kann sogar sein, dass er sie bekommt. Er ist ein falscher Hund! Beim Pfarrer und beim Ortsvorsteher tut er wie ein Heiliger. Geradezu aufopfernd gibt er sich. Und weißt, die Obrigkeit ist froh, wenn sie sich nicht weiter um den Lenz kümmern muss. Keiner geht gern alle paar Wochen zur Mühle hinauf, um nach einem Depperten zu schauen.«

»Ich zurück in die Mühle?« Langsam und entschlossen schüttelte sie den Kopf. »Niemals! Der Johannes, der bringt mich doch um, der schafft mich aus dem Weg, dann kriegt er endlich was er will!«

»Um dein Erbe anzutreten reicht es, wenn du dich beim Notar meldest. Du kannst die Mühle dann ja verkaufen.

Ich weiß sogar einen, der sie haben will. Aber zuerst musst du dein Erbe antreten und den Lenz dort herausholen.«

»Den Lenz holen, ja, das muss ich.« Lange saß Annelie da und starrte auf ihre Hände. Tausenderlei Dinge gingen ihr durch den Kopf. »Wirst du mir helfen?«, fragte sie schließlich.

»Ja.« Martin nickte, griff nach ihrer Hand, führte sie an seine Wange und schloss die Augen.

»Und du?«, fragte Annelie. »Was ist aus dir geworden?«

Er wollte es nicht sagen, aber sie ließ nicht locker. Schließlich gestand er: »Ich habe mich mit meinen Eltern entzweit.«

»Meinetwegen am Ende?«

Er zuckte die Schultern. »Das denken sie. Aber so ist das nicht. Ich habe etwas von dir gelernt. Es gibt einen Moment, da muss man sich entscheiden. Vielleicht tut man dabei das Falsche, aber selbst das Falsche tun ist besser, als nichts tun. Ich bin auch fort von zu Hause, bin mal hier, mal da in Stellung gegangen, wo eben Not am Mann war. Da bin ich weit herumgekommen, war in Tölz und in Miesbach und sogar hinten am Spitzingsee. So hab ich ganz gut leben können. Die Schreinerei haben meine Eltern auf Leibrente an einen Vetter von mir übergeben, er und seine Frau kümmern sich jetzt um sie.«

»Das tut mir leid.«

»Es muss dir nicht leid tun, es war meine Entscheidung, und ich bereue nichts.« Er zog sie an sich. »Annelie, ich hab nie aufgehört, dich zu lieben. Wir wollten einmal heiraten. Warum tun wir es dann nicht?«

Sie entzog sich ihm und stand auf. »Ich ...« Sie suchte nach Worten. »Ich bin nicht mehr die, die ich einmal war.«

Martin schlug die Augen nieder. »Du meinst seinetwegen?«

Sie nickte.

»Liebst du ihn denn?«

»Nein.« Sie schüttelte den Kopf. »Das ist lang vorbei. Aber ...« Sie brach ab, wendete sich um und verließ die Wirtsstube.

Wenig später kehrte sie mit Lina auf dem Arm zurück. »Das ist meine Tochter.« Fest sah sie Martin an. »Sie heißt Lina, und sie ist das Liebste, das ich hab.«

Annelie richtete Martin ein Gastzimmer her, und endlich erzählte sie Barbara und Michl ihre Geschichte. Zu Beginn fiel es ihr noch schwer, über Jennerwein und die Zeit auf dem Stolzenberg zu reden, doch schließlich überwand sie Angst und Scham und erklärte alles, bis hin zu ihrem Wiedersehen an Leonhardi.

»Du hättest uns das sagen müssen«, zeigte sich Michl unversöhnlich. »Ausgerechnet der!«

»Ja, das hätte ich tun müssen.« Annelie senkte beschämt den Kopf. »Es tut mir leid. Als ich zu euch gekommen bin, hab ich ja nicht gewusst, dass Jennerwein schuld ist an Barbaras Unglück. Und dann – es war so schwer. Ich hab mich so geschämt, und ich wollte euch nicht verlieren.«

Barbara legte einen Arm um Annelies Schultern, und zu Michl sagte sie in einem Ton, den sie sich sonst ihm gegenüber nicht herausnahm:

»Sei nicht so selbstgerecht. Wir wissen nicht, was wir an ihrer Stelle getan hätten.« Sie maßen sich mit Blicken, bevor Barbara wieder auf Annelie sah. »Martin hat recht, du musst dein Erbe antreten und deinen Bruder dort herausholen. Wenn dieser Johannes erst der Vormund ist, dann hast du nichts mehr zu melden.«

21. Kapitel

Martin ließ die Peitsche knallen, das Ross musste sich arg ins Zeug legen, um den schweren Wagen den steilen Weg hinaufzuziehen. Bald verfiel es vom Trab in Schritt, sein Atem, seine Flanken dampften in der klirrenden Kälte.

Je näher sie der Mühle kamen, desto mehr schnürte die Angst Annelies Kehle zu. Als sie die Stelle passierten, an der Johannes sie über den Abgrund drängen wollte, ließ die Erinnerung ihr Herz pochen und krallten sich ihre Finger in die Decke, die auf ihren Knien lag.

Die Hauslerlichtung überquert, noch einmal in den Wald eingebogen, die Kurve genommen, und dann tauchte die Mühle vor ihnen auf. Das Backhäusl zuerst, dahinter das Wohnhaus. Rechts davon der Stall, die Scheune und die Holzlege, wo sie einst Jennerwein versteckt hatte. Fast zwei Jahre waren seither vergangen, fast zwei Jahre war sie nicht mehr hier gewesen.

Sie fuhren am Haus vorbei und bogen auf den Hof ein. Jetzt konnten sie auch das Sägegatter und das Holzlager sehen. Die Hühner liefen herum, die getigerte Katze saß auf dem Dach und blickte ihnen entgegen, und Milli, die Kuh, weidete droben im Wald.

Sie hatten sich einen Plan zurechtgelegt. Sie würden nicht lange fragen. Annelie würde aussteigen, ins Haus und nach oben in die Kammer gehen, um Lenz herauszuholen. Und falls sich ihr die Magd in den Weg zu stellen versuchte, würde sie nach Martin rufen, der draußen aufpasste, um notfalls Johannes abzufangen. Und hätten sie Lenz erst einmal, dann würden sie fahren, ohne lange zu fackeln. Sie würden ihn zum Ortsvorsteher von Oberach bringen, damit er sehen konnte, wie Johannes ihn verwahrlosen ließ und wie menschenverachtend er in Wahrheit war.

Als sie vor dem Haus anhielten, hörten sie aus dem Sägegatter das kreischende Geräusch der Maschine, die sich durch Holz fraß. Von der Magd war nichts zu sehen, aber sie war vermutlich im Haus und würde anschlagen wie ein giftgeifernder Hund, wenn sie Annelie bemerkte.

Obwohl es so kalt war, dass Annelie auf dem Wagen die Zähne geklappert hatten, trieb ihr, als sie nun die Klinke herunterdrückte, die Anspannung den Schweiß auf die Stirn.

Die Tür sprang auf und gab den Blick auf den dunklen Fletz frei. Es roch nach saurer Milch und dem feuchten gestampften Lehmboden unter den Dielen. Aus der Küche war das Scheppern von Pfannen zu hören. Emma sang ein Lied.

Annelie schlich zur Treppe. Sie wusste, dass der zweite und der sechste Abtritt knarzten, stieg darüber hinweg und gelangte unbemerkt nach oben.

Die Kammer, in der Lenz sein musste, lag rechts, die Tür war geschlossen. Annelie legte ihr Ohr daran, um zu lauschen. Drinnen war es still. Vermutlich schlief er. Wenn er sie sah, würde er vielleicht schreien vor Freude. Sie musste es schaffen, dass er leise war und ihr sofort und ohne Aufsehen folgte.

Sie atmete tief durch, öffnete die Tür, huschte hinein und schloss sie wieder.

Als ihr Blick auf sein Bett fiel, erstarrte sie. Es war leer. Kein Bettzeug, kein Strohsack lagen auf den Holzlatten, kein Nachtgeschirr stand darunter, nicht einmal ein Stuhl war noch im Raum.

Panik ergriff sie. Wo war Lenz? Was hatten sie mit ihm getan?

Plötzlich entstand Tumult auf dem Hof. Annelie zuckte zusammen. Sie erkannte Johannes' Stimme, er brüllte Martin an, er solle verschwinden.

Bald darauf Poltern auf der Treppe, die Tür flog auf, und die Magd stand vor Annelie. »Raus hier!«, schrie sie.

So viel Frechheit traf Annelie wie ein Peitschenhieb. Was glaubte Emma, was bildete sie sich ein! Die Mühle gehörte ihr, Annelie! Unbändige Wut stieg in ihr auf, und diese Wut gab ihr Kraft. Was dem Haslinger gelungen war, würde keinem anderen mehr gelingen! Nie wieder würde sie sich von jemandem davonjagen lassen!

Außer sich vor Zorn packte sie die Magd und drängte sie gegen die Wand. »Was nimmst du dir heraus, du Hadan! Hier hab noch immer ich das Sagen! Wo ist der Lenz, was habt ihr ihm angetan?«

Ihre Hände umklammerten Emmas Hals und drückten zu. In diesem Moment wäre sie zu allem fähig gewesen.

Doch plötzlich wurde sie an den Haaren gepackt, und von Emma weggezogen. Es war Johannes! Aus glühenden Augen starrte er sie an.

Der Schmerz war so heftig, dass Annelie den Hals der Magd losließ. Doch ihr Kampfgeist blieb ungebrochen. Schon einmal hatte sie einen Mann außer Gefecht gesetzt, damals als einer aus dem Wirtshaus ihr unter die Röcke wollte. Ein Tritt in seine Männlichkeit hatte genügt. Und genau dasselbe tat sie jetzt wieder. Sie ballte die Faust, fuhr herum und schlug mit einem Aufschrei und ihrem ganzen Hass zu.

Johannes ließ sie los und krümmte sich zusammen. »Verdammtes Miststück!«, presste er unter Schmerzen hervor.

Annelie drehte sich wieder zur Magd, die sie aus aufgerissenen Augen entsetzt anstarrte. »Wo ist Lenz?«, schrie sie.

Wie um Halt zu finden, fasste sich Emma ans Herz. Ein paarmal bewegten sich ihre Lippen, ohne dass ein Wort herausgekommen wäre. »Im Sägegatter«, brachte sie endlich hervor. »Im Kellerloch.«

»Im Kellerloch?«, wiederholte Annelie. Sie konnte es nicht glauben. Bestürzt starrte sie die Magd an. Dann rannte sie los, Martin, der Johannes ins Haus gefolgt war, hinter ihr her.

Im Sägegatter trat ihnen Anton entgegen. Annelie stieß ihn zur Seite und brüllte ihn an: »Wage es nicht, mich anzurühren! Ich bin hier die Besitzerin, ich hab hier das Sagen! Nicht der Johannes, und erst recht nicht deine Schwester!«

Auf der Luke stand ein Fass. Martin und Annelie schafften es beiseite und hoben das Brett an. Ein gottserbärmlicher Gestank nach Kot und Urin schlug ihnen entgegen. Das Kellerloch maß zwei auf zwei Meter und war so niedrig, dass man nicht aufrecht darin stehen konnte.

Lenz kauerte in einer Ecke, sah ängstlich zu ihnen herauf. Als er Annelie erkannte, hob er ihr seine Arme entgegen, ein Jammerlaut drang dabei aus seiner Kehle, der dem Schmerzensschrei eines Tieres glich.

»Annele«, wimmerte er. »Annele ...«

Sie kletterte hinunter, fasste ihn unter den Armen, half ihm auf die Beine und drängte ihn zur Leiter. Martin griff von oben nach ihm und zog, sie schob an. Als sie Lenz aus dem Loch geschafft hatten, blieb Annelie neben ihm liegen, umarmte ihn und ließ ihren Tränen freien Lauf. »Was haben sie dir nur angetan ...«

»Annele«, er klammerte sich an sie. »Annele ...«

Johannes und Emma waren ihnen inzwischen nachgekommen. »Dein Drecksbruder«, sagte Johannes, »hat die Emma fast umgebracht, deshalb mussten wir ihn einsperren! Der ist ja gemeingefährlich! Ein Tier ist der!«

Annelie sprang so plötzlich hoch, dass er unwillkürlich einen Schritt zurücktrat und seine Hände schützend vor seinen Schritt hielt. Da lachte sie auf. Es war ein Lachen voller Hohn. Johannes hatte Angst vor ihr! Aus war es mit seiner Macht! Klein und jämmerlich stand er da. Ein Wurm war er, nichts als ein Wurm, elend und unwürdig!

»Du bist hier das Tier! Ganz allein du! Geh mir aus dem Weg!« Sie stieß ihn zur Seite.

Zusammen mit Martin brachte sie Lenz zum Wagen. Vorsichtig betteten sie ihn auf die Ladefläche und deckten ihn zu. Annelie setzte sich neben ihn.

Als Martin anfuhr, drehte sie sich um und rief Johannes und Emma zu: »Ich komm zurück, heute noch! Und den Gendarm bring ich mit! Ist mir egal, ob er dein Oheim ist! Notfalls hol ich halt den aus Tegernsee dazu! Und wenn ihr noch da seid, dann geht's euch schlecht, das versprech ich bei meiner Ehr'! Und das Geld in der Kassette, das lasst ihr schön hier, sonst seid ihr auch noch wegen Diebstahl dran!« Sie beugte sich zu Lenz, legte ihm eine Hand auf die Wange und wiederholte: »Bei meiner Ehr'.«

Sie fuhren nach Kühzagl, um bei den Bernlohers um Aufnahme zu bitten. Als die Bernloherin Lenz sah, schlug sie entsetzt die Hände zusammen. »Mein Gott, was ist denn mit dem passiert.«

Annelie erzählte es. Die Bernloherin sah ihren Mann an. »Da holst du gleich den Ortsvorsteher her und lässt das amtlich aufnehmen. Und morgen fährst mit der Annelie nach Tegernsee, damit sie Anzeige erstatten und beim Notar vorsprechen kann.« Sie blickte wieder auf Lenz und schüttelte den Kopf. »Mein Gott, was sind das bloß für Menschen, die einem Hilflosen so etwas antun!«

Sie wuschen Lenz und legten ihn ins Bett. Die Magd kochte ein Huhn aus, die Brühe flößten sie ihm ein. Dabei ließ er Annelies Hand keinen Moment los, bis er endlich erschöpft einschlief. Sie blieb bei ihm, damit sie da sein würde, falls er aufwachte.

Als die Tür geöffnet wurde und Martin eintrat, war sie selbst für einen Moment eingenickt. Er nahm sich einen Stuhl, setzte sich zu ihr und fasste nach ihrer Hand. »Annelie ...«

Sie sah ihn an. »Ich mach mir solche Vorwürfe. Nie hätte ich den Lenz allein lassen dürfen!«

Er dachte lange nach, bevor er den Kopf schüttelte. »Ich weiß nicht, warum manche Menschen mehr Leid ertragen müssen als andere. Warum sie erst durchs tiefe, dunkle Tal gehen müssen, bevor sie ans Licht kommen. Du hast es gewagt, du bist diesen Weg gegangen. Aber zusammen mit Lenz wäre es nicht gelungen. Und wenn du geblieben wärst ... Ich mag gar nicht dran denken! Und ich«, er seufzte, »glaub mir, auch ich habe mir Vorwürfe gemacht! Ich hätte euch da rausholen müssen, aber ich war nicht stark genug. Damals nicht. Es tut mir leid.« Beschämt senkte er den Kopf.

»Nein!« Annelie küsste Martin sanft auf die Lippen. »Nein, du sollst dir keine Vorwürfe machen. Ich war es doch, die dich verlassen hat! Ich hätte dir vertrauen müssen!«

Eine Weile schwieg sie und dachte nach. Dann sagte Annelie: »Vielleicht hast du recht, vielleicht war das unser Weg. Durchs dunkle Tal ans Licht.«

Sie umarmten sich und hielten sich fest.

»Annelie, heirate mich.« Er schob sie von sich und sah ihr in die Augen. »Und was Lina betrifft ... wen hast du als Vater angegeben?«

»Keinen. Lina hat keinen Vater.«

Martin nickte. »Das ist gut. Wir sagen, dass ich ihr Vater bin. Niemand braucht je die Wahrheit erfahren.«

»Barbara und Michl wissen es.«

»Sie werden nichts sagen.«

»Er weiß es.«

»Auch er wird schweigen, dafür sorge ich.«

»Und Lenz? Nie mehr werde ich ohne ihn irgendwohin gehen!«

Martin legte ihr schnell einen Finger auf den Mund. »Er gehört zu uns, also bleibt er auch bei uns. Für immer.«

Annelie nahm Lenz' Hand und legte ihren Kopf an Martins Schulter. Ihr Blick fiel auf einen Wandbehang, der neben dem Bett hing, und auf den die Bernloherin einen Spruch gestickt hatte.

's ist Stille um dich hin,
die Nacht birgt dich
in ihrem weiten Schoß.
Wenn du vertraust,
bist du aufgehoben.

Annelie lächelte. Sie schloss die Augen und schlief erschöpft ein.

22. Kapitel

Schon lange bevor Magdalena vorfuhr, traf die Nachricht ein, dass man droben, am Ortseingang, ihren Wagen gesehen hatte. Dann hielt der Kutscher endlich vor dem Neuwirt, und Annelie konnte nicht schnell genug draußen sein, um ihre Base in die Arme zu schließen.

»Da bist du ja!« Fast wären beide hingefallen, so stürmisch fiel die Begrüßung aus. »Und Ludwig?«

»Hier!« Er war auf der anderen Seite ausgestiegen und hinten um den Wagen gegangen.

Annelie konnte nicht anders, sie fiel auch ihm um den Hals. »Drei Jahre haben wir uns nicht gesehen! Ich freu mich so!«

Michl spannte die Pferde aus, um sie in den Stall zu bringen.

»Wie schade, dass ihr nicht früher kommen konntet!« Annelie hakte sich bei ihr unter.

»Es ging nicht, weil Ludwig nicht eher beurlaubt wurde. Aber jetzt sind wir ja da. Und ich platze vor Neugierde, will endlich deinen Martin kennenlernen!«

»Er ist heute Morgen nach Oberach gefahren, um seine Eltern abzuholen.«

Magdalena sah Annelie überrascht an. »Du hattest geschrieben, sie seien entzweit.«

Annelie führte sie ins Haus. »Da wollte ich mich nicht dreinfügen«, erzählte sie. »Ich bin zu ihnen gefahren und hab bei ihnen vorgesprochen. Zuerst wollten sie mich nicht anhören, haben gemeint, es ist sinnlos, von ihnen bekommen wir nichts, die Werkstatt ist überschrieben, daran ist nichts mehr zu ändern. Ich hab geantwortet, dass es nicht ums Geld geht, dass wir inzwischen unsere eigene Sach' haben, dass ich aber nicht Hochzeit feiern mag ohne sie – da haben sie mich hineingelassen. Später hat seine Mutter geweint, weil alles so gekommen ist und weil ihr Mann dem Martin nicht erlaubt hat, mit mir zusammenzugehen. Ich hab sie in die Arme genommen und gesagt, dass ja jetzt alles gut werden kann, wenn sie nur wollen.«

Magdalena lächelte. »So war deine Mutter auch. Mit offenen Armen ist sie auf die Menschen zugegangen, man musste sie einfach ins Herz schließen.«

»Der alte Ebner hat aber noch ein bisserl gebraucht, bevor er verzeihen konnte. Erst als seine Frau gesagt hat, dann fährt sie eben alleine zur Hochzeit ihres Sohnes, hat er nachgegeben.«

Annelie öffnete die Tür zur Wirtsstube und ließ Magdalena den Vortritt. Barbara saß mit Lina und Lenz an einem der Tische, sie spielten mit einem Pferdefuhrwerk, das Martin für sie geschnitzt hatte.

Magdalena schlug die Hände zusammen. »Ja, schau dir nur den Lenz an!« Staunend schüttelte sie den Kopf. »Du bist ja ein richtiges Mannsbild geworden!« Sie hatte ihn auf der Beerdigung seiner Mutter zum letzten Mal gesehen.

Lenz nickte ernst. »I Mannsbild worden.«

»Und das ist also die Lina.« Magdalena fuhr dem Kind übers Haar. »Wie alt ist sie jetzt?«

»Ein Jahr und sechs Wochen.«

Magdalena zauberte eine Stoffpuppe aus ihrer Tasche und hielt sie der Kleinen hin. Sie griff danach, verkroch sich aber gleich wieder an Barbaras Hals.

Magdalena begrüßte auch Barbara, dann sagte sie zu Annelie: »Du hättest mir damals schreiben sollen, als es dir so schlecht gegangen ist, ich hätte dir doch geholfen.«

Annelie schüttelte den Kopf. »Ich wollte nicht nach München, und ich wollte auch kein Geld von dir.«

Später saßen die beiden Frauen draußen auf der Hausbank und sahen zu, wie Lenz Lina in einem kleinen Leiterwagen hin- und herfuhr. Die Kleine lachte hellauf, als ihr großer Freund einen Tanz für sie vorführte.

»Lenz hat lang gebraucht, um wieder zu Kräften zu kommen und Vertrauen zu fassen«, erzählte Annelie. »Wochenlang hat er sich an mich geklammert, kaum dass ich einen Fuß vor die Tür setzen konnte. Als es ihm gut genug gegangen ist, die Fahrt nach Schliers zu überstehen, bin ich mit ihm hierher zurückgekehrt. Barbara und Michl haben ihn gerne bei sich aufgenommen. Und hier am lichten See und unter lieben Menschen fühlt er sich geborgen. So war er bald wieder der alte. Die Lina liebt er abgöttisch, wie du sehen kannst, und sie ihn ebenfalls. Vielleicht weil sie sich in ihrer kindlichen Welt so gut verstehen. ›Damadan‹ war das erste Wort, das sie sagen konnte, und wenn ihr Lenz sagt: ›I bin deppert‹, dann versucht sie es nachzuplappern.«

»Und Martin?«

Statt Antwort zu geben, griff Annelie nach Magdalenas Hand und führte sie ein Stück Richtung See hinunter. Vor einem Rohbau blieb sie stehen. »Das wird unser Haus. Martin baut es mit ein paar Männern aus dem Dorf selbst. Und dort drüben, der Schuppen, das ist seine Schreinerei. Von dem Geld, das ich für die Mühle bekommen hab und das noch in der Kassette war, können wir alles bezahlen. Nur das wertvolle Holz, das der Vater auf dem Dachboden gelagert hat, haben wir für die Schreinerei behalten.«

Magdalena umarmte sie. »Ich freu mich so für euch!«

»Bis alles fertig ist«, erzählte Annelie weiter, »wohnen wir noch bei Barbara und Michl. Sie sind wie unsere Familie. Aber auch wenn wir in unser eigenes Haus umziehen, werde ich weiter im Gasthaus helfen. Und sie hilft mir mit Lina und Lenz und den Kindern, die Martin und ich noch haben wollen.« Sie lachte und wurde ein wenig rot dabei.

Die Frauen setzten sich wieder auf die Bank vorm Gasthaus.

Magdalena sah Annelie forschend in die Augen. »Aber Lina ist nicht Martins Kind, habe ich recht? Sie ist von diesem Jennerwein, mit dem du weggegangen bist.«

Als Annelie nicht antwortete, fuhr Magdalena fort: »Man hört so manches über ihn, sogar bei uns in München. Dass er ein fescher Mann sei und ein Weiberheld. Dass er den Armen Fleisch bringt und der Obrigkeit eine lange Nase dreht. Und dass ihn die Leute hier wie einen Helden feiern.«

»Manche, ja. Aber ein Held ist er trotzdem nicht. Ein Weiberheld schon, das ist wahr«, sagte Annelie. Und nach einer Weile: »Ich denke mir manchmal, er hätte ein Jäger werden sollen, denn hätte er auf der richtigen Seite stehen können, wäre alles gut gewesen. Aber ein Jäger wird einer wie er so leicht nicht. Er war ja auch von einer ledigen Mutter, die von ihrer Familie verstoßen wurde. Und als sie viel später einen geheiratet hat, hat der den Buben geschlagen und gedemütigt. Aber das lässt sich ein Jennerwein nicht gefallen. Schon mit dreizehn ist er weggegangen und hat sich durchgeschlagen so gut er konnte. Auf die Reichen und die Obrigkeit hat er damals bereits einen Hass gehabt. Eigentlich auf alle, die ihm etwas vorschreiben wollten.« Annelie zuckte die Schultern. »Ein bisserl kann ich ihn ja verstehen. Wenn man mit so viel Hass aufwächst, dann verzweifelt man entweder oder man wird kalt im Herzen. Abgestumpft. Man kann nichts Schönes mehr sehen, das ist mir ja selbst so gegangen. Und vielleicht hat er auf der Jagd ja gar nicht auf Böcke geschossen, sondern auf seinen Stiefvater, die Jäger, die Gendarmen und die Obersten vom Militär und auf den König.«

Annelie schwieg, und nach einer Weile sagte sie mit fester Stimme: »Der Martin ist Linas Vater. Wir haben sie gezeugt, bevor ich von der Mühle fort bin. Und fort bin ich, weil ich geglaubt hab, der Martin heiratet eine andere. So ist das und nicht anders.«

Die beiden Frauen sahen sich in die Augen. Dann lächelten sie und fielen sich in die Arme. »Danke«, sagte Annelie, »dass du gekommen bist und meine Trauzeugin sein willst.«

»Ich tu das so gern für dich! Und ich hab dir auch etwas mitgebracht!«

Annelie wollte protestieren, doch Magdalena fiel ihr ins Wort: »Sei still und schließ die Augen!« Sie griff in ihre Tasche und holte eine Kette heraus, die sie Annelie umlegte. »So, jetzt darfst du die Augen wieder aufmachen.«

Annelie betastete das Halsband. »Nein!«, rief sie aus. »Das gibt's doch nicht! Es ist die Kette von der Mutter!«

Magdalena nickte. »Damit du sie morgen bei der Hochzeit tragen kannst. Als du mir geschrieben hast, was der Haslinger dir angetan hat, da bin ich gleich zu ihm hin. Ich weiß ja, dass er eine Geliebte hat, und mir war klar, dass er die Kette nicht seiner Frau schenkte. Also hab ich mich als deine Base vorgestellt und hab ihm gesagt, wenn er mir die Kette nicht binnen einer Woche übergibt, dann werde ich ihn anzeigen, und es wird einen riesigen Skandal in München geben, über den wohl weder seine Frau noch seine Geliebte und erst recht nicht seine Kundinnen erfreut sein werden.« Magdalena lachte. »Da hättest du den sauberen Herrn mal sehen sollen! Knallrot ist er angelaufen, gestottert hat er: ›Ja, gnädige Frau, selbstverständlich gnädige Frau, das war bloß ein Versehen!‹ Schon am nächsten

Morgen brachte mir ein Bote ein kleines Päckchen und ein großes. In dem großen war ein Paar Schuhe, die habe ich ihm allerdings gleich zurückgeschickt.«

Tags darauf wurde Hochzeit gefeiert.

Auf dem Weg von der Kirche zum Neuwirt war es Annelie, als säße hinter einem der Kreuze auf dem Friedhof der Wolf und blickte sie an. Doch als sie stehen blieb und Martin ihrem Blick folgte, stand er plötzlich auf und lief durch das Tor zum See hin davon.

Nur noch einmal träumte Annelie von ihm. Es war am 6. November 1877. Angeschossen sah sie ihn im blutroten Schnee liegen, seine Hinterläufe zuckten im Todeskampf.

Acht Tage später fand man Jennerwein auf einer Waldlichtung am Peißenberg – erschossen aus dem Hinterhalt.

Personen

Annelie Gerstenrieder	– Tochter des Holzmüllers
Xaver Gerstenrieder	– Annelies Vater
Hans Gerstenrieder	– Annelies ältester Bruder, vom Baum erschlagen
Max Gerstenrieder	– Annelies mittlerer Bruder, verbittert und jähzornig wie der Vater
Lenz Gerstenrieder	– Annelies jüngster Bruder, geistig zurückgeblieben
Magdalena	– Annelies Base, die in München lebt
Martin Ebner	– der Mann, den Annelie liebt
Georg Jennerwein	– berüchtigter Wildschütz vom Schliersee, der am 6. November 1877 »hinterrücks« erschossen wurde (geschichtlich verbürgte Person)
Johannes Dörfner	– Holzmüllergeselle, der Annelie nachstellt
Emma Rieder	– Magd in der Gerstenrider Holzmühle
Julius Hartmann	– Holzmeister und Freund der Familie
Ursula Haslinger	– die Alte, um die Annelie sich kümmert
Egon Haslinger	– Ursulas Sohn
Lina	– Annelies Töchterchen

Max Bernloher und

die Bernloherin	–	sie kümmern sich um Annelie
Lisa	–	Magd vom Bernloher
Otto Leitmeier	–	Annelies späterer Dienstherr und Verlobter
Die Leitmeierin	–	Ottos Mutter
Barbara Scharrer	–	Neuwirtin in Schliers
Michl Scharrer	–	Barbaras Mann

Glossar

Brettlholz	– Wandgestell für Teller
Bschoadtücherl	– ein Tuch, in das die Brotzeit eingewickelt wird. Wo man Rast macht, schlägt man das Tuch einfach auf und isst darauf wie von einer Picknickdecke.
Darangeld oder Arrha	– Je nach Vermögen bezahlte der Bräutigam nach dem erfolgreichen Werben an die Braut einen Betrag (meist zwischen 3 und 10 bayerischen Thalern), das sogenannte Darangeld. Schickte die Braut dieses Geld zurück, galt der »Vertrag« als gelöst. Dies war eine große Schmach für den Bräutigam.
Deichel	– hölzernes Wasserrohr
Fletz	– breiter Hausflur in einem Bauernhaus
Godin	– Patin
Gunkerer	– Glocke, die an einem breiten Lederriemen um den Hals einer Kuh angebracht wird.
Heukreister	– Schlafstatt der Holzknechte im Kobel (auch auf Almen üblich). Ein Teil des Raumes wird durch eine Bank oder ein Brett abgetrennt und zuerst mit Ästen und

Zweigen, dann weiter mit Heu oder Farn aufgefüllt. In einem Heukreister schlafen mehrere Leute nebeneinander.

Holzlege – ein überdachter Platz, an dem Holzscheite fürs Ofenfeuer aufgeschichtet werden; meist an einer Scheunen- oder Hauswand gelegen.

Kracherl – Limonade

Krischperl – schmächtige Person

Liederzeile »Heiliger Leonhard ...« – aus »Die große Bühne Chiemgau«, Klaus Bovers, Volk Verlag München, 2011

Plumeau – Federdeckbett

Richten – Menügänge

Rindenkobel – die einfachste Form einer Waldarbeiterhütte im Hochgebirge. Ein Gerüst aus Holzstangen wird mit Rindenbahnen verschalt und abgedeckt. So ein Kobel hält etwa drei Jahre und dient den Holzknechten als Unterkunft, wenn eine bessere Hütte für den täglichen Weg zu weit entfernt ist.

Rotte (auch Holzmeisterschaft oder Partie genannt) – eine Gruppe von Holzknechten (üblicherweise vier), die gemeinsam für einen Holzmeister Waldarbeiten erledigen.

Ruach – Geizkragen

Saubohnen (Ackerbohnen)	– auch dicke Bohnen genannt. Früher galten sie als Arme-Leute-Essen.
Schlagfluss	– Schlaganfall
Stutzen	– kurzes Jagdgewehr

Danksagung

Mein Dank geht an alle, die mir bei meinen Recherchen behilflich waren. Vornehmlich aber an meine Schwester Barbara Schweiger, Gewandmeisterin und Trachtenschneiderin, die mich wie immer in Kleiderfragen beraten und als Erste mein Manuskript gegengelesen hat, und an Frau Eva Melzer von der Gästeinformation Schliersee, die ich jeder Zeit anrufen durfte, um so seltsame Fragen zu stellen wie: »Könnte es im Mai auf dem Stolzenberg noch einen Schneeeinbruch geben?«

Von Angeline Bauer bereits erschienen

Die Niemalsbraut

Das Leben ist nicht leicht für Karoline, die jüngste Tochter vom Niedermoosbacher-Hof. Die Mutter verlangte ihrem Mann am Sterbebett ein unseliges Versprechen ab: Die sechs Töchter müssen der Reihe nach heiraten – Johanna als Älteste zuerst, Karoline als Jüngste zuletzt. Doch Johanna beschließt, nie zu heiraten. Als sie in den Bergen verunglückt und weitere Schwestern unter rätselhaften Umständen sterben, richtet sich der Verdacht auf Karoline.

Bibliografische Angaben:
Angeline Bauer
Die Niemalsbraut
224 Seiten
ISBN: 978-3-475-54124-7

Ein weiterer historischer Heimatroman

Das Schicksal der Eva Faschaunerin

Im Faschaun, inmitten der Kärntner Berge, lebt ein uraltes Bauerngeschlecht, das den Namen des Berges trägt: die Faschauner. Eva, die schöne Hoferbin, verlässt den elterlichen Bergbauernhof, um im Tal den Hörl-Bauern zu heiraten. Doch über ihrer Ehe liegen von Anfang an unheilvolle Schatten. Ein in der Brautnacht ausgesprochener Fluch tut seine Wirkung und Eva gerät in die Mühlen der Justiz.

Bibliografische Angaben:
Maria Steurer
Das Schicksal der Eva Faschaunerin
304 Seiten
ISBN: 978-3-475-54132-2